Maryse

LA NUIT DE SANTA CRUZ

NOTE DE L'ÉDITEUR

Les volumes de la collection sont imprimés en très grande série.

Un incident technique peut se produire en cours de fabrication et il est possible qu'un livre souffre d'une imperfection qui a pu échapper aux services de contrôle.

Dans ce cas, il ne faut pas hésiter à nous le renvoyer. Il sera immédiatement échangé.

Les frais de port seront remboursés.

EXBRAYAT

LA NUIT DE SANTA CRUZ

PARIS
LIBRAIRIE DES CHAMPS-ÉLYSÉES
17, RUE DE MARIGNAN, 17

Dimanche de la Passion.

J'AURAIS été le plus heureux des hommes si j'avais eu Ruth à mes côtés et Alonso, son mari — et mon meilleur ami —, assis derrière nous, protestant contre la mauvaise suspension des voitures françaises comparée à celle des voitures « made in U.S.A. ». Car Alonso a beau être né de parents mexicains dans un village près de Santa Fé, il se veut plus Américain que sa femme qui a vu le jour à Chicago. Seulement, pour l'heure, Ruth devait être en train de faire prendre sa bouillie de flocons d'avoine au jeune José, son fils et mon filleul, tandis qu'Alonso, l'œil fixé sur la pendule de notre bureau, comptait sans doute le nombre de minutes le séparant encore du moment où l'Etat lui donnerait permission, comme tous les soirs, d'aller rejoindre sa femme et son gosse.

Je suis bien loin de Ruth, d'Alonso, de José et de mon appartement de la 12ᵉ Rue. Pourtant, je me sens vraiment chez moi. Je viens de passer Montoro. Encore une demi-heure au plus et j'entrerai dans Cordoue. Bien sûr, je pourrais aller beaucoup plus vite — la 15 Citroën que je pilote depuis Paris m'ayant permis de dépasser tous ceux qu'il me déplaisait de voir devant moi sur la route —

mais je ne veux pas gaspiller ces moments que je ne retrouverai peut-être jamais. Depuis que j'ai revu le Guadalquivir, je me sens un autre homme ou, mieux, je suis redevenu le gamin que j'étais il y a un peu plus de vingt ans. Si je n'avais pas quelqu'un à y rencontrer, je ne m'arrêterais même pas à Cordoue, tant il me tarde d'être à Séville, ma ville natale, ma ville que je n'ai jamais pu oublier. Se sont-ils assez moqués de moi, mes collègues, quand je leur parlais du Barrio de Santa Cruz, de la Giralda, de la Maestranza où j'ai vu toréer Belmonte, l'inégalable, ou lorsque j'essayais de leur décrire les crépuscules sur Triana... Ils riaient parce qu'ils ne pouvaient pas comprendre. Et comment auraient-ils compris? Il faut être né à Séville pour en garder toute sa vie la lumière dans la mémoire, la douceur dans le cœur. Quel étranger admettrait que Sierpès est la plus belle rue du monde, alors que les autos n'ont même pas la place d'y circuler? Mes amis raillaient affectueusement ce qu'ils appelaient mon délire espagnol et Harry Murchinson affirmait que si j'étais resté célibataire, c'est que lorsqu'on a une ville dans la peau, il n'y a pas de place pour une femme. Je le laissais dire, n'ayant nul besoin de lui confier que si je n'avais jamais trouvé la femme de ma vie, c'est qu'un autre avait épousé celle que j'aimais.

J'avais rencontré Ruth un dimanche où je me baladais sur le bord du Potomac. Elle aussi s'ennuyait. Elle travaillait dans un ministère. Nous sommes sortis plusieurs fois ensemble. Tout marchait pour le mieux et, déjà, je calculais combien de dollars il me faudrait enlever de mon compte en banque pour notre mariage et un voyage de noces aux chutes du Niagara, lorsque j'eus la malencontreuse idée de lui présenter Alonso qui était en Europe lorsque Ruth et moi avions fait connaissance. Mon collègue, Alonso Muaquil, est un beau garçon, toujours vêtu à la dernière mode. Il ne gagne pourtant pas plus que moi, mais il est un joueur méthodique et froid et, de son propre aveu, il double ses appointements chez les books. Je n'avais aucune chance contre Alonso, beaucoup plus brillant que moi, et, dès que je vis comment Ruth le regardait, je compris que je n'aurais pas à entamer mes disponibilités financières. Ça s'est passé le mieux du monde, sans tromperie ni mensonge. Un soir, Muaquil m'a attendu à la sortie du bureau et il m'a dit qu'il préférait ne plus rencontrer Ruth dont il était amoureux. Je m'y attendais et fis semblant d'admettre son point de vue. Celle que je pouvais encore, à ce moment-là, considérer comme ma future femme, s'étonna de me voir arriver seul à notre rendez-vous, car nous avions projeté de dîner tous les trois dans un restaurant mexicain, le Poblano, où Alonso tenait à nous faire goûter des « frijoles [1] » avec des « carnitas [2] » qu'un verre de « pulque [3] » ferait glisser. Je ne sais plus trop ce que je racontai à Ruth pour lui expliquer le retard de notre ami qui — lui affirmai-je — devait nous rejoindre au Poblano. Lorsque nous nous fûmes installés à la table qu'Alonso avait retenue et qu'un garçon, qui ressemblait à Pancho Villa, nous eut servi deux verres de « tequila [4] », j'attaquai brusquement ma compagne au sujet de l'absent. Surprise, Ruth perdit pied tout de suite et, comme

1. Petits haricots bruns.
2. Morceaux de porc frits dans le saindoux.
3. Alcool tiré du maguey (cactus).
4. Alcool tiré de la canne à sucre.

c'est une fille très droite, une de celles qu'on épouse sans arrière-pensée ni inquiétude, elle me déclara à son tour qu'elle aimerait mieux ne plus rencontrer Alonso. Je n'avais pas besoin d'explications supplémentaires. J'invoquai un coup de téléphone à donner au bureau pour m'absenter quelques instants. Je réussis à joindre Alonso, dont je connaissais les habitudes, et lui demandai de venir d'urgence au Poblano s'il ne tenait pas à gâcher notre soirée. Ensuite, je demandai discrètement mon chapeau à Pancho Villa et je filai sans retourner près de Ruth. J'essayai de me consoler en me répétant que, désormais, entre Alonso et moi, ce serait à la vie à la mort et qu'une belle amitié valait toutes les amours du monde. Il n'empêche que j'étais malheureux. Je l'aimais bien, Ruth...

Le lendemain, quand Alonso est entré dans mon bureau, je me suis levé et nous nous sommes regardés sans un mot. A dire vrai, on avait l'air un peu ridicule, et puis Alonso a mis ses mains sur mes épaules et il m'a embrassé. Il y a cinq ans de cela. Je ne me suis pas marié parce que j'aime toujours Ruth et qu'avec Alonso ils forment toute ma famille, surtout depuis que José est venu au monde et qu'on lui a donné mon prénom. Maintenant, j'ai une sœur, un frère et un filleul que je considère comme mon neveu; d'ailleurs, il m'appelle « tio Pépé ». Cela ira bien comme ça jusqu'au bout.

Parmi mes collègues, lorsque je m'emballais sur Séville, il y en avait toujours un pour me faire remarquer gentiment que si je trouvais ma ville natale si extraordinaire, j'aurais dû y rester. Je savais bien qu'on me faisait marcher, mais c'était plus fort que moi et j'expliquais, pour la centième fois, que ce n'était pas moi, mais mes parents, qui avaient quitté Séville parce qu'ils y crevaient de faim. L'Andalousie est le plus beau pays qu'on puisse imaginer à condition d'avoir de l'argent. Ce n'était pas le cas chez nous. Mon père, Rafaël, savait à peine lire et ma mère, Dolorès, la pauvre! toute son instruction tenait dans les prières à la Macarena protectrice de Séville, qu'elle savait par cœur, et aussi dans une demi-douzaine de chants flamencos qu'elle psalmodiait de sa voix rauque tout en faisant sa lessive ou en préparant le dîner.

Sur la colline d'El Carpio, je reconnais le château mudejar du duc d'Albe. J'y étais venu pour ma première communion. Une récompense que l'archevêque de Séville avait offerte aux meilleurs élèves du catéchisme de tous les quartiers de la ville. Trente kilomètres encore et ce sera Cordoue. Vingt et un ans que je ne suis pas revenu en Espagne. J'en avais douze quand j'en suis parti, et je vais en avoir trente-trois. Reconnaîtrai-je ma Séville? Comme les hommes, les villes changent de visage. Depuis Paris, je n'ai presque pas cessé de rouler. A la frontière, les douaniers m'ont adressé la parole en espagnol lorsqu'ils ont eu déchiffré mon passeport : « José Luis Moralès, représentant de la maison Bigeard et C°, 127, rue des Plantes », et j'ai failli pleurer d'émotion. Ils ont dit : « Paris! » et m'ont cligné de l'œil. Les gardes civils se sont montrés moins aimables. L'un d'eux m'a demandé pourquoi je m'étais fait naturaliser français. Je sentais qu'il m'en voulait d'avoir renié ma patrie d'origine. Avec sa figure en lame de couteau et ses longues mains maigres, ce devait être un Aragonais. Je lui ai expliqué que, pour la facilité de mon travail, j'avais été obligé, à vingt ans, d'opter pour la

France. Il a haussé les épaules et m'a tourné le dos.

A Madrid, je ne suis resté qu'une nuit. La Castille, c'est l'Espagne, mais pas mon Espagne. Moi, je ne commence à respirer à l'aise que du côté de Ciudad-Real, quand je me trouve presque nez à nez avec la Sierra Morena. Depuis quarante-huit heures, on recommence à m'appeler señor Moralès en mettant l'accent tonique où il doit être. D'ici peu, on me saluera peut-être en disant : « Qué tal, don José? » et je serai heureux. J'ai envie de crier à tous ceux que je rencontre : « C'est moi! Je reviens! Ollé! »

Je n'ai pas l'impression d'avoir tellement changé. Malgré la civilisation américaine, malgré les habitudes prises et l'énergie qu'il m'a fallu apprendre à manifester pour me faire une place, je suis toujours José (Pépé pour les amis) Moralès, né à Séville, un jour de mai, à l'ombre de San Juan de la Palma et sous la protection de ma Bien-Aimée Maria Santisima de la Armagura. Je mesure un mètre soixante-quinze (ce qui est grand pour un Andalou de vieille race), je pèse soixante-douze kilos, j'ai le cheveu noir, l'œil de même couleur et un teint basané qui me fait souvent prendre, là-bas, pour un Mexicain.

J'ai failli m'arrêter sur le pont d'Alcolea pour regarder couler le Guadalquivir. Je l'aime bien, le Guadalquivir! Aussi loin que je remonte dans mon enfance, il est mêlé à mes jeux. Je ne pensais pas le revoir, car pour se rendre de Washington à Séville, surtout en faisant un détour par Paris, cela représente plus de dollars que je n'en ai à mon compte en banque. Aussi, lorsque Cliff Anderson m'a demandé si cela me ferait plaisir d'aller assister à la Semaine sainte de Séville, j'ai manqué lui sauter au cou. Mais Cliff n'est pas un sentimental et je savais bien que sa question n'était que de pure forme : s'il avait pensé à moi pour ce voyage, ce n'était pas par bonté d'âme, mais parce que j'étais un des mieux notés parmi les agents du F.B.I., brigade des stupéfiants.

Plus que douze kilomètres et j'arriverai à Cordoue. Je roule lentement comme pour admirer le paysage mais, en vérité, c'est surtout pour bien me mettre dans la peau de mon nouveau personnage qui est moi sans être tout à fait moi : l'Espagnol qui revient au pays natal, en visite, après une longue absence. Il faut que j'oublie que je parle anglais comme un natif de Brooklyn et que je ne pense plus à Washington. Il importe de bien me mettre dans la tête que j'ai toujours vécu à Paris. Heureusement, nous y avons habité deux ans en quittant l'Andalousie et mes parents qui s'y plaisaient y seraient sans doute morts si un cousin par alliance ne nous avait conseillé de venir le rejoindre à New York où il tenait une épicerie. A l'école américaine où j'ai commencé mes études, je me suis perfectionné dans la langue française que je parle comme ma langue maternelle, sans cela Anderson ne m'aurait peut-être pas désigné. Il tenait essentiellement à un agent qui s'exprimerait en espagnol et en français aussi facilement qu'en anglais. D'ailleurs, Cliff ne s'est fié ni à mes notes ni à mes dires et il m'a fait passer de sévères examens. Sous ses yeux, j'ai dû bavarder plus d'une heure avec un Madrilène réfugié aux U.S.A. et, s'il m'invita un soir à dîner chez lui, c'est qu'il recevait un Français. Je me suis tiré à mon avantage de cette double épreuve, et c'est pourquoi, au volant de ma Citroën, je vois apparaître là-bas les premières maisons de Cordoue où j'ai rendez-vous, dans les jardins de la Victoire, avec Manuel Ezquariz.

Sur le pont romain, par où je pénètre dans Cordoue, j'adresse, au passage, un salut amical à la statue de San Rafaël et je gagne tout de suite le Paseo del Gran Capitan où un touriste bien pourvu de pesetas doit forcément s'installer, puis je m'en vais boire un verre au « Madrid », histoire de mettre de l'ordre dans mes idées. Manuel m'attendra.

Avec le kodak qui danse sur ma poitrine quand je marche et mon posemètre, je pense avoir l'air du parfait curieux venu pour admirer la Grande Mosquée devenue cathédrale. Il ne faut pas que j'oublie de prendre quelques photos au cas fort improbable où l'on me surveillerait. Car, pour tout résumer, j'avance complètement au hasard dans cette affaire. Cliff Anderson, notre patron, a tellement peur que nous ayons des idées préconçues qu'il nous laisse pratiquement partir à l'aveuglette dans les histoires qu'il nous charge d'élucider. A nous de nous débrouiller avec juste quelques points de chute par-ci par-là. Tout ce que je sais, c'est qu'il s'agit d'un trafic de drogue qui empêche Cliff de dormir depuis pas mal de temps déjà. Il y a un peu plus de deux ans que la drogue entre chez nous — je veux dire aux Etats — par la frontière mexicaine (du moins c'est ce qu'on suppose) sans que nous soyons jamais parvenus à mettre la main sur autre chose que du menu fretin. A croire que le gars qui dirige l'affaire a des accointances à la Maison Blanche, car tous les pièges que nous lui avons tendus, il les a évités, en se payant notre tête par-dessus le marché et Anderson n'aime pas ça du tout. Seulement, Cliff a une qualité primordiale dans notre métier : il est patient, mais d'une patience dont je n'ai jamais vu l'égale chez qui que ce soit. Ce type travaille et dresse des plans comme s'il avait l'éternité devant lui. Il ne veut pas prendre la retraite, à laquelle il a droit depuis deux ans déjà, avant d'avoir envoyé notre insaisissable adversaire à Sing-Sing ou Alcatraz pour le reste de ses jours. Je suis persuadé qu'il y arrivera parce qu'il est Cliff Anderson. Puisqu'il se révélait impossible de désorganiser le circuit de la drogue à sa distribution, Cliff a résolu de prendre l'affaire par l'autre bout. Des renseignements longuement cherchés l'ont persuadé que c'est d'Espagne que les stupéfiants prennent le chemin de l'Amérique. C'est la raison pour laquelle il m'a expédié en Andalousie, où l'un de nos indicateurs — justement ce Manuel Ezquariz que je vais rencontrer dans un instant — nous a fait savoir qu'il croyait pouvoir affirmer que l'embarquement de la drogue à destination du Nouveau Monde se faisait dans un port andalou et que toute l'affaire se manigançait à Séville. Il ne donnait pas d'autres détails et Cliff m'envoyait voir sur place, ayant toutefois demandé à notre agent de me rencontrer à Cordoue pour plus de précaution. J'avais donc pour mission de découvrir quel était le bateau qui transportait le poison et de le signaler aussitôt à Washington, qui s'arrangerait pour faire arraisonner le navire, quel que fût le pavillon sous lequel il se camouflerait. Ça, c'était ma mission officielle, mais je savais bien ce qu'Anderson attendait de moi : tenter de flanquer l'organisation en l'air et plus encore de le débarrasser de celui qui en était la tête, le Canadien Bob Lajolette, tout en prenant soin de ne pas éveiller l'attention de la police espagnole qui pourrait prendre très mal cette intrusion d'agents étrangers dans ses affaires et sur son territoire.

Un type très fort, ce Lajolette. Venu de Québec et s'étant fait naturaliser Américain, en dix ans il était devenu un des plus puissants rois de la drogue. Diplômé en droit, il connaissait admirablement la loi et les différentes manières de la tourner, ce qui explique qu'il n'avait jamais eu affaire officiellement à nos services. La plupart de ses concurrents avaient peu à peu cédé et, heureux de profiter de ses conseils, s'étaient enrôlés les uns après les autres sous ses ordres, estimant plus sage d'être lieutenant d'un pareil chef que de jouer seul un jeu de plus en plus dangereux. C'est alors que Cliff Anderson était entré dans la danse.

Cliff n'y était pas allé par quatre chemins. Ayant convoqué Lajolette, il lui avait tranquillement exposé ce qu'il pensait de lui et combien il le remerciait de fournir un but réellement valable à son existence de fonctionnaire : le retirer de la circulation pour le temps qui lui restait à vivre, à moins qu'il ne parvînt à le convaincre de meurtre, auquel cas il se ferait une joie de l'expédier à la chaise électrique. Il paraît que Lajolette avait pris la chose avec flegme mais, s'y connaissant en hommes, il avait sans doute compris le danger que représentait pour lui et pour son trafic un individu comme Cliff Anderson. Du coup, il s'était enfoncé encore plus profondément dans le maquis de la loi, sans rien ralentir de ses activités. Cliff le suivait pas à pas, guettant la moindre défaillance, la plus petite erreur. Les nerfs du Canadien avaient craqué les premiers et, un jour, nous apprîmes qu'il s'était embarqué pour l'Europe. Anderson n'en montra aucune satisfaction, car il n'entendait pas qu'un autre que lui mît fin à la carrière de son ennemi personnel. Bientôt, nous sûmes que Lajolette s'était installé à Barcelone où il occupait une somptueuse villa sur les pentes du Tibidabo et bien qu'elle le surveillât d'assez près, pour plaire à l'ambassade américaine, la police ne trouvait rien à reprendre à la conduite de cet honorable étranger menant une vie des plus confortables en dépensant largement les revenus que lui procuraient ses intérêts dans de grosses maisons au-dessus de tout soupçon. Bob savait aussi placer son argent.

Cliff Anderson était d'un mutisme et d'une froideur qui glaçaient, dès leur entrée dans son bureau, tous ceux qu'il y convoquait. Aussi, lorsque, à mon tour, j'avais été appelé chez le patron, je n'étais pas tellement tranquille. Mais grande fut ma surprise en me trouvant en présence d'un homme détendu et souriant qui me fit asseoir et m'offrit un cigare. Je n'en croyais pas mes yeux et le début du monologue de mon chef, je l'entendis à travers une sorte de brume ouatée. Bientôt, cependant, je me ressaisis et prêtai une attention soutenue à ce que me disait un monsieur qui n'avait pas l'habitude de parler pour ne rien dire.

« Moralès, je crois que, ce coup-ci, nous pouvons l'avoir... (Il n'était pas besoin de demander de qui il s'agissait!) Un Espagnol qui travaille pour nous vient de me faire savoir qu'il pensait avoir compris la méthode employée par Lajolette, mais il souhaiterait que je lui envoie quelqu'un, car il ne se sent pas de taille à mener l'affaire seul. J'hésite entre Alonso Muaquil et vous. Pourrez-vous partir immédiatement si je me décide en votre faveur? »

J'assurai Cliff que rien ne me ferait davantage plaisir et je regagnai mon bureau le cœur en fête à l'idée de retrouver peut-être bientôt l'Espagne. La seule ombre au tableau était que je me trouvais encore en compétition avec Alonso, mais si je m'étais loyalement écarté de Ruth, il me semblait que c'était à son tour de me céder le pas. Nous en avons parlé très franchement. Mon ami tenait beaucoup à cette mission car, quelques années plus tôt — pendant la période où je fis connaissance de Ruth — il s'était offert un voyage en Europe et avait visité l'Espagne en commençant par les Asturies où, jadis, sa mère avait eu de la parenté, et puis il avait découvert l'Andalousie et ne rêvait plus que d'y retourner. Contrairement à mon attente, Alonso ne parut pas du tout vouloir renoncer à l'espoir d'être désigné. J'en conçus quelque amertume et je craignais qu'il ne fît intervenir Ruth — dont il me savait toujours amoureux — pour obtenir mon désistement. Mais, mon ami était tout de même de meilleure qualité que ma mauvaise humeur me le soufflait et Ruth ne se permit aucune allusion à un départ éventuel de son mari pour le vieux continent. D'ailleurs, cette perspective ne devait pas tellement la réjouir. D'un commun accord, Alonso et moi avons décidé de ne plus discuter de la chose, nous en remettant à Anderson, qu'il n'était pas possible d'espérer influencer. Il n'empêche que je poussai un soupir de soulagement lorsque je sus que c'était finalement moi qui enlevais la palme parce que je parlais français. Alonso fut très chic et me félicita de ma veine, me demandant seulement de saluer l'Andalousie de sa part. Je lui aurais promis d'aller embrasser le Caudillo pour peu qu'il m'en eût prié.

Comme un bonheur n'arrive jamais seul, je suscitai encore bien des jalousies parmi mes collègues quand on apprit que j'allais d'abord passer six semaines à Paris. Cliff tenait à ce que rien en moi ne rappelât l'Anglo-Saxon que j'étais devenu et il me mit en garde contre des erreurs vestimentaires possibles. Par chance, je n'avais jamais aimé mâcher de la gomme et, bien plus que la cigarette, je préférais fumer le cigare.

Si mon existence à Paris fut assez pénible, par suite de tout ce que je devais apprendre, assimiler du métier de représentant en produits pharmaceutiques, dont j'étais supposé assumer les responsabilités chez Bigeard et Cie, elle comporta bien des côtés agréables que je décrivais dans des lettres enthousiastes à Ruth. En réponse, l'ex-femme de ma vie me disait sa crainte de me voir abandonner le nouveau continent pour l'ancien et, en post-scriptum, Alonso ne manquait jamais de me mettre en garde contre les Parisiennes. De temps à autre, un gribouillage au bas de la page me faisait savoir que José n'oubliait pas l'oncle Pépé. Il avait été convenu que lorsque je serais en Espagne, mes lettres à destination de Washington seraient transmises par le canal de la maison Bigeard et Cie.

Le garçon du *Madrid*, qui m'apporte mon quatrième verre de Jerez, me regarde avec un certain étonnement. Il faut que je fasse attention et que j'aie toujours présente à la mémoire la sobriété espagnole. Ce garçon a une bonne tête et j'ai soudainement envie d'essayer sur lui mon rôle de brave homme heureux d'être en vacances dans son pays. Mon interlocuteur a l'air de marcher. Il m'interroge sur Paris et je suis content, comme un élève qui passerait facilement un examen et attendrait les félicitations du jury. Dans le calme de cet après-midi provincial dans cette vieille ville où est encore imprimée la marque du conquérant maure, je m'amuse à parler des Champs-Elysées, du Louvre, des Tuileries, de la tour Eiffel, de Montmartre, des Grands Boulevards, et le garçon (qui n'est peut-être jamais allé seulement jusqu'à Madrid) succombe à la magie des mots et s'attarde tant et si bien auprès de moi qu'il se fait rabrouer par des consommateurs impatients, qui n'ont pas l'air d'admettre qu'il puisse se consacrer à mon seul service. Je mets un point final à mon numéro en demandant au serveur de me permettre de le photographier devant la terrasse de son café. Il accepte avec enthousiasme et tient à me donner son nom et son adresse pour que je puisse lui envoyer une épreuve au cas où je ne repasserais pas par Cordoue.

En me dirigeant vers les jardins de la Victoire, du pas du touriste que rien ne presse, j'étais assez fier de moi. De loin en loin, je n'omettais pas de prendre une photo, admiré par les gosses de la rue, que ma connaissance de l'argot espagnol avait intimidés — bien plus que des injures ou des menaces — lorsqu'ils m'avaient entouré, quémandant « una perra chica [1] ». Après un tour dans la plaza de Toros, je pris l'avenida del Generalisimo et entrai dans les jardins de la Victoire. Le temps était déjà si chaud qu'on se serait cru aux premiers jours de l'été. Sur les bancs, des vieux aux visages ravinés somnolaient, comme écartés déjà du monde. Des gamins jouaient aux gendarmes et aux voleurs, perdus dans l'ivresse de leurs cris. Sur un rond-point, deux fillettes se faisant vis-à-vis dansaient sans le moindre sourire. On les devinait tout entières appliquées à leur tâche qui n'était plus un

1. Pièce d'un sou.

jeu. Leurs mères les surveillaient en bavardant. Obéissant à une musique qu'elles seules entendaient, les deux enfants avançaient, reculaient, se frôlaient, semblant se provoquer sans oublier le fameux balancement des hanches ni les « zapateados [1] » des danseuses andalouses. Ma belle Espagne sévère et grave jusque dans ses plaisirs.

Je devais reconnaître Manuel Ezquariz à sa tenue, car Cliff Anderson n'avait pu me montrer une photographie de lui, pas plus d'ailleurs que de Bob Lajolette qui, n'ayant jamais eu affaire officiellement à la police, n'avait pas de photos d'identité dans nos archives et il avait dépensé assez d'argent pour obtenir que les journaux n'aient jamais publié son portrait. Mon chef, cependant, m'en avait fait une description minutieuse, suffisante, me semblait-il, pour me permettre de le reconnaître si nous nous trouvions en présence. Quant à Ezquariz, il était convenu qu'il porterait un chapeau gris perle avec un ruban noir sous lequel il aurait glissé un billet de la loterie quotidienne pour les aveugles et dont il laisserait dépasser un bout. Une cravate rouge, coupée d'une double barre grise, constituait un second signe de ralliement. Enfin, Manuel serait assis sur l'un des derniers bancs proches de la porte ouvrant sur l'avenida de America, occupé à lire un numéro de l'*A.B.C.* Mais j'eus beau examiner avec une scrupuleuse attention tous les hommes se reposant sur les sièges près de l'entrée sur l'avenida de America, aucun d'entre eux n'était Manuel Ezquariz. Etait-il en retard ou s'était-il lassé de m'attendre? Je préférais la première hypothèse car, dans notre métier,

1. Claquement du talon sur le sol.

l'impatience est un défaut qu'on a très vite fait de perdre, en même temps que la vie le plus souvent. Feignant toujours de m'intéresser au spectacle que m'offraient les beaux jardins cordouans, je refis le tour du parc. J'étais pourtant bien sûr de me rappeler le lieu du rendez-vous : alors pourquoi, diable, mon correspondant n'était-il pas là?

Je revenais vers le rond-point où les deux fillettes dansaient tout à l'heure lorsqu'un hurlement d'effroi me figea sur place, avant que je ne me précipite vers l'endroit d'où le cri avait jailli et qui était, justement, le rond-point de mes petites danseuses. Lorsque j'y arrivai, d'autres promeneurs m'avaient précédé et s'agglutinaient autour d'un bosquet. Les mamans des ballerines consolaient leurs enfants qui paraissaient en proie à une véritable crise nerveuse. Un garde civil accourut au pas de charge et se fit place dans le cercle des curieux. Je me glissai à la suite du policier pour voir ce qui motivait une pareille émotion. Il y avait un cadavre d'homme à moitié engagé sous un massif d'arbustes. Le garde l'empoigna par les chevilles pour l'amener à la lumière. C'étaient les petites qui, en jouant à cache-cache, l'avaient découvert. Le mort était bien vêtu, paraissait avoir une quarantaine d'années, et le sang qui inondait la partie supérieure de sa poitrine donnait à penser qu'il avait été égorgé. Son chapeau avait roulé à quelques pas de lui. Un homme le ramassa pour le remettre au policier et je m'aperçus que, du ruban noir, sortait un bout de papier. Je me suis retiré discrètement.

Je ne connaîtrai jamais les renseignements que devait me fournir feu Manuel Ezquariz. Ça commençait mal.

Ceux qui vont au cinéma voir des films de

gangsters s'imaginent volontiers que nous formons — nous autres du F.B.I. — une sorte de bataillon de « supermen », ignorant la peur, méprisant la souffrance et doués d'une intelligence nettement au-dessus de la moyenne. Ce n'est pas tout à fait ça. Certes, je tire vite et bien et quand il s'agit de se défendre, homme contre homme, j'ai toujours ma chance; seulement je préfère de beaucoup ne pas faire usage de mes poings et encore moins de mes armes. Nous serions plutôt des tranquilles, des sérieux au F.B.I. et il faut nous asticoter longtemps pour nous faire perdre notre sang-froid. Comme le jour où la bande à Louis Derton a torturé notre collègue James Woodhite avant de lui permettre de mourir, mais ceci est une autre histoire et ce n'est vraiment pas le moment de me rappeler des souvenirs aussi désagréables.

Pour ne rien vous cacher, j'ai peur.

Oh! bien sûr, ce n'est pas la panique risquant de me faire courir comme un fou en hurlant, mais, tout de même, je sens que j'ai perdu le contrôle de mes nerfs. Je suis mal à l'aise. Je me retourne sans cesse, pareil à un débutant, tandis que je remonte le Paseo del Gran Capitan. Me voilà de nouveau assis à la terrasse du *Madrid*. Je commande un cognac et envoie promener le garçon qui voudrait reprendre notre entretien familier de tantôt. Je le vois qui, à quelques tables de là, me regarde en prenant bien soin de ne pas en avoir l'air. Il doit se demander ce qu'il m'est arrivé. Personnellement, ce serait plutôt ce qu'il va m'arriver qui m'inquiète... En entrant dans Cordoue, je n'avais pas beaucoup de fils conducteurs pour avancer dans cette affaire de stupéfiants, mais, maintenant qu'Ezquariz est parti définitivement... Comment le tueur savait-il que Manuel avait rendez-vous avec moi? Je m'efforce de rester calme et de faire appel à toute ma raison. Personne n'était au courant de mon voyage à Séville et encore moins de ma rencontre projetée avec Ezquariz. Alors? Et puisqu'ils ont pu si facilement abattre mon indicateur, pourquoi ne s'en sont-ils pas pris à moi? Ça, c'est une pensée comme je ne les aime guère et, instinctivement, j'examine les clients du *Madrid* qui m'entourent. Ma main tremble pendant que je bois et je n'aime pas ça du tout. Je me dois de réagir et vite. Ce qui m'embête, c'est que je n'ai pas d'arme. Les douaniers n'auraient sûrement pas compris que je vinsse assister à la Semaine sainte, revolver au poing.

Pas drôle de se balader le nez au vent dans une ville dont on soupçonne que chaque recoin peut dissimuler un individu susceptible de vous expédier dans l'autre monde. Mais, enfin, pour me remonter le moral, je me disais que si j'avais voulu vivre dans la sécurité du citoyen ordinaire, il m'aurait fallu choisir un autre métier. Afin de me donner une leçon et de bien me reprendre en main, je me suis obligé à me rendre paisiblement à la cathédrale. Par la rue San Felipe, la place Ramon y Cajal, la rue Valladares, la place del Indiano, la rue del Buen Pastor et la rue Deanes, j'allais lentement, l'œil aux aguets et les mains dans les poches, me contraignant à paraître le plus désinvolte possible. Toutefois, quand un homme me croisait de trop près, instinctivement, je me ramassais sur moi-même, prêt à sauter ou à parer le coup qui me serait porté. Mais personne ne troubla ma promenade, et j'arrivai sain et sauf à la cathédrale. La sagesse musulmane de cette ancienne mosquée s'allia-t-elle à la résignation catholique pour me faire redevenir l'homme que j'étais? Toujours est-il que lorsque je pris le chemin du retour, il ne me restait plus de mon angoisse passée qu'un léger sentiment de honte.

Sitôt que j'eus dîné, je m'enfermai dans ma chambre pour écrire à Cliff Anderson et à Alonso, par l'intermédiaire de Paris. Au premier, je racontai la mort d'Ezquariz et lui demandai des instructions. Au second, je décrivis l'atmosphère de l'Espagne retrouvée. Pour ne pas inquiéter Ruth, je ne parlai pas de mes ennuis, sachant que Cliff mettrait Alonso au courant, s'il le jugeait nécessaire, ce qui était loin d'être prouvé. Mon courrier terminé, je descendis jeter mes lettres à la boîte et m'accordai la permission de fumer un cigare en buvant un dernier cognac, toute ma sérénité revenue. Evidemment, j'étais dans le noir absolu et je ne voyais pas la moindre lueur capable de me guider sur le chemin menant aux trafiquants, mais je faisais confiance à Cliff : ou il jugerait que l'affaire était mal engagée et il me rappellerait, ou il m'enverrait des directives nouvelles. De toute façon, j'étais bien résolu à ne pas quitter Séville avant la fin des fêtes, car Dieu seul savait s'il me serait donné d'y revenir un jour.

Lundi de la Passion.

Peu après être sorti de Cordoue, je vis les premiers taureaux qui paissaient dans les prairies bordant le Guadalquivir. Il faisait un temps magnifique et la douceur de l'air avait ce quelque chose de délicat, d'immatériel, d'indéfinissable que seuls les Andalous connaissent et dont ils sont incapables d'expliquer la nature à ceux qui ignorent leur pays. Je n'avais que cent trente-deux kilomètres à couvrir et je ne me pressais pas. Tant que je n'aurais pas reçu des ordres d'Anderson, je me considérerais comme en vacances. A Palma del Rio, je bus mon premier « café con leche [1] » de la journée, dans le patio d'une petite auberge, à l'ombre des orangers. J'eus une pensée apitoyée pour mes collègues et pour Ruth qui ne connaîtraient sans doute jamais le merveilleux paysage où le temps n'a plus d'importance. En ami de toujours, je saluai d'un coup d'œil complice la vieille tour de Peñaflor et dix heures sonnaient lorsque, le cœur battant, j'entrai dans Séville.

1. Café au lait.

Je ne voulais rien voir encore et me hâtais de gagner le *Cecil-Orient* où ma chambre était retenue, place San Fernando. Je tremblais d'impatience tandis que je défaisais ma valise et que je changeais de linge. Je n'arrivais pas à croire que j'étais à Séville.

Lorsque je m'engageai dans Sierpès, j'avais complètement oublié que j'étais un agent du F.B.I. en mission. Il me semblait être dans la peau d'un bourgeois sévillan se promenant dans le quartier où il savait devoir rencontrer ses amis pour bavarder avec eux. A la Campana, les fantômes de mon père et de ma mère m'attendaient. Je les revis occupant les chaises du dernier rang lors de l'ultime nuit des processions de la Semaine sainte, quand sortent les grandes Confréries : celle du Jesus del Gran Poder, la plus puissante; celle de la Macarena, la plus aimée; celle de la Esperanza, la plus fervente. Je crus entendre à nouveau ma mère me demandant d'être sage et le bruit des papiers qu'elle dépliait pour y prendre notre frugal dîner. Cette nuit du Jeudi au Vendredi saint, on en parlait des mois et des mois à l'avance. C'était le seul plaisir que s'offraient mes parents et dont ils économisaient le prix sou à sou durant l'année entière. Pour moi, il me semble me rappeler qu'au lieu de rester pendant des heures sur la chaise louée à si grands frais, j'aurais préféré courir avec les gamins de mon âge, mais mon père ne comprenait pas que je pusse ne pas partager sa ferveur. Il est vrai que, jusqu'à ce que je fusse devenu un garçonnet, le sommeil me gagnait assez vite et lorsque la première procession — celle du Silence — abordait la Campana, il était plus de deux heures du matin et je dormais si profondément que les plus émouvantes

« saetas [1] » ne parvenaient pas à me faire reprendre pied dans le monde des grandes personnes. Aujourd'hui, mes parents reposent dans une terre étrangère, loin, bien loin de leur Andalousie... C'est bête la vie!

Tout en rêvant du passé, je ne cessais de dévisager les gens que je croisais, non pas dans la crainte de voir apparaître un ennemi, mais bien dans l'espoir de voir surgir du fond de ma jeunesse la figure oubliée d'un camarade d'autrefois. En vain. Sierpès s'était quelque peu modernisée et seules les grandes vitres séparant de la rue les membres cossus des « casinos [2] » rappelaient vraiment le temps jadis. En passant devant l'Université, je me souvins des rêves autrefois nourris par mon père qui souhaitait faire de moi un savant. Que dirait-il, le pauvre, s'il avait la possibilité de me voir, en constatant que je suis devenu une espèce de flic, lui qui — un peu anarchiste sur les bords, tout en étant profondément croyant — haïssait les contraintes et méprisait tout ce qui, de près ou de loin, rappelait la police? Au marché, je respirai nombre d'odeurs oubliées. Par la rue de la Regina, je gagnai la place San Juan de la Palma, but de ma sortie. Lorsque je débouchai sur la plaza et que je me trouvai en face de l'église Saint-Jean-Baptiste — que tous les Sévillans appellent la Palma — je m'arrêtai comme frappé de vertige. Spontanément, mes yeux cherchèrent la petite maison crépie de chaux rosée où j'avais vécu douze ans. Elle était toujours là, aussi délabrée que par le passé, malgré son enduit pascal, pareille à ces vieilles coquettes dont le fard peut faire illusion un moment et empêcher de penser à leur décrépitude

1. Airs qu'on chante au passage d'une procession.
2. Clubs.

interne. Nous habitions deux pièces s'ouvrant, au rez-de-chaussée, sur la cour où, toute la journée, se croisaient, se heurtaient, s'entremêlaient les chansons, les cris et les injures, se fondant à la fin de la matinée et le soir dans un silence imprégné de la puissante senteur des fritures. Ma jeunesse...

En entrant dans l'église, j'eus l'impression qu'un grand manteau me tombait sur les épaules pour m'envelopper étroitement, un manteau d'où montaient les souvenirs dont j'étais prisonnier. Je me reconnus petit garçon agenouillé devant l'autel et disant son Pater avant l'arrivée de Dom Domingo qui allait nous faire réciter notre catéchisme. Il devait être mort depuis bien longtemps, le cher Dom Domingo qui aurait tant voulu me voir aller au séminaire. Le brave homme s'imaginait que bien savoir son catéchisme et ses prières suffisait pour devenir un prince de l'Eglise, ayant oublié ses propres études et le mal qu'il avait eu pour obtenir de terminer son apostolat dans ce temple de San Juan de la Palma, près de sa chère Vierge de la Armagura. Il ne comprenait réellement pas qu'un gamin pût nourrir plus belle ambition que de vivre toute son existence sous la protection de sa patronne bien-aimée. Surveillé par le sacristain qui avait dû flairer en moi un visiteur étranger, j'avançais à petits pas, chaque pilier, chaque recoin me rappelant des histoires que je revivais la gorge serrée. Je vis l'individu pour la première fois au moment où je m'inclinais devant l'autel. M'étant un peu déséquilibré dans mon mouvement, ma tête tourna vers la gauche et j'eus la brève perception de quelqu'un qui se cachait pour échapper à ma vue. Ma première idée fut de me rendre compte immédiatement, mais je ne voulais pas céder à la psychose de l'homme traqué qui a tôt fait de vous démolir les nerfs. Me forçant à rester calme, indifférent, je repris ma promenade. Toutefois, de temps à autre, je profitai d'un recoin ombreux pour me dissimuler et épier celui que je m'imaginais appliqué à me suivre. Lui aussi feignait un complet détachement chaque fois que je le regardais, mais lorsque je disparaissais de son horizon, je le voyais hésiter, s'affoler et ne retrouver son calme que lorsque je me montrais. Aucune illusion à se faire, ce type en avait après moi... Pourtant, il n'était pas concevable que Lajolette fût au courant de mon arrivée à Séville! L'envie me tenaillait d'être fixé et, pour cela, d'empoigner mon suiveur et de lui demander exactement ce qu'il me voulait.

Ce type m'énerve, je n'y peux plus tenir. C'est stupide de ma part, mais je veux en avoir le cœur net. Je sors. Mais, sitôt dehors, je me dissimule dans un enfoncement du porche et j'attends. L'autre ne tarde pas à apparaître. Il a l'air désorienté, un peu inquiet aussi. Il scrute la place et doit s'étonner de ne pas m'y voir. Au moment où il est sur le point de partir, je me glisse derrière lui et, doucement, je dis :

« Je suis là, camarade... »

Il fait un véritable bond, comme s'il avait mis le pied sur un serpent. Il se retourne et me regarde, ahuri.

« Mais... mais, señor... je... je ne vous connais pas...

— Et c'est sans doute pour faire ma connaissance que vous me suivez depuis que je suis entré dans l'église? Ou peut-être même depuis que j'ai quitté mon hôtel?

— Je vous jure que... »

Je ne le laisse pas terminer et lui empoignant le bras :

« Venez donc avec moi! »

Il tente mollement de se débattre. Il s'aperçoit vite de l'inutilité de sa tentative et geint :

« Laissez-moi tranquille ou j'appelle la police...

— Chiche! »

Le coup a porté. Il se tasse sur lui-même, subitement résigné. Il murmure :

« Où voulez-vous m'emmener?

— Prendre un verre. »

Visiblement, ma réponse le déconcerte. Il ne comprend rien à ce qui lui arrive. Bras dessus, bras dessous, nous traversons la Palma et entrons dans un petit café plein d'ombre. Nous nous installons à la table la plus éloignée de la porte, juste sous une affiche annonçant que Miguel-Luis Dominguin combattra deux taureaux, le premier dimanche de la Feria, à la Maestranza de Séville. N'ayant sûrement pas du tout envie de faire des pas inutiles, le patron, sans bouger du siège qu'il occupe derrière son bar, demande :

« Ces messieurs veulent boire quelque chose? »

A son ton, on comprenait qu'il n'aurait pas été vexé si on lui avait dit qu'on n'avait nulle envie de consommer quoi que ce soit, car cela lui aurait permis de rester tranquillement à sa place. Je commandai du Jerez. Le cafetier poussa un soupir résigné et, en bon Andalou pour qui le temps ne compte pas, et qui estime qu'on a toujours tort de se presser pour travailler et pour mourir, il mit un long moment avant de trouver d'abord la bouteille de Jerez, puis deux verres propres, et nous étions bien assis depuis cinq minutes lorsqu'il se décida à se traîner jusqu'à nous. Répugnant à un effort supplémentaire, il se refusa à emplir nos verres et, laissant la bouteille sur notre table, il déclara :

« Vous prendrez ce que vous voudrez... Vous n'aurez qu'à me dire... »

Et il repart sur ses espadrilles. Il a vraiment l'air dégoûté de vivre, ce bonhomme. Son foie qui le travaille, probablement, et pourtant, je suis sûr que si je repasse vers treize heures ou vingt heures, je le trouverai l'œil vif, le verbe haut, plongé dans une âpre discussion avec des amis ou des adversaires qu'il entendra convaincre qu'il n'est pas meilleur matador que tel ou tel ou bien qu'aucune confrérie ne saurait surpasser la piété, la richesse, le goût de celle de la « Pontificia, Real et Ilustre Hermandad Sacramental y Cofradia de Nazarenos de Nuestro Padre Jesus del Silencio en el Desprecio de Herodes y Maria Santisima de la Armagura », la sienne. Je remplis les verres et, relevant brusquement la tête, je vois mon hôte involontaire qui me regarde. C'est alors que je remarque ses pupilles. Pas besoin d'être un initié pour comprendre que c'est un drogué. Il présente les caractéristiques élémentaires qu'on nous enseigne, dès le premier cours, à Washington. Ma gorge se noue un peu. Un drogué. Cela veut-il dire que la bande est déjà sur ma piste? Je pense à Ezquariz et un frisson désagréable me court le long de l'échine. La colère tout autant que la peur me durcit les muscles. Si je n'avais pas appris à me discipliner, je prendrais ce type à la gorge et je le forcerais bien à avouer qui l'a mis après moi. Je respire profondément pour me calmer et, levant mon verre, je demande :

« Vous voulez boire à ma santé? »

Encore une fois, le voilà à la dérive. Il fait de durs efforts pour tenter de réprimer le tremblement de ses mains, mais, maintenant, je sais que c'est la drogue bien plus que la crainte qui le met dans cet état. A la crispation de ses mâchoires, je me rends compte de la violence de sa tension et la sueur lui mouille les tempes tandis qu'il me répond d'une voix où je perçois des fêlures :

« Et pourquoi non, señor? »

Nous choquons nos verres et il vide le sien d'un trait. Sans même m'en demander la permission, il prend la bouteille et, coup sur coup, sans respirer, il remplit et vide deux fois son verre. Puis, il rougit et balbutie :

« Excusez-moi, señor, mais... »

Je l'interromps tranquillement :

« Je sais ce que c'est que le manque... »

Il ne sursaute pas comme je m'y attendais. Au contraire, il baisse la tête et soupire :

« J'ai l'impression d'étouffer. »

J'ai assez vu de drogués durant les années passées à les traquer aux Etats-Unis pour deviner que celui-ci est prêt à n'importe quoi pour se procurer de l'héroïne ou de la cocaïne. Pendant ce temps, Lajolette vit dans une confortable villa, sur les pentes du Tibidabo, à Barcelone... Comme chaque fois que je pense aux pourvoyeurs de drogue, une fureur aveugle me bouleverse et me colle un nuage rouge devant les yeux. Ce n'est plus de la colère que j'éprouve à l'égard de mon suiveur, mais une immense pitié. Je lui demanderais bien de me raconter son histoire, mais, à quelques variantes près, je l'ai si souvent entendue... Le pauvre bougre se lève et, timidement :

« Avec mes remerciements, señor... »

Il veut s'en aller. Je lui prends le bras et le force à se rasseoir.

« Pas avant que vous m'ayez dit pourquoi vous me suiviez? »

Il me considère, surpris.

« Mais, puisque vous savez?... J'avais cru voir en vous un étranger lorsque je vous ai croisé dans Sierpès et je pensais que je pourrais vous demander un peu d'argent en vous offrant de vous montrer Séville... Seulement, je n'osais pas vous aborder, à cause de mon état. Je craignais que vous me preniez pour un ivrogne... »

C'est plausible. Bien sûr, je pourrais lui offrir les pesetas dont il a besoin en échange du nom de son ravitailleur, mais je sais qu'il n'accepterait pas. Pas plus en Europe qu'aux Etats-Unis, les intoxiqués ne livrent les noms de leurs bourreaux, de crainte de ne plus trouver de fournisseurs et puis, ce serait me trahir, car il a deviné que je ne me pique pas, pas plus que je ne prise ou fume. Je le laisse filer. C'est peut-être une faute, mais je suis si content d'arriver à me persuader que je m'étais forgé des chimères et que la bande ne soupçonne pas ma présence à Séville... D'ailleurs, comment l'aurait-elle pu?

Sur la Palma, le soleil dessinait des ombres nettes. J'étais rempli d'une allégresse aux racines multiples, mais qui, toutes, plongeaient dans un passé qui, par le miracle de la mémoire et de la tendresse, redevenait un présent qui m'étouffait un peu. Des femmes pressées par l'heure rentraient du marché en portant de lourds cabas. Des hommes, arrêtés au milieu de la place, là où ils s'étaient sans doute rencontrés, se perdaient dans de véhémentes discussions tandis que d'autres, appuyés contre les murs des façades, se contentaient de savourer en silence la tiédeur de l'air et la belle lumière de ce matin de printemps. Des gosses jouaient au toro et je m'arrêtai pour admirer la souplesse des esquives, la fierté et la grâce naturelle qui cambraient les tailles juvéniles, et cette espèce d'exaltation sacrée transformant les gamins en servants d'un vieux et très noble culte. Ils ne firent attention à moi que lorsque je poussai deux ou trois « Ollé! » enthousiastes. En m'entendant exprimer mon admiration, les enfants, redevenant des enfants, m'entourèrent pour quémander quelques « perras chicas ». N'ayant pas de monnaie, j'avisai le matador que j'avais vu à l'œuvre et lui donnai un billet de cinq pesetas, à charge pour lui de régaler ses camarades. J'eus du mal à échapper à leur ferveur reconnaissante.

En mettant le pied dans la cour de « ma » maison sans trop en avoir conscience, j'effaçai des dizaines d'années et ma mère serait apparue à la fenêtre de notre petit logement, pour me crier de me dépêcher d'aller chez l'épicière, que je n'en eusse pas été autrement étonné. Malgré moi — en passant devant le réduit où jadis travaillait de son métier de cordonnier celui qui m'apprit tout ce que je sais des toros et des toreros de la légende andalouse — je lançai un sonore :

« *Buenos dias, tio Paco!* »

Mais l'énorme femme, molle et blanche, qui s'encadra sur le seuil de Paco me ramena aux réalités. Elle m'examina des pieds à la tête puis, curieuse :

« Vous cherchez quelqu'un, señor? »

Je lui expliquai que j'avais habité la maison dans le temps et que là où elle se trouvait présentement, vivait un cordonnier de mes amis, du nom de Francisco Alguin, mais que tout le monde appelait Paco. La femme se gratta longuement la tête avant de me répondre :

« Il est mort, Paco... Ça fera sept ans à la prochaine Toussaint... Je l'ai bien connu, moi aussi. C'est mon mari qui lui a succédé, mais mon mari, lui, il fait des paniers quand il n'est pas en train de se soûler, ce qu'il doit être justement occupé à faire en ce moment, puisqu'il y a plus d'une heure qu'il est parti pour aller chercher du pain, le maudit! »

Ne tenant pas à prolonger un entretien qui me semblait devoir s'orienter sur les malheurs conjugaux de mon interlocutrice, je saluai la bonne femme et après lui avoir souhaité, selon l'habitude, de passer une bonne journée, je m'apprêtais à me retirer, lorsqu'elle m'arrêta en me prenant par le pan de ma veste.

« Peut-être que vous seriez content de voir les enfants de Paco? Parce que son épouse, la señora Conchita, elle est morte, elle aussi... »

La señora Conchita qui me glissait toujours des rognures de cuir pour ma fronde... la señora Conchita si discrète, si effacée que — Dieu me pardonne! — je l'avais oubliée... Sans se soucier de mon avis, la matrone s'était avancée au milieu de la cour et, mettant ses mains en porte-voix, criait à pleins poumons :

« Maria, ma colombe?... Maria du Doux Nom, écoute-moi un peu! »

Le prénom m'enchanta et dissipa la mauvaise humeur qui était mienne en me voyant imposer une visite à des gens que je ne connaissais pas et qui m'obligerait à dévider l'écheveau des phrases creuses et inutiles de mise en pareil cas. Maria del Dulce

Nombre... Maria du Doux Nom... Il n'y a que mon Espagne pour mettre sur les épaules de ses filles des noms de baptême d'une aussi poétique qualité. Au deuxième étage, une fenêtre s'ouvrit et quelqu'un que je distinguais mal demanda :

« Qu'est-ce qu'il se passe, Dolorès?

— C'est un étranger qui s'inquiète après ton pauvre père... Il m'a demandé des nouvelles, parce qu'il ne savait pas... Tu lui diras mieux que moi comment il est parti, cet aimé de Dieu! »

Et, se tournant vers moi :

« Vous avez qu'à monter l'escalier en face de vous. On n'y voit pas bien clair mais Maria, elle, vous attend... »

Par convenance, je m'adressai à la demoiselle perchée en altitude :

« Vous permettez, señorita?

— Montez seulement, señor... »

L'escalier était sombre, mais quand on venait de la clarté de l'extérieur, il paraissait plongé dans des ténèbres opaques. Je n'avais pas monté une dizaine de marches que je n'y voyais plus rien. Agrippant la rampe à l'aveuglette, je me hissai précautionneusement. Il me sembla bien percevoir le bruit d'une respiration derrière moi, mais sachant combien l'absence de lumière facilite les divagations de l'imagination, je n'y pris pas autrement garde. C'était un tort, car au moment où j'atteignais le premier palier, j'eus l'impression que la maison s'écroulait sur moi. Je poussai un cri avant de rouler dans le noir au propre comme au figuré. Un tumulte d'exclamations, de portes ouvertes et fermées, de pas précipités, fut le dernier écho que j'emportai de ce monde.

Lorsque je repris conscience, j'étais allongé sur un

lit dans une chambre baignée de soleil. Debout à côté de moi, me regardant anxieusement, la plus ravissante fille que j'eusse encore jamais vue. A croire que je rêvais mais, en reconnaissant la grosse matrone qui m'avait accueilli dans la cour, je compris que cette belle Sévillane appartenait à la terre. Je lui souris et elle poussa un soupir de soulagement.

« Il revient...! Bénie soit la Purisima!... »

La femme mafflue intervint pour m'apprendre qu'elle avait envoyé chercher un docteur et la police. J'aimais beaucoup moins ça. Je ne pus me retenir de demander nerveusement :

« Pourquoi la police? »

Elle resta la bouche ouverte, le souffle court, avant de s'écrier :

« Mais, créature du Seigneur, parce qu'on vous a assassiné! »

Elle affirma sa conviction avec tellement de véhémence que je ne pus retenir un éclat de rire, qui me résonna douloureusement dans le crâne. Je portai la main à mon front pour m'apercevoir qu'on m'y avait posé un linge humide. Je contemplai la jeune fille.

« Vous êtes Maria du Doux Nom, n'est-ce pas?

— La fille de votre ami Paco, don José...

— Vous savez qui je suis?

— Je n'étais pas bien grande quand vous avez quitté Séville avec vos parents, mais je me souviens parfaitement de vous. »

Alors, moi aussi, je me rappelai que dans l'échoppe de Paco, traînait un petit bout de fille qui recevait des taloches chaque fois qu'elle essayait de mettre les doigts dans la poix. Quelle métamorphose! En même temps que je revoyais la gamine près de son père s'acharnant à consolider des semelles trop usées, j'entendais dans ma mémoire des vagissements et je revoyais doña Conchita allaitant un nourrisson.

« N'aviez-vous pas un petit frère ou une petite sœur ?

— Un frère, Juan... Il a tout juste vingt et un ans maintenant, et moi, vingt-sept...

— Mariée ? »

La question était indiscrète et j'eus honte de l'avoir posée, mais je ressentis un véritable soulagement de voir Maria secouer la tête en signe de dénégation. L'épouse du vannier ivrogne, qui n'en pouvait plus d'être contrainte au silence, se rua dans notre duo :

« Peut-être, Maria mia, qu'il vaudrait mieux qu'il parle pas trop, des fois qu'il aurait la tête fêlée ? »

Maria se signa en murmurant :

« La Purisima ne le permettra pas... »

Je partageai bien volontiers cette espérance et pour le démontrer, je pris la main de Maria qui ne la retira pas de la mienne.

« Dites-moi, au moins, ce qu'il m'est arrivé ? »

Trop heureuse d'accaparer l'attention, la grosse femme se jeta impétueusement dans les explications :

« Moi, cet homme, du premier coup d'œil, il m'a pas inspiré confiance... A peine vous étiez entré dans l'escalier, que le voilà qui traverse la cour comme s'il avait le feu au derrière, — sauf votre respect ! — il me passe sous le nez sans même me saluer et file derrière vous. Si j'avais deviné, seulement ! Mais, je pouvais pas me douter, hein ? Et juste comme je rentrais chez moi, j'entends un grand cri et un bruit de chute... Alors, je me retourne et, qu'est-ce que je vois? Le mal poli qui repassait, mais en courant cette fois... J'ai aidé Maria à vous ramasser et on vous a installé dans la chambre de son frère... Vous êtes rien lourd, señor! A mon idée, cette crapule a essayé de vous tuer, mais à cause de l'obscurité, il a pas visé juste... »

Je me doutais bien des raisons pour lesquelles mon agresseur avait raté son coup. Ce n'était pas seulement l'obscurité, mais je voulais en être sûr.

« Comment était-il, ce type?

— Un petit maigre, assez vieux, tout en nerfs, avec des drôles d'yeux... »

Ce que je pensais exactement. Dans l'état où je l'avais laissé, mon drogué ne contrôlait plus très bien ses gestes, d'où ma chance. Ainsi, il me suivait bien depuis Sierpès ou depuis mon hôtel. J'avais donné dans le piège. Ce n'était pas tellement d'avoir été dupé qui me chagrinait, mais la certitude à laquelle il fallait me rendre : la bande de Lajolette était sur ma piste et j'aurais du mal à éviter — si je l'évitais — le sort de Manuel Ezquariz.

Maria me ramena aux réalités immédiates en affirmant que c'était la première fois qu'une chose pareille arrivait dans une maison de la Palma et elle m'interrogea sur les motifs supposés de cet attentat. Je pris un air détaché pour répliquer que ce bandit avait dû me prendre pour un Américain aux poches bourrées de dollars, mais que le courage de ces dames l'avait empêché de me dévaliser.

Le coup qui m'avait été porté avec un instrument contondant — comme le décréta doctoralement le petit médecin venu me visiter — n'avait fait que m'entamer la peau du côté droit du crâne. Deux agrafes et deux comprimés d'aspirine répareraient les dommages et calmeraient mon mal de tête. Je me fis mettre les agrafes et avalai les comprimés. Le médecin nous quitta, heureux d'avoir un malade aussi obéissant et surtout aussi généreux, car je lui avais donné le triple de ce qu'il me demandait pour prix de sa visite. On n'est pas riche dans le quartier de la Palma.

Lorsque le policier — un gros bien sympathique — envoyé par le commissariat, eut recueilli la déposition de la femme du vannier, il me demanda si je portais plainte. A l'étonnement général, je refusai et donnai les raisons de ma décision en expliquant qu'à la veille de la Semaine sainte le pardon des offenses me paraissait s'imposer et que je ne tenais pas, dès mon retour au pays, à créer des ennuis à la police et à lancer cette dernière contre un de mes compatriotes. Le bon gros nota scrupuleusement mes déclarations, me les fit signer tandis que les femmes admiraient mon esprit de charité et me félicitaient d'être resté, au fond du cœur, un bon Andalou. Pour leur faire plaisir à tous, je leur appris que j'habitais Paris, que j'étais devenu Français pour des raisons de travail, mais que je n'avais jamais été aussi heureux que depuis que je respirais de nouveau l'air de la Palma. On se quitta enchanté les uns des autres. Le policier redescendit avec l'épouse de l'ivrogne vagabond et je restai seul avec Maria du Doux Nom.

Il y a maintenant plus d'une heure que nous bavardons. Je lui ai raconté ma vie, enfin ce qu'aurait pu être ma vie si je m'étais vraiment installé en France. Je suis assis dans un fauteuil quelque peu défoncé, et qui est le seul luxe de cette chambre. Au mur, des photos de toreros célèbres alternent avec les portraits de joueurs de football réputés. Je sais que Maria travaille chez des commerçants en tissus de la Cuna qui la traitent comme leur fille et dont elle est l'employée de confiance. Si elle n'est pas allée au magasin c'est que ses patrons l'avaient trouvée un peu fatiguée samedi et qu'ils l'avaient autorisée à faire la grasse matinée le lundi comme le dimanche. Quant au jeune Juan, il semble que ce soit beaucoup moins brillant. Le garçon trouve tous les emplois trop mal payés pour leur consacrer son temps. Alors, il bricole, pilote les touristes, rend service à celui-ci et à celui-là et je le soupçonne de tirer le plus clair de ses revenus du marché noir. D'après ce que je crois comprendre, Juan est devenu un souci et non un appui pour sa sœur. Le plaisir que j'éprouve à être près de Maria me fait oublier que les tueurs de Lajolette me cherchent et qu'ils ont déjà failli m'avoir. Maria parle de Paris comme on parle d'un pays de légende. Elle ne connaît même pas Madrid. Le temps passe et il me faut rentrer à mon hôtel pour ne pas faire jaser les voisins. Au moment où je me lève pour prendre congé, Juan entre. Il ressemble à sa sœur dont il a le merveilleux regard, mais sur tout son visage s'étend cette espèce de voile ténu que je connais bien pour l'avoir vu sur les figures des innombrables petits voyous que j'ai interrogés et que j'interroge depuis des années. Il me contemple d'un drôle d'air pendant que Maria le met au courant. Lorsqu'elle en a terminé avec son récit, il me demande :

« Vous savez quel était ce type?

— Non. »

Il m'examine longuement des pieds à la tête, puis murmure :

« C'est quand même curieux... »

Ce gars-là n'est sûrement pas un imbécile. J'ai

toutes les peines du monde à obliger Maria à accepter quelques pesetas pour le dérangement. Juan est beaucoup plus facile à convaincre. Arguant de ma reconnaissance et de notre amitié ancienne, je les invite à dîner tous les deux pour le lendemain soir. On convient que j'irai chercher la jeune fille à son magasin et que Juan nous y rejoindra. Dans l'escalier où il m'accompagne, Juan me confie doucement :

« Il ne faut pas vous tromper sur ma sœur, n'est-ce pas, señor? »

Sitôt rentré au *Cecil-Orient*, je rédige un télégramme en code pour Paris, afin d'avertir Anderson que je suis découvert et qu'on a tenté de me tuer. A lui de décider ce que je dois faire. Au moment où je remets ma dépêche au réceptionniste, il m'avertit que l'officier de police Fernandez, du quartier de la Palma, serait désireux de me voir lorsque j'aurai l'occasion de passer à son commissariat. Embêtant. Cliff m'a bien recommandé de ne mêler sous aucun prétexte la police espagnole à nos histoires. Je ne me sens pas assez en forme pour discuter avec ce Fernandez. Je remets ma visite au lendemain et je monte me coucher. Je n'aurai pas trop d'une vingtaine d'heures au lit pour récupérer d'abord, pour examiner ma conduite à venir ensuite.

Mardi de la Passion.

L'AGENT qui bombait le torse dans sa tunique bien ajustée devant le commissariat de la Palma s'empressa de me montrer le chemin lorsque je lui eus dit que son chef m'attendait. Fernandez, le commissaire, était un homme d'une cinquantaine d'années, mince, élégant, et je constatai — non sans déplaisir — qu'il avait l'air intelligent. Il me reçut avec cette courtoisie de grand seigneur qui est l'apanage du plus humble des Andalous. Après m'avoir offert un cigare que j'acceptai et en avoir pris un lui-même, il m'exposa les raisons de ma convocation.

« Señor, voilà dix ans que je suis commissaire de ce quartier. J'ai eu à réprimer bien des rixes, à trancher bien des querelles, à arrêter quelques voleurs, une fois un meurtrier, mais jamais encore il ne m'est arrivé de me pencher sur une histoire aussi étrange que celle qui vous est arrivée hier matin; tellement étrange, señor, que je ne parviens pas à la comprendre et j'aime bien comprendre. Pourquoi n'avez-vous pas porté plainte?

— J'ai donné mes raisons à l'agent qui... »

Il eut un geste gracieux de la main comme pour dissiper tout malentendu.

« Je sais, señor, j'ai lu le rapport de l'agent et

c'est la raison de votre présence dans mon bureau. Non, ce que je vous demande, ce sont les vraies raisons de votre longanimité... assez exceptionnelle, ne pensez-vous pas?

— Quoi que vous puissiez croire, monsieur le commissaire, je n'en ai pas d'autres que celles fournies à votre représentant...

— Señor Moralès, j'estime être bon catholique, mais si quelqu'un m'attaquait dans l'intention évidente de me tuer, je ne pense pas que je suivrais aussi noblement que vous les préceptes de l'amour du prochain... »

Il commençait à m'énerver sérieusement, ce Fernandez. Aussi, je pris un ton très sec pour lui répondre :

« Chacun est libre d'agir comme il l'entend!

— Bien sûr, señor, à condition toutefois de ne pas se mettre en contradiction avec la loi.

— Serait-ce mon cas?

— Très franchement, je l'ignore.

— Par exemple!

— Que voulez-vous, señor, votre souci d'observer si scrupuleusement les commandements de l'Evangile et votre volonté de ne pas ennuyer la police — ce dont je vous remercie, d'ailleurs — ont quand même eu pour résultat de laisser en liberté un homme dangereux, un tueur... et s'il abattait quelqu'un d'autre, n'en auriez-vous pas des remords?

— J'avoue que je n'avais pas envisagé cette hypothèse. »

Il me regarda à travers la fumée de son cigare, puis :

« ... A moins, naturellement, que vous ne soyez convaincu qu'il ne s'en prendra à personne d'autre qu'à vous?

— Et pourquoi?

— C'est ce que j'aimerais savoir, señor... Donc, vous ne connaissiez pas cet homme?

— Je ne l'ai même pas vu!

— C'est juste... mais la description qu'on en a donnée en votre présence n'a éveillé aucun souvenir dans votre mémoire?

— Je n'étais arrivé à Séville que depuis quelques heures; c'est un peu court pour se créer des relations...

— Evidemment... et cependant, voyez, señor, comme il est difficile de se fier aux témoignages... »

J'eus soudain la nette impression que tout ce qui avait été dit jusque-là n'était qu'un bavardage destiné à endormir ma méfiance et que, maintenant, les choses allaient se gâter en ce qui me concernait. Comme s'il devinait mon inquiétude, Fernandez me contempla ironiquement :

« Figurez-vous que le patron du bar *Las Flores* sur la Palma... »

J'étais coincé. Je savais ce qu'il allait me dire et, sans trop l'écouter, je pensai à la parade.

« ... Affirme que, peu de temps avant votre... accident, vous étiez chez lui en train de boire avec un inconnu dont le signalement rappelle beaucoup celui de votre agresseur. »

Le mieux à faire était de jouer les naïfs et c'est sur le ton le plus sincère que je m'écriai :

« Ce n'est pas possible, voyons!

— Qu'est-ce qui n'est pas possible, señor?

— Que ce malheureux à qui j'ai offert un verre soit le même qui...? »

Je crois que je tenais assez bien mon rôle.

« Vous le connaissiez donc?

— Pas du tout!

— Mais vous buviez avec lui, pourtant? »

Je lui racontai, en l'arrangeant un peu, mon aventure à l'intérieur de l'église et comment, pris de pitié pour cette détresse timide, j'avais emmené mon suiveur boire un peu de Jerez.

« Vous êtes décidément très bon, señor... mais, voyez-vous, votre histoire n'en devient que plus curieuse encore, car nos Andalous ne sont généralement pas timides et surtout ceux qui font métier de piloter les étrangers dans notre ville... »

Visiblement, il ne me croyait pas.

« Notez, señor, que je suis convaincu que vous me dites la vérité, car autrement, quelles raisons auriez-vous de protéger un homme qui a voulu vous tuer?

— Je me le demande?

— Moi aussi, señor, moi aussi... Vous êtes naturalisé français, n'est-ce pas?

— Oui.

— Et vous êtes venu à Séville pour...?

— Pour la Semaine sainte d'abord, pour me retremper dans ma jeunesse ensuite. »

Fernandez se leva et je l'imitai.

« Je souhaite, señor Moralès, que votre séjour parmi nous se continue mieux qu'il n'a commencé... Je suis très heureux d'avoir fait votre connaissance et j'espère que nous n'aurons plus à nous rencontrer, du moins dans le cadre de mes fonctions... En tout cas, si vous aviez envie de me voir, n'hésitez pas, je vous recevrai toujours avec le plus grand plaisir. »

Je n'avais pas d'illusion à me faire. Fernandez n'allait pas se désintéresser de moi aussi vite que j'avais pu, un moment, l'espérer. Je l'intriguais et ce n'est jamais très bon d'intriguer la police.

Il y a toujours des instants où l'agent du F.B.I. en mission s'interroge avec désespoir pour deviner quelles raisons stupides, inexplicables le poussèrent à choisir un métier pareil. Je vous jure que lorsqu'on se promène dans une ville, parmi une foule d'où peut, à tout moment, jaillir le couteau dont la lame aiguë vous fera quitter ce monde de la plus vilaine façon, on a envie de s'arracher les cheveux à poignées en songeant qu'à la même heure d'autres fonctionnaires de l'Etat, pas plus mal payés, sont penchés sur des dossiers dont ils se redressent pour échanger quelques plaisanteries avec leurs collègues tout en jetant, de temps à autre, un coup d'œil à leur montre pour juger du nombre de minutes les séparant encore du retour à la maison où ils retrouveront une épouse sans inquiétude et des gosses qui savent bien que rien ne pourrait empêcher leur papa d'ouvrir la porte du « home » à la même heure qu'hier, à la même heure que demain. Je n'aime pas ce genre de rêverie car il me déprime. Généralement, parvenu à ce point de mon raisonnement, je me mets à penser à Ruth. C'est l'antidote, car le souvenir de mon amour perdu a pour effet de me faire trouver mon métier plus agréable. Si j'étais un paisible bureaucrate, je ne me sentirais pas le courage de rentrer chaque soir dans mon appartement vide en sachant que Ruth vit avec un autre à quelques blocs de chez moi. C'est bien simple, j'en crèverais. Alors, tout compte fait, ce sale boulot de chasseur de truands est peut-être le remède qui me permet de supporter mon mal. J'aime bien Ruth et lorsque Alonso me l'a prise, j'ai souhaité mourir, tout comme un gosse à son premier amour. C'est qu'en vérité, Ruth était mon premier amour. Avant, la vie m'avait été trop dure pour que j'aie eu le temps de penser à ces histoires. Ruth était celle que je devais rencontrer, celle avec qui je devais bâtir mon avenir, et puis Alonso était venu...

D'habitude, lorsque je pense à Ruth pour qui je ne suis plus qu'un ami fraternel, mon cœur se serre et je sens une sorte d'amertume me crisper les mâchoires. Or, tandis que je remonte Sierpès, je n'éprouve rien de pareil. Est-ce à cause des tueurs de Lajolette ou bien parce que j'ai rendez-vous, ce soir, avec Maria du Doux Nom? Elle est jolie, Maria. Nous sommes de la même race, elle et moi... Je suis convaincu que si elle m'avait engagé sa foi, elle, tous les Alonso du monde auraient vainement paradé à ses côtés. Pépé, Pépé, tu te laisses glisser sur une drôle de pente! On ne pense pas à l'amour quand on est prisonnier d'une ville où des gens que vous ne connaissez pas vous cherchent pour vous tuer!

La prudence, évidemment, consisterait à rester dans ma chambre du *Cecil-Orient* en attendant des nouvelles de Cliff, mais, par la Vierge, je ne suis quand même pas venu à Séville pour demeurer enfermé comme un rat pris au piège! Par goût, je suis un pacifique qui déteste la bagarre; seulement, il ne faut pas exagérer, et Lajolette exagère. Alors, ce sera lui ou moi... L'ennuyeux, c'est que ses hommes me connaissent, me suivent, m'épient et que je ne sais rien d'eux. Sacré handicap!... Pépé Moralès, ça va être l'occasion ou jamais de prouver à Anderson ce que tu es capable de faire et que les Etats-Unis n'ont pas mal joué en t'intégrant parmi les citoyens des U.S.A.

Seulement, tout ça, ce sont des choses qu'on dit... La vérité, c'est que je ne m'en ressens pas du tout pour aller au-devant des tueurs. Je regarde par la fenêtre : des gens qui passent, des gens qui flânent... Est-il là, parmi eux, celui qui a pour mission de me descendre? Est-ce ce bonhomme qui fume son « puro » sur le banc, les yeux mi-clos? Est-ce ce jeune homme élégamment vêtu qui lit ou affecte de lire son journal? Je ne suis pas plus lâche qu'un autre, pas plus courageux non plus. On ne passe pas des années au F.B.I. sans avoir des coups durs et, des coups durs, j'en ai eu ma part, mais jamais encore il ne m'est arrivé de me trouver dans un brouillard aussi épais que celui qui, pour moi, malgré le soleil andalou, couvre Séville. Habitué à jouer le rôle du chasseur, c'est la première fois que je joue celui du gibier et cela m'est affreusement désagréable. Et puis, je suis énervé de ne pouvoir deviner comment Lajolette a su mon arrivée. Pourquoi ne m'a-t-il pas fait tuer en même temps qu'Ezquariz? Le drogué de la Palma m'a-t-il manqué volontairement ou non? De quelque côté que je me tourne, je me heurte à un mur et je n'aime pas ça. Si mes petits copains d'autrefois me voyaient dans ma belle chambre confortable, tournant comme un ours en cage, la peur au ventre, ils se pousseraient du coude en ricanant : « Les Américains nous ont changé notre Pépé! » Et voilà que, comme appelé par mon angoisse, je vois venir à moi, du fond de mon enfance, la silhouette dansante de Carlos, de Carlos Lamparo le Gitan, que ses dix-sept ans nous faisaient considérer comme un vieux; Carlos qui rêvait de devenir un torero célèbre et qui, le soir, sur la place du Marché, à Triana, devant l'épicerie paternelle, nous disait ce qu'il ferait des millions de pesetas qu'il gagnerait en Espagne et au Mexique. Carlos qui s'en allait la nuit toréer sur les bords du Guadalquivir les toros au pacage, Carlos qui était brûlé par sa foi et qui, un dimanche de Pâques, à la Maestranza, échappant à la surveillance des policiers, sauta dans l'arène au moment où entrait le troisième toro que devait combattre Lalanda, histoire de montrer à la foule andalouse ce dont il était capable avec son chiffon rouge et — qui sait? — attirer l'attention d'un impresario qui l'engagerait pour une novillada. Carlos avait reçu le coup de corne en pleine poitrine et il était mort sur le sable avant même qu'on eût écarté le toro. Le corps du petit gitan transporté à l'infirmerie, il n'y avait eu dans l'arène que quelques gosses — ceux de notre bande — pour pleurer la fin de l' « espontaneo [1] » que la Macarena n'avait pas voulu protéger. Perdu dans mon rêve, il me semble vraiment que Carlos était là, devant moi, se dandinant sur ses hanches souples. J'entends sa voix : « Alors, hombre, tu as peur? Moi aussi, j'avais peur des toros tant que je n'étais pas en face d'eux... Il faut te battre, Pépé, et tu oublieras ta peur... Tu te souviens de ce toro? C'était un Miuja... Trop grand, trop lourd pour moi... J'aurais dû faire attention, mais j'avais peur et c'est pour ça qu'il m'a eu... Rappelle-toi, parce que j'avais peur... Vaya con Dios, Pépé! »

Je sais parfaitement que j'ai rêvé, mais je sais non moins sûrement que je vais sortir et que cela plaise ou non à Cliff Anderson, que cela chagrine ou pas le commissaire Fernandez, je déclencherai la bataille à la première occasion qui me sera donnée.

En me voyant entrer, le patron du café *Las Flores*, sur la Palma, tique un peu. Il me recon-

1. Gamin qui saute dans l'arène au moment où entre le toro pour le travailler avant que les toreros ne le chassent vers les policiers qui l'attendent.

naît. Je juge inutile de ruser et je l'attrape directement :

« Vous avez dit à la police que j'étais ici hier matin avec un homme... »

Il m'interrompt :

« Je ne croyais pas mal faire... et puis on parlait d'un assassinat...

— Cet homme avec qui je buvais, vous le connaissez?

— Non, señor... »

Ment-il? Ne ment-il pas?

« J'aurais voulu le retrouver... Je suis sûr que ce n'est pas lui qui m'a frappé. »

Il essuie un verre et le regarde par transparence tout en murmurant :

« Qui sait?

— Vous pensez le contraire?

— Oh! moi, je ne pense pas, señor... Je vends du vin et des rafraîchissements... S'occuper seulement de ses affaires, c'est encore ce qu'on a trouvé de mieux pour vivre tranquille... sinon...

— Sinon?

— Sinon, on va au-devant des ennuis, señor. »

Profession de foi ou avertissement? Sans davantage me regarder, il ajoute :

« Il n'y a rien de plus beau que le printemps à Séville et ce serait bien dommage de passer la Semaine sainte à l'hôpital... »

Ce coup-là, c'est net.

« C'est ce qu'on vous a chargé de me dire?

— Je ne comprends pas, señor? »

Il a l'air, effectivement, de ne pas comprendre ou alors, c'est un excellent comédien.

« Pourquoi envisagez-vous que je puisse me retrouver à l'hôpital?

— N'est-ce pas vous qu'on a assommé dans la maison de l'autre côté de la Palma?

— Ce n'est pas une raison!

— Pour moi, si, señor... »

Il me regarde tranquillement et, pour me montrer beau joueur, je lui offre de prendre un porto avec moi. Il ne fait aucune manière pour accepter. Lorsqu'il a vidé son verre à ma santé, il s'essuie les lèvres du revers de la main et soupire :

« La vie, c'est bougrement difficile à comprendre, sauf pour ceux qui savent demeurer dans leur coin.

— Comme vous?

— Comme moi, oui, señor... »

Je devrais m'en aller, mais ce bonhomme m'intrigue.

« Pourquoi avez-vous parlé de moi à la police? »

Il hausse les épaules et emplit de nouveau nos verres avant de répondre :

« Je fais un métier où la police peut me causer bien des ennuis. Il est préférable que je reste en bons termes avec elle. Aussi, quand j'ai su ce qui vous était arrivé, je suis allé trouver le commissaire Fernandez. Il est de mon pays... de Chipiona...

— Et comment avez-vous été mis au courant de mon aventure?

— Par Juan Alguin. »

Et comme je ne voyais pas à qui il faisait allusion, il précisa :

« Le frère de Maria du Doux Nom. »

Je perdais pied dans cette histoire dont je ne savais rien, sinon que j'avais failli y passer de vie à trépas. Ce Juan, à l'œil vif et qui n'avait point d'occupation définie, appartenait-il à la bande de ceux qui me traquaient? Etait-il possible que ce fût lui qui m'ait attaqué? En tout cas, j'étais persuadé que Maria n'était pour rien dans tout cela, sans que je puisse apporter une seule raison à l'appui de cette conviction. Serais-je déjà amoureux de cette fille à peine vue? Attention, Pépé, attention! Rappelle-toi ce que Cliff Anderson ne cesse de répéter aux nouveaux : « Les femmes, messieurs, nous n'avons pas, vous n'aurez jamais de pires ennemies... dans votre service, naturellement. »

« Et vous n'avez vraiment jamais vu le gars qui buvait avec moi?

— Non, señor, mais cet homme, vous devriez vous en méfier!

— Pourquoi?

— Il a les yeux d'un tueur... »

Je tendis la main au cafetier.

« Je m'appelle José Moralès.

— Et moi, Paco Sanchez... Vous connaissez Chipiona?

— Non... C'est joli?

— Je ne sais pas, señor, c'est mon pays... »

En souvenir de Carlos Lamparo, je suis allé déjeuner dans un petit restaurant de Triana. Sur la place du Marché, l'épicerie du père de Carlos avait disparu. En attendant qu'on me servît les « boquerones [1] » frits que j'avais commandés, je regardais aux tables voisines ces hommes maigres et tannés qui mangeaient voracement leurs pois chiches et le petit morceau de poisson qui les accompagnait. Ils ne s'arrêtaient de bâfrer que pour parler, mais à voix si haute que l'étranger a toujours l'impression qu'ils se disputent et vont en venir aux mains. Je souriais en pensant que dans quelques jours, cachés

1. Sorte de petits anchois.

ou non sous la robe du *nazereno*[1], tous ces coqs de combat suivraient dévotement le *paso*[2] de la Esperanza ou celui du Cachorro. A vrai dire, dans Triana, je ne me sentais pas tellement chez moi. Peut-être parce que je suis encore — à vingt et quelques années de distance — sous le coup de l'interdiction que me faisaient mes parents de franchir le Guadalquivir. Pour les vieux Andalous, comme mon père et ma mère, les gitans de Triana appartenaient à une race cousinant un peu avec le diable.

En bon Sévillan, qui est en règle avec les hommes et avec Dieu, qui se sent la conscience légère à l'approche de la Semaine sainte, je remontais paisiblement la San Jacinto jusqu'à la Pagès del Corro dont les arbres étaient pour nous, jadis, et même pour Carlos Lamparo l'intrépide, des poteaux frontière au-delà desquels nous ne nous risquions jamais. Je tournai sur ma gauche — toujours comme autrefois — en direction de la plaza de Cuba, d'où, par le pont de San Telmo, je regagnai Séville et mon hôtel pour faire un brin de toilette en attendant le moment de rejoindre Maria. Le temps était merveilleux. Le ciel avait cette couleur bleutée qui donne envie de chanter et on se sentait si bien dans la douceur de l'air, si content de vivre qu'on ne croyait plus ni à la mort, ni au crime, ni à tout ce qu'il peut y avoir de sale et de laid sur cette terre ou dans le cœur de ses semblables. Quoi qu'on en puisse penser, il arrive qu'un flic se mette à raisonner comme tout le monde. Ce en quoi il a tort, du reste.

A Washington ou partout ailleurs, étant en mission, me sachant en butte aux recherches de ceux-là

1. Pénitent.
2. Char d'une procession.

mêmes que j'essayais de démasquer, je me serais méfié. On parle souvent de notre sixième sens qui nous fait pressentir l'approche du danger. C'est de la littérature. Ce qui est vrai, c'est qu'on nous a tellement appris à ne jamais laisser notre attention se relâcher que, même quand nous pensons à autre chose ou que nous nous laissons aller à la rêverie, nos nerfs, notre subconscient travaillent pour nous et ont tôt fait de nous alerter. Souvent aussi parce que nous avons le réflexe nécessaire, on s'imagine que nous étions sur nos gardes. C'est également faux; seulement, l'habitude devient une seconde nature et nous agissons sans réfléchir. Les autres voient là une promptitude de raisonnement qui les effare, alors qu'il ne s'agit que d'automatisme. Mais il est à croire que le climat andalou ne vaut rien pour la physiologie d'un agent du F.B.I., car il fallait qu'une femme se mît à hurler à l'angle de la Correa pour qu'instinctivement je fisse un bond de côté et que je m'en aille rouler sur le sol, de telle sorte que le capot de l'auto qui me fonçait dessus ne put qu'effleurer mon veston avant de monter sur le trottoir et d'arracher une de ses ailes contre l'arbre derrière lequel je me trouvais. Avant que le chauffeur maladroit ait pu faire la marche arrière qui le dégagerait, j'avais bondi et ouvert la portière. Mon écraseur me jeta un regard haineux et continua de manœuvrer, mais la rage ou la peur le faisait trembler et il cafouillait en tripotant son changement de vitesse. J'en profitai pour l'empoigner par le col de sa veste et le tirer à moi. Il essaya de se débattre, mais il n'était pas bien gros et je me sentais de force à arracher un gars de cent kilos de son siège. Les promeneurs et les flâneurs nous entouraient déjà; un agent arrivait au pas de course. Le bonhomme sentit la partie perdue. Il coupa le contact et se laissa aller sans résister davantage. Lorsqu'il fut sorti de son véhicule, il me toisa en ricanant :

« Et alors? Tout le monde peut avoir un accident, non? »

En guise de réponse, je mis tout mon poids dans le direct que je lui assenai en pleine figure. Je sentis le nez s'écraser sous mon poing tandis qu'un flot de sang inondait le visage du type qui, les yeux révulsés, commença à glisser lentement au sol. Je le retins d'une main, tandis que, de l'autre, avant que le flic de la circulation ait pu intervenir, je lui mis le visage dans un état tel qu'il porterait longtemps les marques de notre rencontre. Parmi les spectateurs, un enthousiaste cria : « Ollé! » comme à la plaza de toros. L'agent dut se cramponner à mes épaules pour me faire lâcher prise. Il haletait :

« Vous n'allez pas le tuer quand même? »

J'abandonnai mon écraseur, qui glissa au sol comme un pantin désarticulé. Le flic — un jeunot — était pâle d'émotion. Il regarda longuement le blessé qu'on essayait de ranimer et me déclara d'une voix bégayante :

« Ça va vous coûter cher!

— S'il avait réussi à m'assassiner, ça m'aurait coûté encore plus cher... »

Il sauta littéralement sur place.

« Vous assassiner? »

A ce moment, la femme qui, en hurlant, m'avait sauvé la vie, cria :

« C'est vrai! J'ai tout vu! »

Tout cela dépassait nettement la compétence et les attributions de l'agent qui, ayant remis sur pied ma victime reprenant péniblement ses sens, la fit monter avec lui à l'arrière de la voiture tandis qu'il me donnait l'ordre de me mettre au volant, la femme témoin à mon côté, et de conduire toute l'équipe au commissariat de la Pureza où ces messieurs de la police de Triana sommeillent doucement à l'ombre de Santa Ana.

Au poste de police, tout le monde commença à parler à la fois, si bien qu'il y eut un beau vacarme que le commissaire ne réussit à calmer qu'en criant plus fort encore que ses visiteurs occasionnels. L'agent fit son rapport d'où il ressortait qu'il n'avait pas aperçu autre chose qu'une voiture placée à gauche de la Pagès del Corro au lieu d'être à droite et un attroupement au centre duquel un quidam en assommait un autre, avec acharnement. Mais, de nouveau, la femme, qui avait assisté au déroulement du drame de son début à sa conclusion, intervint avec véhémence, et force fut aux policiers de l'écouter. Elle se nommait Carmen Muñoz et exerçait la profession de bonne à tout faire chez le señor Gonzalez y Peralta, habitant Padre Marchenia. Elle rentrait chez elle, calle Evangelista, sa journée terminée, lorsqu'en débouchant dans la Pagès del Corro, elle avait vu une auto traverser le boulevard et foncer sur ce señor (elle me désigna de la tête) qui se promenait tranquillement sans se douter de rien. Alors, elle avait hurlé et elle remerciait la Esperanza qui lui avait permis de sauver un chrétien de la mort, et elle approuvait fortement la correction que j'avais infligée à ce chauffeur qui avait manqué d'envoyer sans confession un homme dans l'autre monde. Maintenant qu'elle était lancée, elle ne s'arrêtait plus et il fallut que le commissaire frappât sur son bureau pour suspendre le cours de son éloquence vengeresse. De son côté, l'automobiliste déclara s'appeler Pedro Hernandez, de profession mal définie et habiter dans le haut de la Castilla. La voiture appartenait à un ami qui la lui avait prêtée. Il affirma avoir été pris d'un malaise et avoir perdu le contrôle de la direction. Il lui semblait se souvenir que, sur le point de perdre connaissance et ayant voulu s'arrêter, il avait appuyé sur l'accélérateur au lieu du frein. Il regrettait infiniment ce qui était arrivé et allait se rendre chez un médecin — non seulement pour panser les blessures que je lui avais faites, mais aussi pour savoir s'il ne souffrait pas d'une maladie qui lui interdirait dorénavant de conduire. Le commissaire le lui conseilla fortement. Néanmoins, Hernandez tint à ajouter que, s'il regrettait ce qui était arrivé, il ne comprenait pas la sauvage agression dont il avait été victime de ma part. Tout en parlant et malgré son nez tuméfié et ses yeux aux trois quarts fermés, Hernandez m'observait en souriant. Il savait que j'étais certain qu'il avait voulu me tuer et qu'il avait raté son coup.

Le commissaire parut me réserver particulièrement sa sévérité et, après avoir jeté un regard sur mes papiers, remarqua que j'avais pris de drôles d'habitudes en France et qu'il allait me poursuivre pour coups et blessures, si ma victime voulait bien signer la plainte qu'il lui conseillait de déposer contre moi. Or, à son grand étonnement, Pedro Hernandez refusa. Il dit supposer que ma nervosité devait être mise sur le compte de la peur que j'avais éprouvée et qu'il se contenterait de m'envoyer sa note de soins médicaux.

Que pouvais-je faire, sinon le remercier? Si j'avais parlé de tentative d'assassinat, personne ne m'aurait cru, sauf Carmen Muñoz peut-être, mais son opinion n'avait aucune importance. Partagé entre l'irritation d'avoir été dérangé pour rien et le soulagement de n'avoir pas à constituer un dossier, le commissaire nous congédia avec quelques paroles fort peu aimables qui m'étaient spécialement adressées. La plus déçue semblait être la brave femme de ménage privée d'une belle aventure qui aurait assuré sa notoriété dans le quartier pour quelques jours.

Sur le trottoir, Hernandez et moi nous trouvâmes face à face. Nous nous regardâmes un moment sans mot dire, puis Hernandez se décida avant de monter dans sa voiture :

« Vous paierez plus cher que la note du médecin, señor...

— Qui t'a donné l'ordre de m'écraser? »

Il haussa les épaules et monta dans son auto. Au moment de démarrer, il me lança :

« Profitez bien de Séville, señor... Il paraît que c'est une ville qu'on regrette beaucoup en mourant! »

Je me demandai avec un peu d'inquiétude ce que Cliff Anderson allait penser quand je lui ferais savoir qu'en moins de quarante-huit heures, j'avais attiré par deux fois l'attention de la police, alors que j'avais pour consigne de passer inaperçu. Il est vrai que ce n'était tout de même pas de ma faute si l'on essayait de me tuer au vu et au su de tout le monde. Mais Cliff se soucie peu de la logique quand elle ne se plie pas à ses directives.

J'avais bien relevé le numéro de la voiture d'Hernandez, mais se mettre en quête de son véritable propriétaire ne me servirait à rien. Lajolette n'était pas assez naïf pour confier à l'un de ses tueurs une auto qui permettait de remonter jusqu'à lui ou, du moins, jusqu'à un personnage essentiel de son entourage. Or, les comparses ne m'intéressaient pas. Je n'étais pas venu à Séville pour épurer la ville de ses mauvais garçons, mais dans le but précis de découvrir la filière empruntée par les trafiquants de drogue pour quitter l'Espagne en direction des Etats-Unis. Le fait qu'on s'acharnait après moi, jusqu'à m'attaquer en plein jour, démontrait qu'Ezquariz ne s'était pas trompé en nous signalant que Séville jouait un rôle important dans le trafic que dirigeait Lajolette, et la hâte qu'on mettait à tenter de m'éliminer me donnait à penser que ma présence était jugée de plus en plus inopportune. Pourquoi? Sans doute parce que j'étais arrivé à un mauvais moment et il se pouvait qu'un départ eût lieu bientôt et qu'on ne tînt pas à m'y avoir comme témoin. Contrairement à l'agression dont j'avais été victime à la Palma, celle de la Pagès del Corro me rassérénait. Maintenant, j'étais certain que la veille on ne m'avait manqué que par maladresse et qu'on me jugeait assez dangereux pour précipiter les choses. Finies les rêveries sentimentales, Pépé... Il allait falloir me tenir sur mes gardes vingt-quatre heures sur vingt-quatre.

Il était à prévoir que je ne reverrais pas plus Hernandez que mon assommeur de la Palma, le drogué aux yeux de tueur. Lajolette devait avoir suffisamment d'hommes à sa disposition pour donner à un truand inconnu de moi l'ordre de débarrasser Séville de ma présence. Pas très gai comme perspective, bien sûr! Mais quoi, c'était le métier! Et puis, après tout, il n'arrive que ce qui doit arriver. On m'avait manqué deux fois, pourquoi ne me raterait-on pas une troisième? La sagesse du proverbe était en ma faveur.

Sachant ne rien risquer dans l'immédiat, je me

reposai un moment sur la plaza de Cuba où je venais, gamin, regarder s'ouvrir et se fermer le pont de San Telmo, livrant passage aux cargos. C'était là que, pour la première fois, j'avais réalisé que le monde s'étendait au-delà des faubourgs de Séville. C'était sur cette même place que j'avais respiré l'odeur de l'aventure. Celui qui aurait dit alors au gosse que j'étais qu'il irait en Amérique, se serait fait rire au nez et, pourtant, vingt ans après, je revenais plaza de Cuba, arrivant d'Amérique pour chercher l'aventure dans ma ville natale. Le cycle était bouclé.

En passant devant l'hôpital de la Santa Caridad, dans la calle Temprado, je ne pus m'empêcher de songer que, sans cette brave Carmen Muñoz, je pourrais y être étendu sur un lit, à moins qu'on ne m'eût déjà déposé à la morgue. Les douceurs du retour au pays natal! Ruth et Alonso n'avaient pas fini de « me mettre en boîte » lorsqu'ils sauraient de quelle façon mes compatriotes avaient accueilli l'enfant prodigue!

Débouchant sur la place San Fernando, je poussai quand même un soupir de soulagement : l'hôtel *Cecil-Orient* m'apparaissait comme un havre où, pour quelques heures au moins, je serais à l'abri des tueurs et de la police. Je me trompais, car la première personne que j'aperçus dans le hall, c'était le commissaire Fernandez. Il devenait vraiment « collant », celui-là. Un instant — espérant qu'il n'avait pas fait attention à moi — j'hésitai sur le seuil mais, à la seule manière dont il feignait de ne pas me voir, je compris qu'il m'avait vu. Après tout, peut-être n'était-il pas là pour moi? Cependant, comme j'arrivais à sa hauteur, il se leva :

« Bonsoir, señor Moralès...

— Bonsoir, señor commissaire... M'attendriez-vous, par hasard?

— Pas par hasard... Figurez-vous que personne ne m'intéresse plus que vous en ce moment, à Séville...

— Dois-je en être flatté?

— A vrai dire, je ne sais pas... »

Nous nous regardions en souriant aimablement, mais ni l'un ni l'autre ne nous laissions prendre à cette trop apparente courtoisie.

« Puis-je vous offrir un verre de Jerez, señor commissaire?

— Je ne suis pas venu pour boire, señor Moralès.

— Vraiment? »

Je vis ses mâchoires se crisper.

« Vraiment... Je suis venu pour solliciter un entretien.

— Solliciter? Me faut-il comprendre que vous êtes ici à titre privé?

— Tout ce qu'il y a de privé, señor et... il ne tient qu'à vous que je ne redevienne pas tout de suite un personnage officiel.

— Et que me faut-il faire pour cela?

— Simplement m'accorder cet entretien. »

Evidemment, je pouvais l'envoyer promener, mais c'eût été m'en faire un ennemi, et de taille, alors que, pour l'instant, je devinais qu'il était dans l'incertitude à mon égard. Je m'inclinai avec un peu d'ostentation :

« Voulez-vous me faire l'honneur de m'accompagner dans ma chambre, señor commissaire? »

Entrant dans le jeu, il me salua avant de répondre :

« Tout l'honneur sera pour moi, señor Moralès. »

Après m'avoir fort courtoisement demandé la permission d'allumer un cigare, Fernandez déclara doucement :

« Vous me voyez ici, señor Moralès, et vous importunant, parce que j'ai été mis au courant de ce qui s'était passé tantôt dans Triana...

— En effet, j'ai failli être victime d'un grave accident.

— Vous n'avez pas de chance... Hier, on vous assomme, aujourd'hui, on manque vous écraser... Deux tentatives de meurtre en si peu de temps, c'est beaucoup, vous ne trouvez pas? »

Je me forçai à rire :

« A Triana, il ne s'agissait que d'un accident!

— Ce n'est pourtant pas ce que vous avez dit à l'agent qui vous a empêché de tuer votre écraseur?

— N'exagérons quand même pas! Je reconnais que j'ai été brutal et j'avoue ne pas comprendre pourquoi...

— Pas difficile à deviner cependant, señor... parce que vous avez parfaitement réalisé qu'on venait, une fois encore, d'essayer de vous assassiner. »

Il attendit une réponse que je me gardai bien de lui donner, puis ajouta :

« Qui donc est si acharné à vous rayer du nombre des vivants, señor Moralès? Et... pourquoi? »

Il se révélait de plus en plus encombrant, ce Fernandez. Comment lui faire lâcher prise?

« Señor commissaire, ne m'en veuillez pas, mais je suis convaincu que vous enflez un peu les faits. A la Palma, un banal voleur a cru pouvoir me détrousser et, tout à l'heure, j'ai eu la guigne de me trouver sur le chemin d'un conducteur pris de malaise... C'est malheureux, mais ce n'est pas tragique.

— Ce l'eût été davantage si vous aviez été accusé de meurtre.

— Moi?

— Il paraît que vous avez cogné sur ce... malade avec une brutalité effarante? Un conducteur qui venait d'avoir une défaillance... probablement cardiaque... c'est un miracle que vous ne l'ayez pas tué du premier coup de poing. N'est-ce pas votre avis?

— Mon Dieu! à la réflexion...

— A la réflexion, señor, on est bien obligé de convenir que cet individu n'a pas eu du tout de défaillance et qu'il voulait bel et bien vous écraser. »

Nous nous tûmes tous deux. Je voyais mal ce que je pouvais répondre et le commissaire se rendait compte que j'étais échec et mat. Il commençait à me faire peur, ce Fernandez, mais il m'était sympathique. J'aime bien les flics qui font honnêtement, intelligemment leur métier. Ma seule ressource consistait à jouer les imbéciles.

« Evidemment... considéré sous cet angle... savez-vous, señor commissaire, que vous commencez à m'inquiéter sérieusement? »

Il me fixa de manière si ironique que je me sentis rougir. Dédaignant de répondre à ma remarque, il demanda :

« Maintenant que vous paraissez être convaincu, vous allez porter plainte, sans doute? »

L'animal! Il ne me laisserait pas tranquille.

« Je vous ai déjà dit, señor commissaire, que je ne tenais pas à avoir d'histoire avec la justice espagnole. Je ne suis pas venu à Séville pour vous créer des ennuis.

— C'est vrai, excusez-moi, j'avais oublié l'influence de la Semaine sainte... Vous ne pouvez savoir, señor Moralès, à quel point je suis heureux de voir combien notre dévotion apaise les esprits car, votre victime de Triana, elle non plus, n'a pas voulu porter plainte. Si Mgr l'archevêque de Séville était mis au courant, il serait fier. Seulement, je ne suis pas prêtre et, de ce fait, je suis peu enclin à penser que le ciel a la moindre influence sur l'âme des criminels... et puis, voyez-vous, il se trouve que je connais ce Pedro Hernandez.

— Ah!

— Un individu bien peu recommandable... Señor Moralès, me permettez-vous de vous dire que vous avez de curieuses fréquentations?

— Fréquentations... Ce n'est quand même pas moi qui vais chercher ces gens-là?

— D'accord, mais... ils vous cherchent, c'est donc que vous les intéressez... A quel titre?

— Je serais content que vous me l'appreniez. »

Il se leva, très raide.

« Comptez sur moi pour faire mon possible afin de vous satisfaire. »

Puis, me regardant bien en face et détachant ses mots :

« Pedro Hernandez est un trafiquant de drogue et les gens qui touchent à la drogue, d'où qu'ils viennent, je les hais, señor Moralès. Vous entendez, je les hais!

— Et vous avez raison, mais je ne vois pas pourquoi...?

— J'en suis persuadé, mais les gens que je hais parce que dangereux pour la société, je finis toujours par les éliminer. Bonsoir, señor Moralès. »

Il était sorti avant que j'eusse fait un geste pour le raccompagner. Il allait drôlement compliquer le problème, ce Fernandez... Décidément, je volais de succès en succès : après m'être fait repérer par la police, voilà que je la mettais sur le chemin de la drogue! Il était à prévoir que Cliff Anderson, renseigné, interromprait très vite mes vacances andalouses, à moins que ce ne soit Lajolette qui se chargeât le premier de mettre fin à mon voyage.

Maria du Doux Nom travaillait à *L'Agneau du Sauveur*, dans la Cuna, un assez grand magasin spécialisé dans la confection, mais où l'on vendait également du tissu en pièces. Arrivé en avance et tout en feignant de m'intéresser à ce qu'on exposait dans les vitrines, j'essayai d'apercevoir la jeune fille. Je me conduisais comme un collégien, mais je ne parvenais pas à avoir honte, tout au plus éprouvais-je une pointe de regret en pensant à Ruth. Quoique, en y réfléchissant bien, ce n'était pas de la disparition de mon romantique attachement à la femme d'Alonso que je ressentais une peine légère, mais plutôt de la fin de ma jeunesse que ma tendresse obstinée pour Ruth symbolisait. Là-bas, sur les rives du Potomac, j'aurais juré que rien ne pouvait égaler la carnation d'une blonde fraîche et rose; sur les bords du Guadalquivir, revenant à mes admirations anciennes, j'étais heureux de m'avouer que rien ne saurait jamais surpasser le teint chaud d'une Sévillane dorée par le soleil andalou.

« Vous êtes bien en avance, señor! »

Je me retournai d'un bloc. C'était Juan. Il ne souriait pas, semblant épier ma réaction.

« Je ne me souvenais plus très bien de l'heure à laquelle on s'était donné rendez-vous, mais... vous-même? »

Il haussa les épaules.

« Oh! moi... la Cuna, Sierpès, Alvarez Quintero, Tetuan, j'y rôde toute la journée... Maria ne sortira pas avant une demi-heure.

— Alors, nous avons tout le temps d'aller prendre un verre. »

Au bas de Sierpès, près de la Campana, il y a une sorte de cul-de-sac où se trouve l'un des plus anciens cafés de toreros. Nous nous installâmes pour y boire quelques verres de manzanilla en grignotant des *tapas* [1]. Juan se méfiait de moi, c'était visible. J'essayai de l'amadouer en lui disant combien je l'enviais de vivre à Séville, et mon regret d'avoir quitté ma ville natale. Le visage dur, il m'écoutait sans piper mot. Je n'osais pas lui parler de sa sœur et ce fut lui qui s'en chargea.

« Señor Moralès... pourquoi nous avez-vous invités, ma sœur et moi?

— Parce que ça me fait plaisir. »

Ma réponse le désorienta. Il ne s'attendait pas à quelque chose d'aussi simple. Sincère, il dit :

« Je ne comprends pas? »

Il fallut que je lui explique mon émotion en revoyant Séville, la Palma, la maison autrefois habitée et combien j'avais aimé son père. Je lui jurai que si le Paco pouvait nous voir, il devait être content de notre réunion. Le coup porta. Comme tous les Andalous, Juan était tout de suite vaincu lorsqu'on lui opposait le Ciel et les morts.

« Je m'étais imaginé que vous aviez des mauvaises idées sur ma sœur et ça ne me plaisait pas! »

Je protestai avec d'autant plus de véhémence que j'étais sincère. Maria n'était sûrement pas de celles

1. « Amuse-gueule ».

dont on fait une maîtresse éphémère. Je le dis à Juan. Il en fut touché et, à son tour, me confia que sa sœur était tout pour lui. Bien sûr, il souhaitait qu'elle trouvât un bon mari, de préférence riche pour sortir enfin de cette gêne matérielle qu'ils connaissaient l'un et l'autre depuis toujours, mais, d'autre part, il ne voyait pas ce qu'il deviendrait, lui, sans Maria.

Lorsque nous quittâmes le café pour rejoindre Maria, nous étions devenus les meilleurs amis du monde, Juan et moi. A travers ses explications embarrassées, ses réponses évasives, j'avais deviné que le garçon tirait le plus clair de ses très aléatoires revenus du marché noir, pratiqué sur une toute petite échelle et de menus services rendus par-ci par-là, à des gens importants — sans qu'il ait jugé bon de me préciser à quel milieu appartenaient ces gens importants. D'esprit vif, nerveux et souple de corps, Juan me paraissait le type même de l'Andalou qui, du temps où le football n'avait pas encore commencé à supplanter la tauromachie dans le cœur des jeunes, ne pouvait rêver un autre destin que celui de torero. Si le besoin d'un compagnon s'imposait, il ne me semblait pas que j'en pusse trouver un meilleur que Juan.

Maria sortait de *L'Agneau du Sauveur* juste comme nous y arrivions. Elle fut contente de nous voir ensemble, son frère et moi. Je les emmenai dîner à l'hôtel Cristina, dans les jardins du même nom. Jamais les jeunes gens n'avaient été à pareille fête. Au début, ils se montrèrent un peu guindés, conscients de leur dépaysement dans un cadre où la simplicité de leurs mises pouvait attirer cruellement l'attention puis, les vins de Rioja aidant, ils ne furent plus que deux gosses heureux de vivre, et je passai en leur compagnie une des meilleures soirées de ma vie.

Je les avais reconduits jusqu'à la Palma. Je les appelai Maria et Juan. Par respect pour mon âge, ils me nommaient don José. Maintenant qu'ils étaient rentrés chez eux et que je me trouvais seul dans la nuit tiède et lumineuse, je sentais dans toutes les fibres de mon être combien j'appartenais à ce pays, à cette ville. La sagesse et la prudence auraient exigé que je me misse en quête d'un taxi pour regagner la place San Fernando, afin de priver les tueurs de Lajolette d'une occasion nouvelle d'en finir avec moi. Mais mon honneur de Sévillan ne pouvait admettre qu'un truand canadien m'imposât sa loi chez moi. Une fois encore, je regrettais de n'avoir pas d'arme. Fredonnant *El Emigrante*, qu'on nous avait chanté au Cristina, je remontai la Regina jusqu'au marché couvert où j'eus ma première alerte : à mon approche, deux ombres s'étaient dissimulées sous le porche d'un bâtiment plein d'odeurs. Je ralentis le pas et marchai au milieu de la chaussée. Il ne s'agissait que de deux amoureux qui, sans doute, m'avaient pris pour un flic. Evitant les vieilles rues menant à l'église du Sauveur, je descendis par Larana vers la Campana, d'où je me lançai dans Sierpès jusqu'à la place San Francisco et, longeant l'hôtel de ville, je débouchai sur la place San Fernando. J'étais rendu à bon port.

Mercredi de la Passion.

Ce fut le garçon de l'étage qui me réveilla en tambourinant sur la porte de ma chambre. La prudence me le fit interroger avant que de lui ouvrir et, lorsqu'il m'eut annoncé qu'un télégramme venait d'arriver à mon nom, je consentis à entrebâiller mon huis. Je commençais à me méfier et étais bien résolu, dorénavant, à ne plus me départir de cette méfiance. La dépêche venait de mon « patron » de Paris, mais son laconisme était symptomatique de la manière d'Anderson : « Moralès - Cecil-Orient - Séville - Espagne. — Continuez chercher client. Stop. Expédions nouveaux échantillons pour aider démarches. Stop. Bigeard. » L'ennuyeux avec Cliff, c'est qu'il aime tellement la concision qu'il ne se soucie guère d'être intelligible ou non. Qu'est-ce que pouvaient bien être ces nouveaux échantillons? Evidemment, un étranger au service — ennemi ou indifférent — sous les yeux duquel un pareil texte tomberait, ne risquerait pas d'y comprendre grand-chose; seulement, le destinataire, non plus, n'y comprenait rien et ça, c'était plutôt gênant. Pour moi, il est vrai, un seul point comptait : Cliff ne me rappelait pas à Washington. Pour le reste, j'étais décidé à voir venir. Tout en me rasant, je ne pouvais m'empêcher de rire. Il en avait de bonnes; Anderson! « Continuez chercher client... » J'avais bien l'impression que, contrairement à ce qui se pratique ordinairement dans le commerce, c'était les clients qui me cherchaient.

N'importe où sur la terre, j'eusse difficilement supporté ce rôle de souris que de trop nombreux chats essayaient d'attraper, et le sentiment de mon impuissance momentanée joint à une peur fort naturelle m'eussent troublé le teint et fait considérer l'avenir sous un jour des plus sombres, mais je me trouvais à Séville et cela suffisait pour que je me moquasse de Lajolette, de ses tueurs, du sale caractère d'Anderson et des rébus qu'il m'envoyait de Washington via Paris. J'étais à Séville. Il faisait un temps magnifique. J'avais rendez-vous avec Maria du Doux Nom. Tout le reste n'avait aucune importance.

Ce rendez-vous, je l'avais obtenu sur un coup d'audace, hier soir, au Cristina. Juan nous ayant quittés un instant, j'avais aussitôt sauté sur l'occasion offerte.

« Maria... J'aimerais vous rencontrer demain... mais seule? »

Elle m'avait regardé en rougissant jusqu'aux yeux.

« Don José...!

— J'ai des choses importantes à vous dire.

— Et... vous ne pouvez pas me les dire devant mon frère? »

Sur le moment, je me suis demandé si elle n'était pas idiote et je la contemplais d'un air si éberlué, qu'elle ne put s'empêcher de rire.

« Don José... je me doute qu'en France les femmes sont beaucoup plus libres qu'ici où une jeune fille ne sort pas seule avec un homme qu'elle connaît à peine...

— Comment ça, à peine? Il y a plus de vingt ans que nous nous sommes rencontrés! »

Elle rit de nouveau.

« J'avoue que je n'y avais pas pensé!... Mais si Juan l'apprend?

— Il ne le saura pas.

— Cela me gêne de lui mentir.

— Si vous ne lui en parlez pas, vous n'aurez aucune raison de lui mentir? »

Juan revenait. Il avait encore toute la salle à traverser pour nous rejoindre.

« Le voilà... Décidez-vous rapidement, Maria! »

Elle eut encore une hésitation puis, baissant les yeux, elle chuchota :

« A deux heures, j'irai voir le paso de la Armagura. Il n'y a qu'en Espagne qu'on puisse se donner rendez-vous dans les églises. »

Je me suis levé très tard, tout de suite repris par les habitudes des Andalous qui ne sont point assujettis à un emploi du temps fixe et il était un peu plus de midi lorsque je sortis du *Cecil-Orient*. Je décidai d'aller prendre l'apéritif au café qui fait l'angle de Velasquez et de Caravaca. Installé devant un verre de Jerez et les deux crevettes nappées de mayonnaise que le garçon m'avait apportées, j'essayais de faire le point. En ce qui concernait Lajolette, il était bien évident que je n'avais pas encore le moindre fil conducteur, et le plus simple était que j'attendisse un nouvel assaut de mes adversaires afin de parvenir à en coincer un. Après, je me chargerais de le faire parler de gré ou de force. Mais comment et où? La partie se compliquait du fait que le commissaire Fernandez, qui devait me soupçonner d'être un caïd de la drogue, attendait la moindre gaffe de ma part pour me mettre la main au collet. Et puis, il y avait Maria et Juan. Avais-je le droit de les mêler à mes aventures? Si jamais les autres s'en prenaient à ces deux-là pour m'atteindre, je ne me le pardonnerais jamais. D'autre part, je ne me sentais pas le courage de renoncer à voir Maria. Ce n'était pas la peine de me bluffer et de me raconter des histoires. J'aimais Maria du Doux Nom. Après tout, Ruth avait fait sa vie et il n'y avait aucune raison pour que je ne fasse pas la mienne. Mais Maria accepterait-elle de me suivre aux U.S.A.? Envisagerait-elle la possibilité d'abandonner son frère? Franchement, je ne voyais guère Juan à Washington, où l'on ne supporte pas ceux qui prennent la vie en rigolant. Au fond, il aurait peut-être mieux valu pour tout le monde que Cliff me rappelât...

Autour de moi, on menait un vacarme infernal. Les Sévillans ne savent pas parler à voix basse. Prêtant l'oreille, je me rendis compte qu'on discutait de la première corrida de l'année, celle du dimanche de Pâques, toujours tenue en médiocre estime par les connaisseurs, les grands toreros ne se produisant à la Maestranza que pendant la Feria. Fermant à demi les yeux, il me semblait réentendre le vieux Paco m'initiant aux beautés secrètes des « véroniques [1] » et des « naturelles [2] », ou à la grandeur magique du « momento de verdad » lorsque le matador s'apprête à tuer ou à mourir. Echappant à l'envoûtement dont je ne cessais d'être la proie depuis mon arrivée à Séville, je me dirigeai vers les lavabos, fendant la foule des aficionados encombrant le passage. En regagnant ma table, j'y

1 et 2. Jeux de cape du torero avec le toro.

découvris un billet glissé sous mon verre. Avant même de le lire, je me doutais de ce qu'il contenait. Feignant de le déplier attentivement, je me retournai brusquement pour tenter de surprendre celui qui guettait ma réaction ou un regard qui se détournerait trop vite. Peine perdue. Nul ne s'intéressait à moi. Je lus le billet : « Vous feriez mieux de rentrer à Washington par le prochain avion, señor Moralès, et de réintégrer bien sagement votre bureau du F.B.I., sinon vous ne quitterez plus jamais Séville. »

Cette fois, les choses étaient nettes. Assez curieusement, j'en éprouvai une sorte de soulagement. L'ennuyeux était que, seul, mon jeu était étalé. Plus encore que le danger se précisant, ce qui m'obsédait l'esprit était de savoir comment Lajolette était si parfaitement renseigné sur mon compte. Ma ruse parisienne n'avait servi à rien et je pourrais, désormais, téléphoner directement à Cliff Anderson. Un gros bonhomme qui se levait à la table la plus proche de la mienne, en criant : « Ya son las dos menos cuarte [1]! » me fit reprendre pied dans la réalité. Dans un quart d'heure, Maria m'attendrait à notre rendez-vous. Il était temps pour moi de gagner la Palma.

Dans l'église de San Juan Baptista, il y avait — malgré l'heure — pas mal de monde. La fièvre de la Semaine sainte gagnait déjà les fidèles, et les membres de la Confrérie de la Armagura s'affairaient autour des deux pasos qu'on avait sortis de leur retraite en attendant d'y poser les dais, les candélabres, les fleurs et, surtout, d'y placer, sur l'un,

1. Il est déjà deux heures moins un quart!

la statue de la Virgen de la Armagura accompagnée de saint Jean Baptiste, sur l'autre, Jésus surveillé par un soldat romain et accusé par deux pharisiens devant Hérode. Maria du Doux Nom était agenouillée tout près du paso de sa « patronne », dont elle admirait les sculptures taillées dans l'argent massif. Je voyais la jeune fille de profil et la ferveur baignant son visage me touchait autant que sa beauté. Comment pouvais-je espérer qu'elle accepterait de se déraciner? Honnêtement, je ne la voyais pas dans les rues de Washington. Mon devoir ne consisterait-il pas à repartir sans me montrer? A ne plus la rencontrer? Maria était faite pour Séville et moi, maintenant, je ne pourrais plus venir dans cette ville que comme touriste ou en mission, mais cette dernière hypothèse me semblait des plus aléatoires. Le cœur un peu lourd, je m'apprêtais à m'esquiver lorsque Maria, se retournant, m'aperçut et me sourit. Les dés étaient jetés. Elle se leva, vint à moi et, côte à côte, nous regagnâmes la Palma.

Maria était libre jusqu'à quatre heures, moment où l'on rouvrait son magasin. D'un commun accord, nous avons tourné le dos au quartier où tout le monde la connaissait et filé vers le nord de Séville. Nous marchions d'un bon pas comme si nous nous sentions un peu coupables, sans songer que notre allure suffisait à nous faire remarquer. Encore préoccupé par le sentiment de ma responsabilité subitement découvert, je me taisais. Maria, que mon silence devait surprendre, parla la première alors que nous passions devant le palais du duc d'Albe.

« Qu'aviez-vous de si important à me confier, don José?

— Je ne sais vraiment plus si c'est la peine, Maria... »

Elle ralentit le pas et, me regardant avec douceur :

« C'est moi qui en jugerai, don José... »

Dieu! que j'étais ennuyé!

« Alors, voilà... Maria, il ne faut pas m'en vouloir si je... enfin, si j'ai oublié les coutumes andalouses. J'arrive d'un pays où l'on ne s'embarrasse pas beaucoup de toutes ces histoires...

— Je sais... Le padre ne cesse de nous répéter que la France est devenue une nation sans morale ni religion!

— La France?... Ah! oui... Oh! vous savez, il exagère... En France, comme partout ailleurs, il y a des filles et des garçons qui s'aiment proprement et qui sont heureux de vivre ensemble... »

De nouveau je restai coi. Si Alonso me voyait!... Tout d'un coup, je sursautai, ayant cru reconnaître Juan dans une silhouette disparaissant à l'angle de la rue doña Maria.

« Maria, vous n'avez pas dit à votre frère que nous avions rendez-vous?

— Je n'aurais pas osé! »

Alors, je me lançai à corps perdu.

« Ecoutez, Maria, c'est ridicule de ma part de me conduire comme un gosse. Voilà... Depuis que je vous ai vue, je suis sûr que le célibat est une idiotie. Vous représentez à mes yeux tout ce que j'ai toujours aimé et dont je me figurais détaché. Maria, est-ce que cela vous fâcherait si je vous disais que je vous aime?

— Mais, don José, il me semble que vous venez de me le dire? »

Nous nous sommes mis à rire et tout s'éclaircit. Puis, redevenant sérieuse, Maria déclara :

« Don José, je suis certaine que vous êtes sincère

parce qu'autrement ce serait trop laid, trop triste. A cause de mon père et du passé, j'ai tout de suite eu confiance en vous. Mais, d'ici à parler d'amour... »

Evidemment, c'eût été trop beau. Je voulus me montrer beau joueur et lui éviter un discours consolateur.

« Ça ne fait rien, Maria, n'en parlons plus. Je comprends très bien. J'arrive, comme ça, sans crier gare! Vous ne m'avez sûrement pas attendu pour organiser votre existence...

— Si vous voulez dire que je pense à un autre homme pour devenir sa femme, vous vous trompez. Je n'ai encore jamais rencontré un garçon que je puisse aimer. Seulement, l'amour, c'est grave... Il y a la famille, les enfants, toute une vie sans jamais se quitter... C'est grave, don José... »

En somme, il ne me restait qu'à la convaincre et le ciel me parut plus magnifique encore.

Nous nous sommes arrêtés dans un petit café de la rue Gonzalez Cuadrado pour manger une « paella [1] » faite par la patronne, qui était de Murcie. Avant de ramener Maria à la Cuna, nous avions le temps de passer un moment sur la Alamedo de Hercules où, assis sur un banc, nous nous tenions la main, ce qui prouvait que mes affaires avançaient dans la bonne voie. C'est en mangeant une orange, au restaurant, que Maria avait compris qu'elle aussi m'aimait. J'aurais dû être heureux, mais le plus difficile restait à dire. Comment allait-elle prendre le fait que j'étais un flic et que j'habitais l'Amérique? Cela risquait de lui flanquer un sérieux choc. A Washington, nous nous serions tout

1. Riz à la mode de Valence.

de suite embrassés pour nous affirmer notre commune tendresse et nous aurions fixé la date de notre mariage sans plus attendre. Ici, il n'en était pas de même et, sans doute, beaucoup d'eau coulerait encore sous les ponts du Guadalquivir avant que ne vienne le moment où j'aurais permission de prendre Maria dans mes bras. Comme partout dans le monde, par un bel après-midi ensoleillé, des mères de famille jacassaient, tout en tricotant et couvant d'un œil de poule vite alertée, des gosses qui jouaient en se chamaillant. Maria contemplait ce spectacle d'un regard attendri. Peut-être se voyait-elle déjà à la place de ces bonnes femmes, surveillant un petit José ou une petite Maria. Elle s'appuya contre moi, légèrement pour ne pas attirer l'attention des représentants de l'ordre qui, à Séville, plus que partout ailleurs, ne badinent pas sur le chapitre des bonnes mœurs.

— Vous aimez les enfants, don José?

— Cela dépend qui ils ont pour mère... »

La pente était dangereuse et je préférai m'en écarter même en plaisantant lourdement. Sortant de son rêve maternel, Maria me dit doucement :

« Au fait, don José, je ne suis pas sûre de connaître exactement votre métier. Représentant, je crois?

— Représentant, oui.

— En quoi?

— En pharmacie.

— Naturellement, nous serons obligés de vivre à Paris? »

Nous approchions du moment délicat.

« Vous accepteriez de quitter Séville?

— Une femme doit suivre son mari, don José, mais il faut comprendre que tant que Juan n'est pas marié, je ne me sens pas le droit de l'abandonner. Que fera-t-il tout seul si je suis loin de lui? »

Loin... Paris! Alors, qu'est-ce qu'elle dira de Washington? Ça se présentait mal... Seigneur, que ça se présentait mal! Maria mit mon mutisme sur le compte de la déception. Elle voulut s'excuser :

« Je lui ai servi de mère... »

J'opinai de la tête.

« ... Et il me semble que cela nous porterait malheur si je le laissais. »

Qu'est-ce que je pouvais répondre? Elle poursuivit en hésitant :

« A moins que nous puissions l'emmener avec nous?

— Evidemment. »

Mon manque d'enthousiasme ne lui échappa pas. Elle insista :

« Vous savez, je suis persuadée que si l'on s'occupait de lui, un homme en qui il aurait confiance, Juan pourrait devenir quelqu'un de très bien... »

Des gosses qui passaient devant nous s'arrêtèrent pour m'examiner et l'un d'eux affirma aux autres :

« Es un Americano... »

Maria se mit à rire.

« Ils vous prennent pour un Américain! »

Je souris bêtement, ne pouvant quand même pas lui révéler que les gamins étaient rudement plus perspicaces que leurs aînés.

« D'ici qu'ils viennent vous demander du chewing-gum! »

Maria s'amusait franchement. Les petits, emportés par le jeu, étaient repartis.

« Si j'avais su, je m'en serais procuré... Il ne faut jamais enlever leurs illusions aux enfants.

— Don José... mes patrons, les Percel... je leur ai parlé de vous... Ils aimeraient bien vous rencontrer... Je vous l'ai dit, ils me traitent un peu comme leur fille... Est-ce que vous accepteriez de déjeuner avec eux demain?

— Pourquoi pas?

— Ils ont dû deviner que... que vous ne m'étiez pas indifférent... Attendez-vous à subir un examen sévère.

— Je tâcherai de briller et d'être reçu! »

Un bonhomme d'une dizaine d'années, à l'air éveillé, s'approcha de nous. Maria m'avertit :

« Le bruit a dû se répandre qu'il y avait un Américain installé sur la Alameda, voilà le premier solliciteur... »

Planté devant nous, le gosse hésitait. Ma compagne vint à son secours.

« Qu'est-ce que tu veux? »

Mais sans daigner faire attention à elle, le petit, me fixant dans les yeux, s'enquit :

« El señor Americano? »

Ce fut à mon tour de rire.

« Si, caballero, si... Que quiere usted [1]? »

Il me tendit un papier.

« Para usted, señor... »

Machinalement, je pris le billet qu'il m'offrait et je n'étais pas encore revenu de ma surprise qu'il avait détalé. Tout aussi étonnée que moi, Maria demanda :

« Qu'est-ce que cela signifie, don José? »

Je m'en doutais. Ils me suivaient donc pas à pas?

« Vous ne lisez pas? »

1. Que désirez-vous?

Il me fallut lire. « Ce serait dommage que votre gentille amie souffrît d'une histoire qui ne la regarde en rien, n'est-ce pas? Vous devriez l'emmener très vite à Washington. » J'aurais dû y penser : tous les moyens leur seraient bons pour me faire lâcher prise.

« Vous avez l'air fâché, don José? »

Fâché? J'étouffais de rage, oui! Et dire que je ne m'étais même pas aperçu qu'on nous filait... Pépé, mon ami, il est temps, grand temps que tu te reprennes si tu ne veux pas laisser ta peau sur les bords du Guadalquivir... Ils devaient avoir une bien piètre idée des agents du F.B.I., les canailles! Il me semblait pourtant que si Hernandez ou le drogué m'avaient suivi, je les aurais repérés. Il est vrai que Lajolette devait avoir pas mal de monde à sa disposition. Pourquoi pensai-je tout d'un coup à la silhouette entrevue à l'angle de la rue doña Maria? Serait-il possible que ce fût Juan qui...? Tout s'expliquerait, alors. Maria aurait servi d'appât, mais tout en moi se révoltait à l'idée que ma compagne pouvait être la complice de ces crapules! Si elle les avait servis, ce ne pouvait être qu'à son insu.

« Don José... »

Je sursautai. Il y avait de l'inquiétude dans les yeux de la jeune fille.

« Vous ne voulez pas me dire? »

Sans explications, je lui tendis le billet. Quelle importance tout cela avait-il à présent? J'étais brûlé. Autant qu'elle apprenne par moi plutôt que par d'autres mon vrai métier. Maria me rendit le papier.

« Je ne comprends pas... Qui vous a envoyé ça? Washington... c'est bien en Amérique? Pourquoi parle-t-on de l'Amérique? »

A ses sourcils froncés, je devinais l'effort qu'elle s'imposait pour essayer de résoudre le problème qui se posait inopinément à elle.

« ... Et le petit, tout à l'heure... Il vous a appelé señor Americano... Pourquoi? »

Alors, je lui déballai tout et mon métier et ma mission, et ma vie à Washington. Si je ne lui parlai ni de Ruth ni d'Alonso, c'est que j'eus peur qu'elle ne comprît pas la nature des liens qui nous unissaient. Et puis, il serait toujours temps de lui en dire deux mots, si jamais elle se décidait à me suivre. Pour le moment, elle m'écoutait sans rien dire. Quand j'eus achevé ma confession, elle continua à se taire et, comme moi je n'avais plus rien à lui apprendre, j'attendis. C'était maintenant que la partie se jouait entre elle et moi. Je savais que, dans un instant, en quittant la Alameda et Hercules, ou nous nous séparerions pour toujours, ou plus rien jamais ne pourrait nous séparer. Je mentirais si je n'avouais que mon cœur se mit à battre la chamade lorsque Maria ouvrit la bouche.

« Vous avez bien fait de vous confier à moi, José... »

Je notai au passage la suppression du « don » cérémonieux et m'en sentis tout revigoré.

« ... Et je suis fière de vous. »

Malgré les agents de police toujours susceptibles d'apparaître là où on les attend le moins, j'ai bien failli prendre Maria dans mes bras et l'embrasser devant tout le monde.

« Mais il faut prendre garde à vous, José! »

Je le lui promis avec enthousiasme. Assez malhonnêtement, j'en conviens, je voulus profiter de son émotion pour affirmer mon avantage.

« Et Washington, Maria... vous croyez que c'est

possible d'envisager que vous puissiez m'y accompagner?

— L'Amérique... »

Elle soupira le mot plutôt qu'elle ne le prononça et je sentis que, pour elle, dire seulement le nom des U.S.A., c'était déjà commencer à vivre un conte de fées. Je me promis de faire en sorte qu'elle perde ses illusions le moins vite possible.

« S'il n'y avait pas Juan...

— Si Juan pouvait nous suivre à Paris, pourquoi ne nous suivrait-il pas jusqu'à Washington? »

Maria battit des mains comme une enfant.

« Oh! ce serait merveilleux! »

Je ne jugeai pas utile de lui expliquer qu'avant d'offrir un pareil voyage à son petit frère nous aurions un sérieux entretien, lui et moi.

La Maria que je reconduisais à *L'Agneau du Sauveur* ne ressemblait plus à celle que j'étais allé rejoindre à San Juan de la Palma. Ce que des heures et des heures d'une cour assidue aux règles précises, au cérémonial scrupuleusement suivi m'eussent peut-être donné, le fait de partager un grave secret, la crainte éprouvée à mon endroit, la volonté de m'aider dans ma tâche me l'avaient obtenu en quelques minutes. Maria m'aimait, je l'aimais, elle serait ma femme et, ensemble, nous irions vivre aux States. Ma victoire sur le plan humain s'avérait aussi complète que ma défaite sur le plan professionnel. Savoir que Maria m'aimait, me faisait tenir davantage à la vie, et Lajolette qui ne m'était déjà guère sympathique, comme tous les truands de la drogue que je combattais depuis des années, me devenait odieux parce que, maintenant, il pouvait être un obstacle — et quel! — à mon bonheur. Après lui avoir promis de revenir la chercher à la fermeture du magasin, je pris congé de celle que je considérais désormais comme ma fiancée et je repartis en direction de la Palma dans l'espoir de rencontrer Juan.

Plus j'y réfléchissais et plus je me persuadais que c'était bien le frère de Maria que nous avions aperçu près du palais du duc d'Albe. Il nous suivait. D'ici à penser qu'il était, lui aussi, au service de Lajolette, il n'y avait qu'un pas à franchir : je le franchis allégrement. Après tout, c'était peut-être bien Juan qui m'avait assailli dans l'escalier de sa maison et le drogué n'aurait été là que pour surveiller l'affaire. Il me semblait connaître assez Maria pour me persuader que si la preuve de la culpabilité de son frère lui était fournie, elle n'aurait plus aucun scrupule à l'abandonner et, cette preuve, j'avais la certitude que si je lui mettais la main au collet, le señor Juan serait bien forcé de me la fournir de bon ou de mauvais gré.

J'abordai la Palma avec précaution, rasant les murs, me méfiant des regards trop curieux. Je souhaitais entrer discrètement dans l'appartement qu'occupaient Maria et son cadet. Si Juan était là, tant mieux, on discuterait tout de suite. S'il n'était pas là, je l'attendrais en fouillant un peu ses affaires, histoire de me rendre compte si je ne dénicherais pas quelque bout de papier susceptible de me mettre enfin sur la piste du gibier que j'étais supposé chasser et qui, pour l'heure, me chassait. Il ne fallait surtout pas qu'on me vît pénétrer chez les Alguin, sinon Juan risquait d'être averti et j'aime bien surprendre les gens. Je redoutais surtout l'énorme Dolorès et sa trop affectueuse amabilité. Mais, pour une fois, la chance était avec moi. Au moment même où j'allais m'écarter de la zone d'ombre qui me protégeait, je vis Dolorès, un panier au bras, sortir de la maison où je me rendais. Je la laissai s'éloigner et me glissai prestement sous le porche étroit. Immobile, j'épiais les bruits du patio. Ils me parurent tous assez sourds pour ne point provenir des ouvertures donnant sur la courette. Je pris mes risques et, en deux bonds, me trouvai au bas de l'escalier où j'avais été si douloureusement accueilli. Je m'accordai un instant de répit pour calmer ma respiration et commençai à monter lentement l'escalier en m'efforçant de faire le moins de bruit possible. J'entendais un rire de femme, des cris de gosses, le heurt d'un marteau. Sûrement personne ici ne se doutait qu'un agent du F.B.I. grimpait les marches plutôt vermoulues. Devant la porte de Maria, fermée à clef, les choses risquèrent de se compliquer, car si quelqu'un m'avait surpris en train de jouer de mon rossignol, je ne voyais pas bien comment j'aurais pu l'empêcher de hurler : au voleur! Heureusement, la serrure était de celles qu'un monte-en-l'air débutant eût ouverte sans effort. La porte grinça bien un peu en s'entrebâillant, mais je me glissai vite à l'intérieur et la refermai doucement derrière moi. J'écoutai. Le rythme de la maison n'avait subi aucune modification. Nul ne soupçonnait la présence d'un intrus. Je pénétrai dans la chambre de Juan. J'ignorais que la descente de lit râpée servait surtout à dissimuler un trou dans le carrelage, ce qui fait que je trébuchai et pliai les genoux en étouffant un juron. Et pourtant, ce faux pas me sauva la vie, car le couteau, lancé d'une main experte, me frôla la joue avant de s'enfoncer en vibrant dans la porte de l'armoire. J'eus un frisson en pensant qu'il s'en était fallu de très, très peu pour qu'il ne vibrât dans ma nuque. Je fis volte-face assez rapidement pour cueillir au vol Juan qui me sautait dessus. Il n'était pas très fort, mais souple et nerveux. Je me contentai de parer ses coups, guettant le moment pour porter une prise définitive à ce gamin assez culotté pour avoir voulu épingler un agent du F.B.I. — excusez du peu! — à son tableau de chasse. Il eut le tort de renverser la tête en arrière pour me cracher au visage. Toujours ce romantisme... Du tranchant de la main, je le frappai brutalement à la gorge et il ouvrit démesurément la bouche comme un poisson qu'on sort de l'eau. J'aurais pu le finir, mais je ne tenais pas à le massacrer et me contentai, d'une clef au bras, de l'envoyer sur le lit où il resta recroquevillé sur lui-même, essayant de retrouver sa respiration. Il était courageux, le bonhomme. Ramenant ses jambes sous lui, il s'apprêtait à me rebondir dessus, cet enragé. Je lui plaquai la main sur la poitrine.

« Calme-toi, Juan, ou je vais te faire mal pour de bon... Il y a longtemps déjà qu'on m'a appris à tuer mes semblables et j'ai été un très bon élève. »

D'une voix encore oppressée, il me lança une injure. Je haussai les épaules.

« Mais je ne tue pas par-derrière, moi, Juan. On est donc devenu si lâche à Séville depuis que j'en suis parti? »

Il se leva d'un jet, mais j'étais sur mes gardes. Cette fois, je le sonnai durement et il retomba la tête sur son oreiller. J'allumai une cigarette, sachant qu'il en avait pour un moment. Lorsqu'il revint à lui, il me vit penché sur son visage comme une mère attentive.

« Tu es de nouveau présent, petit? Parfait!... Alors, si tu ne tiens pas à ce que je fasse à ton anatomie des dégâts irréparables, tu vas me dire bien gentiment et, tout de suite, qui t'a donné l'ordre de me descendre. »

A la manière dont il me regarda, je me mis à avoir des doutes sur mon intuition. Pour la forme, j'insistai mais, déjà, vaguement conscient d'un énorme malentendu, j'avais perdu de ma conviction première.

« Tu te décides? Pour qui travailles-tu?

— Pour moi!

— Ne fais pas l'idiot! »

Rageur, il se releva sur un coude pour me crier :

« Je n'ai besoin de personne pour défendre mon honneur! »

Ce fut à mon tour de le regarder d'un air éberlué.

« Ton honneur?

— Je vous ai vu avec ma sœur, puerco [1]! »

Sidéré, je restai un instant sans rien dire et puis je fus pris d'un fou rire inextinguible. Ainsi, là où je m'imaginais trouver la trace d'un complot savamment ourdi, il n'y avait que la vieille histoire de l'honneur espagnol — la *honra* — et un frère qui veillait sur la vertu de sa sœur. Au fond, j'étais un peu dépité mais, tout compte fait, je préférais que Juan ne fût pas un voyou. Mon rire parut avoir désarmé mon adversaire. Il n'était plus qu'un gosse en colère et qui accumulait les preuves pour se donner raison.

« Quand vous êtes sortis de San Juan de la Palma, je vous ai aperçus tous les deux... Ça ne m'a pas étonné... Je me doutais bien que vous tourniez autour de Maria... Mais elle, je ne l'aurais jamais crue capable de... *esta ramera* [2]!

— Attention, Juan, si tu traites ta sœur de garce,

1. Salaud!
2. Cette garce!

je vais te gifler et on va se recogner dessus. Ça m'embêterait, parce que lorsque je suis en colère pour de bon, je deviens très méchant.

— Et quel autre nom voulez-vous lui donner à cette sans honneur qui va se promener en cachette avec un inconnu?

— Inconnu... Tu exagères, fils! Jusqu'où nous as-tu suivis?

— Jusqu'à la Cuna.

— Alors? Tu as vu que nous ne faisions rien de mal?

— Elle vous tenait la main!

— Et puis après?

— C'est comme ça que ça commence!

— Imbécile! Je la respecte, ta sœur, et si tu n'étais pas un morveux, tu t'en rendrais compte...

— Pourquoi vous cachiez-vous tous les deux?

— Parce que j'aime Maria et qu'elle m'aime et que ce qu'on a à se dire ne regarde que nous! »

Il ricana.

« Vous appelez ça de l'amour? »

Il m'énervait et sérieusement, le petit. Je l'en avertis.

« Tu ferais mieux de te taire, Juan, ou il va se passer du vilain. »

Je me levai et allai prendre le couteau encore fiché dans l'armoire.

« Tu sais ce que tu as failli faire avec ce couteau? »

Et détachant bien mes mots :

« Tu as failli tuer ton beau-frère, crétin! »

Il me fixa avec des yeux ronds, se demandant sans doute si je me moquais de lui.

« J'épouse ta sœur et je l'emmène!

— A Paris?

— Non... Aux Etats-Unis! »

Il répéta deux ou trois fois « Etats-Unis », comme s'il ne parvenait pas à comprendre. J'avais soudain décidé de lui faire confiance à celui-là aussi. S'il y en avait un capable de me guider parmi la pègre de Séville, de me tenir au courant de ce qu'il s'y passait, de me rapporter ce qu'on disait dans les petits bars de Triana, c'était bien Juan. S'il acceptait — et j'étais sûr qu'il accepterait — j'aurais un excellent rabatteur.

« C'est vrai ce que vous me racontez?

— Tout ce qu'il y a de plus vrai.

— Mais... pourquoi aux Etats-Unis?

— Parce que je suis Américain. »

C'en était trop pour lui, je le voyais bien, la tête lui tournait.

« Assieds-toi à ton aise, Juan, détends-toi et écoute-moi. D'abord, qu'est-ce que tu penses de ceux qui vendent de la drogue à des malheureux?

— De la cocaïne, vous voulez dire?

— Cocaïne, morphine, héroïne, opium et toutes ces saloperies.

— *Malditos* [1]!

— O. K.! Nous allons nous entendre, Juan! Tu veux me donner un coup de main pour essayer d'arrêter leur sale trafic?

— Moi?... Mais en quoi est-ce que ça vous regarde?

— Je suis un agent de la police fédérale des Etats-Unis, en mission. »

Sans doute était-ce trop d'un coup pour Juan et, sur le moment, je crus tout de bon qu'il allait tourner de l'œil. Il avait lu des romans policiers et,

1. Maudits!

maintenant, j'avais l'impression qu'il ne savait plus très bien s'il était encore dans sa vieille bicoque de la Palma ou s'il se trouvait sur les pistes anciennes du Far-West, nous confondant sans doute — mes collègues du F.B.I. et moi-même — avec les pionniers des temps héroïques. Je pense qu'il eût été pleinement satisfait si je lui avais exhibé une étoile de shérif.

Quand elle sut que son frère était au courant de nos projets et qu'il les approuvait, Maria ne voulut rien entendre pour me laisser les emmener de nouveau au Cristina. Elle tenait à ce que nous passions dans la vieille maison de la Palma cette soirée qu'elle considérait comme la première de nos fiançailles, là où ses parents nous eussent reçus.

Avec les provisions achetées en chemin, nous fîmes le meilleur des dîners, mais je crois que je fus le seul à en apprécier la qualité, Juan et sa sœur étant déjà en Amérique, une Amérique imaginaire sur laquelle ils réclamaient sans cesse des renseignements, n'hésitant pas à corriger mes réponses lorsque la réalité que je leur dépeignais ne correspondait pas à leurs rêves. Bien sûr, mon petit appartement de Washington avait tout le confort moderne en usage aux U.S.A. pour ceux qui ont les moyens de se l'offrir, mais comment — sans les blesser ni trop les décevoir — leur faire comprendre que rien ne pourrait jamais remplacer pour eux la douceur de l'air sur la Palma? Et à quoi bon leur expliquer ce dont ils s'apercevraient, hélas! assez vite... De toute façon, ils ne m'auraient pas cru.

Au cours du repas, nous n'avons presque pas parlé de Lajolette et de ma mission. Sans doute, étions-nous trop occupés de l'avenir pour nous soucier du présent. Cependant, Lajolette le conditionnait quelque peu, le présent. Juan promit de se mettre à mon entière disposition et, pour commencer, il allait se renseigner sur le drogué aux yeux de tueur par les soins duquel j'avais failli ne jamais connaître Maria. Au moment de nous quitter — sur les trois heures du matin — Juan tint absolument à ce que nous nous comportions comme il pensait que se comportaient les Américains, et il m'autorisa à embrasser sa sœur sur les joues. Il eût été profondément choqué si je lui avais dit que pour me conformer aux règles des U.S.A. en la matière, j'aurais dû baiser Maria sur les lèvres. Plein de zèle, mon futur beau-frère voulut à toute force me reconduire place San Fernando en cas de mauvaise rencontre et je ne suis pas certain qu'il n'ait pas appelé de tous ses vœux — mais heureusement en vain — la bagarre qui lui aurait permis de me montrer ce dont il était capable.

Avant de m'endormir, je dressai un rapide bilan : depuis trois jours à Séville, j'avais failli être tué trois fois et je m'y étais fiancé. Au fond, tout s'équilibrait.

Jeudi de la Passion.

En vérité, malgré mes inquiétudes professionnelles, je me sentais en quelque sorte soulagé de n'avoir plus tellement de précautions à prendre pour essayer de sauvegarder un incognito que tout le monde paraissait se faire un malin plaisir de percer à jour, sauf — du moins, je l'espérais — le commissaire Fernandez. Aussi, j'écrivis directement à Ruth pour lui raconter ma rencontre avec Maria du Doux Nom et lui exposer nos projets matrimoniaux. J'usai de bien des précautions de style, car je me doutais que Ruth — avec ce bel illogisme féminin — tout en étant très heureuse de me voir enfin fonder un foyer (ce qui apaiserait ses remords anciens), m'en voudrait un peu de n'être plus la première dans mon cœur. Mais Ruth est une fille trop parfaitement équilibrée pour que cette amertume légère soit autre chose qu'un regret mélancolique. Dans la lettre que j'adressai à Alonso, je laissai libre cours à mon enthousiasme pour lui décrire Maria. Je lui traçai un tableau idyllique de ce que serait notre existence à tous les quatre lorsque nous nous retrouverions à Washington et, en attendant que Maria ait donné un petit camarade de jeu à « señor » José, d'avance je sollicitai le parrainage de mes deux amis pour mon futur héritier. Le bonheur est bavard et je dus payer une belle surtaxe pour que ma lettre soit acheminée par avion, et ce ne fut que lorsque je l'eus abandonnée au guichet postal que je me rendis compte que je n'avais parlé de Juan ni à Ruth ni à Alonso.

Maria était en train d'ôter le bec-de-cane de la porte du magasin lorsque j'arrivai à *L'Agneau du Sauveur*. Il n'était pas question d'embrasser ma fiancée en pleine rue si je ne voulais pas avoir des histoires avec la police du Caudillo et les censeurs de Monseigneur l'archevêque de Séville. Mais je lui pris la main et la regardai de telle façon qu'elle en rougit. Pourtant, je n'avais aucune autre idée que de lui crier mon amour et lui faire comprendre que je l'aimais plus encore que la veille et que je l'aimerais toute ma vie. Maria me chuchota à l'oreille :

« Dépêchons-nous, José... Le señor et la señora Percel ont un autre invité qui est déjà arrivé. »

Et, tout de suite, elle m'entraîna vers une petite porte assez écartée de l'entrée du magasin et qui conduisait directement à l'appartement de mes hôtes. Sitôt le seuil franchi, on se trouvait dans un couloir où il fallait — par suite de l'obscurité y régnant — attendre de s'être habitué à l'ombre pour ne pas avancer en aveugle, les bras tendus devant soi. Je sentis la chaleur du corps de Maria tout près de moi et, mon Dieu! comme je l'aurais fait à Washington, je l'embrassai, mais elle tourna vivement la tête alors que j'atteignais ses lèvres.

« Pas encore, José... Ce serait... mal. »

J'ignore si c'est mal ou non d'embrasser la fille qu'on aime, mais ce que j'eusse considéré aux Etats-Unis comme un jeu de coquette, ici, je le comprenais et, en bon Andalou, tout au fond de moi, je l'approuvais. Enchevêtrant ses doigts dans les miens, Maria m'entraîna au fond du couloir d'où partait un escalier de pierre. A peine avions-nous monté quelques marches que j'entendis l'écho d'une conversation. Une voix de contralto aux riches inflexions fut attribuée, par ma fiancée, à doña Josefa, épouse d'Alfonso Percel, que le Ciel, en revanche, avait doté d'un timbre aigu. Une troisième personne parlait un espagnol durement accentué, mais où j'eus le temps, avant d'atteindre le palier, d'attraper quelques lourdes fautes grammaticales.

Les Percel me reçurent avec une affectueuse cordialité et me présentèrent Karl Oberchner qui voyageait pour le compte d'une maison de tissus de Hambourg. Don Alfonso crut bon de souligner qu'il était heureux d'accueillir sous son toit et en même temps un Français et un Allemand, espérant ainsi travailler dans la faible mesure de ses moyens à la réconciliation de deux peuples dont l'entente — assurait-il — serait la sauvegarde du monde occidental. Oberchner me serra la main avec vigueur. Cet Allemand était un bel homme d'une quarantaine d'années que sa barbe blonde faisait ressembler à un héros wagnérien. Malgré ses sourires, je me sentais quelque peu gêné par la froideur de son regard bleu que je surprenais souvent fixé sur moi. Avec Maria, il se montra de cette courtoisie toute germanique où la raideur le dispute à une sentimentalité toujours choquante parce que plus appliquée que naturelle. Fut-ce parce que Maria ne sembla pas lui accorder le moindre intérêt, parce que sa présence me protégeait de l'amicale indiscrétion des Percel, toujours est-il que Karl Oberchner me parut un garçon sympathique.

Doña Josefa avait eu la prévenance de me placer à côté de Maria et, du coup, sitôt le Jerez apéritif avalé, lorsque nous passâmes à table, je me sentis d'excellente humeur. On me posa naturellement beaucoup de questions sur mon travail parisien, mais j'arguai du fait que j'étais en vacances pour éviter de parler trop de ma prétendue situation chez Bigeard. Au contraire, Karl Oberchner s'étendit complaisamment sur ses activités. Il vantait un peu lourdement peut-être la qualité des tissus de la maison Elmer et Fils qu'il représentait, et les beautés prenantes de la vieille ville hanséatique. Je connaissais Hambourg où j'avais vécu cinq semaines avec le patron de mon père, lorsque nous habitions Paris : c'est pourquoi, je sursautai lorsque j'entendis Oberchner situer *L'Ange de Miséricorde* — auberge célèbre depuis un siècle et où l'on mange les meilleurs « Rundstück warm [1] » — dans Reeperbahn, alors que n'importe quel voyageur n'ayant séjourné que vingt-quatre heures dans le grand port sait que la fameuse auberge se trouve dans la Hein Hoyerstrasse. Comment Karl, s'il venait vraiment de Hambourg, pouvait-il commettre une pareille erreur? Tout entier repris par le métier, je m'irritais de ne pouvoir trouver une réponse satisfaisante à cette question.

« Vous vous plaisez à Paris? »

Il fallut que ma fiancée me poussât discrètement du coude pour que je prisse conscience que c'était moi qu'on interrogeait. Fine mouche, Maria, qui s'était rendu compte de ma distraction, prit la parole à ma place.

« Si j'en juge par ce qu'il nous a raconté, c'est

1. **Tranche de pain bis garnie de rôti de porc.**

probablement la ville qu'il aime le plus au monde. N'est-ce pas, José?

— Après Séville! »

Je reprenais mon rôle. On s'exclama de plaisir. Doña Josefa, qui n'avait jamais franchi les frontières de son pays, me demanda si, sincèrement, Paris faisait plus grande ville que Madrid et si l'on pouvait raisonnablement comparer les boulevards à la Calle de Alcala. Infatigable, Karl Oberchner se mit à parler lui aussi de Paris et me cita quelques petits restaurants connus des seuls gourmets, mais sur l'emplacement desquels il se trompa plusieurs fois. Je rectifiai ses erreurs qu'il reconnut de bonne grâce. Quel mobile faisait donc agir cet Allemand? Sans aucun doute, il connaissait très bien la capitale française, alors pourquoi ces fautes? Etaient-elles volontaires? Si oui, dans quel but? Me prenait-il pour un bluffeur de son genre et tenait-il à me mettre à l'épreuve?

Cahin-caha, nous arrivâmes au dessert où doña Josefa nous servit un « brazo de gitano [1] », tandis que son mari débouchait une bouteille de moscatel. La maîtresse de maison nous assura que non seulement elle adorait cuisiner, mais encore qu'elle aimait faire honneur aux plats qu'elle préparait. On comprenait facilement pourquoi la bonne dame dépassait les deux cents livres, alors que la taille et le poids de son mari eussent permis à ce dernier d'être jockey. Les Percel formaient un de ces couples disparates qui font la joie des caricaturistes, mais ils paraissaient s'entendre fort bien si j'en devais juger par les multiples attentions qu'ils se prodiguaient. Il eût été étonnant que, même sur le cha-

1. Genre bûche de Noël.

pitre de la cuisine, Karl Oberchner ait pu tenir sa langue et, après avoir rendu hommage à l'art culinaire espagnol, il nous avoua que pour lui rien ne vaudrait jamais une Kalbleberwurst [1] accompagnant un plat de Sapaetzle [2], le tout arrosé de Maerzenbier. Il commençait à me taper sur les nerfs, Herr Oberchner, et je sentais que je n'allais pas tarder à le lui faire savoir.

Heureusement, doña Josefa, en se levant, prévint mon éclat. Nous passâmes dans une petite pièce où, sur le mur, derrière une grille de fer forgé, souriait la Protectrice de Séville, Maria Santisima de la Esperanza, autrement dit la Macarena. On m'offrit un verre d'anis qui me donna la nostalgie du scotch. La señora Percel, solennelle dans sa robe noire qui tentait vainement de l'amincir, nous prit à part, Maria et moi, tandis que Karl Oberchner se retirait dans un coin de la fenêtre en compagnie de don Alfonso, vraisemblablement pour parler affaires. Je remarquai que la lumière du jour donnait une étrange lueur glauque à l'incroyable complet du señor Percel — des carreaux bordés d'un léger liséré rouge sur un fond vert — dont la teinte agressive m'avait frappé (si je puis dire) dès mon arrivée.

« Don José, Maria m'a parlé de vos projets... J'en suis bien contente pour elle, car je l'aime bien... Ici, elle remplaçait un peu la fille que le Seigneur n'a pas cru bon de nous donner... et si vous n'étiez pas si sympathique, je crois que je vous détesterais!

— J'en serais navré! »

Elle sourit.

« Vous êtes un caballero, don José, et vous mentez fort bien... Vous savez que c'est une véri-

1. Saucisse au foie de veau.
2. Pâtes.

table perle que vous nous enlevez?... Mais quoi? c'est la vie! Il faut toujours se séparer de ce qu'on aime... Voyez-vous, don José, à mon âge, on comprend qu'on ne devrait jamais s'attacher pour ne pas être malheureuse un jour... »

Maria était émue aux larmes. Spontanément, elle prit la main de la señora Percel et la porta vivement à ses lèvres. Je ne peux pas dire que ce geste m'ait beaucoup plu.

« Et... naturellement, vous allez repartir à Paris, avec notre Maria, don José?

— Si elle veut me suivre... »

Doña Josefa éclata de rire.

« N'essayez pas de me faire croire que vous en doutez! »

Lorsque nous quittâmes les Percel et Maria — l'heure de la réouverture du magasin ayant sonné — Karl Oberchner avait tenu à m'accompagner. Ensemble donc, nous étions remontés vers la place San Fernando et c'est seulement sur le seuil de mon hôtel, qu'il avait consenti à me lâcher. Au moment de nous séparer, Oberchner m'avait tendu la main et je n'avais pu la refuser, mais l'effort que je m'imposai pour ce faire était-il trop visible, car l'Allemand me dit :

« Je ne vous suis guère sympathique, n'est-ce pas, señor Moralès? »

Gêné, j'essayai d'une vague protestation :

« Ne croyez pas que... »

Mais il m'interrompit avec vivacité :

« Si, si... D'ailleurs, c'est toujours comme ça avec nous autres, Allemands, nous ne parvenons pas à nous faire aimer du premier coup. Alors nous forçons un peu trop nos talents et nous arrivons automatiquement au résultat contraire de celui que nous espérions... Ne pensez pas que nous ne nous en rendons pas compte, seulement nous nous en apercevons toujours trop tard... »

Voilà qu'il réussissait à m'émouvoir, cet animal-là... Je ne voulus pas être en reste.

« Peut-être est-ce aussi que nous, Latins, sommes doués d'une sensibilité trop vive et...

— C'est fort aimable à vous, señor Moralès, mais pas très convaincant. Nous avons toujours été ainsi : pleins de bonnes intentions et ça se termine en drame. Une sorte de malédiction dont nous n'arrivons pas à prendre notre parti. Hasta la vista [1], señor Moralès.

— Con mucho gusto [2], señor Oberchner... »

Et j'étais sincère! Alonso aurait bien ri de mes fluctuations sentimentales.

Juan n'était pas encore rentré lorsque je retrouvai Maria dans la maison de la Palma. Elle me confia que les Percel s'étaient déclarés enchantés d'avoir fait ma connaissance et qu'ils espéraient bien que je reviendrais les voir. Evidemment, tout cela était fort aimable mais, comme je m'en ouvris à Maria, cela n'expliquait pas le mensonge de Karl Oberchner concernant Hambourg. Depuis que j'avais quitté l'Allemand, j'avais eu le temps de réfléchir et m'étais repenti de lui avoir témoigné trop de compréhension. Je mis ma fiancée au courant de l'erreur commise par Oberchner au sujet de *L'Ange de Miséricorde* et qui prouvait que cet Allemand ne connaissait pas bien la ville où siégeait la maison dont il se prétendait le représentant. Alors, que venait-

1. Au revoir.
2. Avec plaisir.

il faire chez les Percel? Aussitôt, Maria se promit de parler de mes soupçons à doña Josefa pour la mettre en garde.

Vers vingt-deux heures, Juan nous rejoignit. A l'excitation dont il faisait preuve et dont il était difficile de ne pas s'apercevoir, je devinai que mon adjoint était content de lui et qu'il avait quelque chose d'important à me signaler. Ayant jeté sa casquette sur une chaise et embrassé rapidement sa sœur, il me lança.

« Ça y est, don José!

— Qu'est-ce qui y est, Juan?

— J'ai retrouvé votre homme!

— Le drogué?

— Oui. »

Je me dressai d'un élan. Enfin, j'allais pouvoir bouger et ne plus jouer le rôle d'appât.

« Où est-il?

— En train de se soûler à la *Espiga de Oro*, rue de Guadalete.

— Qui se trouve?

— Entre la San Vicente et le Torneo.

— Je vois! »

Je pris mon chapeau et Maria s'inquiéta :

« Vous n'allez pas vous rendre là-bas à cette heure-ci, José?

— Il le faut...

— Tout seul? »

Juan sauta sur l'occasion ainsi offerte.

« Je vous accompagne!

— Non. »

Une telle déception se peignit sur sa figure que je crus bon de lui fournir une explication.

« Ecoute-moi, Juan... Pour le moment, il ne s'agit pas de se battre, mais plus simplement de prendre le vent et, à deux, on se fait bien plus vite repérer que si l'on est seul.

— Mais si l'on vous attaque?

— Pas de raison... Réfléchis! Le type est sûrement loin de se douter que je vais lui tomber dessus. Si j'ai la veine d'arriver avant qu'il ne soit parti, j'attendrai qu'il sorte et je le filerai. Lorsque je saurai où il habite, j'aurai un petit entretien avec lui.

— S'il veut parler!

— Tranquillise-toi... Je sais faire parler les plus discrets... Allons, ne vous en faites pas, tous les deux! Demain, nous déjeunerons ensemble au Cristina, à deux heures, et je vous y raconterai mes aventures nocturnes. »

Malgré ma jovialité de commande, quand je les ai quittés, ils n'avaient — ni l'un ni l'autre — l'air convaincu.

La nuit était de celles qu'on ne connaît pas à Washington. Douce et lumineuse. Si le temps se maintenait, nous aurions une belle Semaine sainte. A partir du dimanche qui venait, on ne se coucherait pratiquement plus dans Séville. Laissant aux étrangers les chaises du parcours officiel suivi par les processions, c'est dans leurs faubourgs ou quartiers d'origine que les purs vont voir les Vierges à l'égard desquelles ils ressentent une dévotion particulière. Rien de plus émouvant que ces « saetas » jaillissant, au petit matin, d'une foule épuisée lorsque la Virgen rentre dans son église. Ultime prière, dernière supplication en face des dangers inconnus que renferment les douze mois à venir avant la prochaine Semana Santa.

Seulement, pour l'heure, señor Moralès, vous n'êtes

pas dans la rue pour soliloquer au sujet de la ferveur andalouse, mais bien pour essayer de mettre la main sur un individu qui a essayé de vous tuer et qui, avec un peu de chance — cette chance qui vous a, jusqu'ici, fait si cruellement défaut — constituera le premier maillon de la chaîne qui doit vous mener à Lajolette.

Cette perspective me revigore et c'est d'un bon pas que je passe devant l'Alameda de Herculès et que je m'engage dans la rue Santa Anna. Je connais encore bien ma ville. En approchant de la San Vicente, je ralentis mon allure et c'est avec précaution qu'arrivé à l'angle, je jette un coup d'œil dans la Guadalete où je repère tout de suite la *Espiga de Oro*. Sur le trottoir, juste devant la porte du cabaret, un ivrogne assis par terre est lancé dans un monologue qui semble l'intéresser bien davantage que ma personne. Par la vitre, je regarde à l'intérieur de l'établissement et, tout de suite. j'aperçois mon drogué. Il est accoudé au bar, sa main tremble sur un verre à moité plein. Il doit avoir sa charge. A ce moment, je me sens tiré par la manche et je me retourne, tous muscles bandés. C'est l'ivrogne qui me souffle au visage une haleine où j'ai le temps de distinguer les odeurs mélangées de l'anis et du manzanilla.

« Señor, êtes-vous bon catholique?

— Non.

— Ah! »

Il paraît désemparé, ne soupçonnant pas que j'ai voulu par ma réponse catégorique mettre immédiatement fin à notre entretien. Entre deux hoquets, il me confie sa déception :

« C'est dommage, parce que vous auriez pas pu refuser de me payer un verre. »

Soudain, il se fait véhément et me montrant l'intérieur du café :

« Et, là-dedans, vous croyez qu'il y en a, des bons catholiques?

— Sans doute...

— Eh bien, vous allez voir que je suis foutu d'pas en trouver un! »

D'un pas nonchalant mais décidé, il entra dans le cabaret. Tout en ne perdant pas de vue mon drogué, je suivis l'expérience de l'ivrogne dans sa quête de catholiques sincères. Il semblait bien que son pronostic se révélât exact, car tous les consommateurs à qui il s'adressait le repoussaient d'une bourrade dont l'une l'envoya choir au pied de celui que je surveillais et qui ne tressaillit pas plus que si l'on avait discrètement posé une fleur à côté de son verre. Le pochard s'agrippa aux jambes du drogué pour retrouver la position verticale et entreprit sans doute d'exposer son cas à l'homme que je guettais, mais en pure perte car l'autre était apparemment « absent ». Dégoûté, l'ivrogne interpella directement le patron et dénicha en lui l'excellent croyant qu'il désespérait de rencontrer, puisque je vis que ce dernier mettait sous le nez du soûlaud un verre plein qu'il vida d'un trait. Après quoi, on le prit par les épaules et il fut éjecté en moins de temps qu'il n'en faut pour le dire. Je me reculai dans l'ombre, tandis que le clochard s'éloignait, cahotant, à la recherche de concitoyens généreux et dévots qui, à l'approche de la Semaine sainte, ne lui refuseraient pas le verre de la charité. Je m'amusais tellement à suivre des yeux la silhouette instable, que je faillis manquer mon gibier. Juste comme je me retournai vers le café, j'aperçus le drogué qui jetait quelques billets devant lui et qui, sautant à bas de son tabouret, se dirigeait vers la porte, de ce pas raide et saccadé caractéristique des gens de sa sorte. Je me collai contre le mur au moment où il sortait. Sans regarder autour de lui, il tourna tout de suite à droite, en direction du Torneo et du Guadalquivir. J'étais à peu près certain qu'il remonterait vers le pont Isabelle II, afin de gagner Triana. Une belle course en perspective, mais je me sentais gonflé à bloc. L'homme avançait à vive allure sans jamais se retourner. Sans doute était-il tenaillé par le besoin de drogue et, s'il en était ainsi, il aurait pu savoir que toute la police d'Espagne le filait qu'il ne s'en serait pas soucié. A une trentaine de mètres derrière lui, je riais tout seul en pensant à la tête qu'il ferait si quelqu'un le prévenait que sa victime de la Palma lui collait aux chausses.

Arrivé sur le Torneo, ce beau boulevard planté d'une double rangée d'arbres, le bonhomme tourna à gauche, en direction du pont, comme je l'avais prévu. La poursuite n'offrait aucune difficulté. J'étais content. L'espoir de la revanche m'excitait. Brusquement, à l'endroit où débouche la rue Pascual Gavango, mon homme traversa le boulevard et s'engagea sur la voie du chemin de fer. Qu'est-ce qui lui prenait? Je lui emboîtai le pas, me rapprochant de crainte qu'un train survenant ne lui fournisse l'occasion de m'échapper. De l'autre côté du ballast, il descendit sur la Barqueta qui est la rive sévillane du Guadalquivir. Il devenait plus difficile d'avancer. Le grand souffle du fleuve emplissait la nuit. Son haleine humide calmait mon excitation et je commençais à me demander ce que mon type venait faire dans ces parages. Nous approchions du point où le Guadalquivir s'élargit avant de se diviser, à peu près à la hauteur de la gare de Cordoue, lorsque j'entendis qu'on marchait précautionneusement derrière moi. Instinctivement, je fis un pas de côté avant de me retourner et de me trouver en face d'un individu qui, si j'en jugeais par le couteau qu'il tenait à la main, semblait animé de fort mauvaises intentions à mon égard. Parer l'attaque d'un homme voulant vous porter un coup de poignard est une des premières défenses de judo qu'on vous enseigne, et je tenais déjà solidement le bras de mon agresseur, prêt à l'envoyer exécuter un vol plané dans l'espace, lorsqu'en me tournant légèrement je vis mon drogué qui revenait sur nous en courant. Je fus contraint de lâcher le manieur de couteau pour m'occuper de l'autre, sans doute désireux de réparer sa maladresse de la Palma. J'esquivais le premier coup de matraque de mon nouvel assaillant en même temps que j'atteignais le gars au poignard d'une solide ruade dans le ventre qui le fit jurer très vilainement. Je n'eus pas le loisir de me réjouir, car la matraque de celui que j'avais cru suivre, alors qu'il m'emmenait, me fendait la joue. Sous la douleur, je titubai. Cependant, j'eus encore l'occasion d'écraser mon poing dans la figure du tueur au poignard avant d'encaisser un second coup de matraque, qui me rendit indifférent aux aventures du monde comme aux miennes.

Lorsqu'en reprenant conscience je vis les deux visages qui guettaient mon retour à la vie, je compris que j'allais encore avoir de durs moments à passer. Je voulus crâner :

« Alors, vous êtes contents de vous, jeunes gens? »

Celui qui était le plus près de moi sourit et, s'inclinant légèrement :

« Mon Dieu, señor, j'ai fait ce que j'ai pu. Je pense que d'ici quelques instants vous ne souffrirez plus que d'une solide migraine. Vous pouvez remercier le Seigneur de vous avoir donné un crâne suffisamment solide pour résister aux coups de matraque. »

Son compagnon se mit à rire et c'est à ce moment-là seulement que, promenant les yeux sur le décor qui m'entourait, je me rendis compte que j'étais chez un médecin.

« Mais... mais qui m'a amené ici?

— C'est moi, señor. »

Et celui qui avait ri, s'inclinant à son tour, se présenta :

« Inspecteur de police Valerio Lucero.

— Les autres m'avaient donc laissé sur la Barqueta?

— C'est-à-dire, señor, qu'ils s'apprêtaient à vous jeter dans le Guadalquivir lorsque je suis intervenu.

— Où sont-ils, eux?

— L'un a pu s'enfuir, l'autre est à la morgue... Il s'entêtait à vouloir me frapper de sa matraque... »

Ainsi mon agresseur de la Palma était mort. En songeant à ce qu'il m'avait fait, j'en éprouvais quelque satisfaction; mais, d'autre part, lui disparu, il ne me restait plus que mon écraseur de Triana pour — le cas échéant — me mettre sur la piste de Lajolette. En bref, je n'étais pas plus avancé qu'avant et, honnêtement, il ne me paraissait plus guère possible d'entretenir l'espoir de mener à bien la mission dont Cliff Anderson m'avait chargé. Malgré mon amertume, je ne devais pas oublier que ce policier sévillan m'avait sauvé la vie.

« Je bénis le hasard qui vous a fait passer sur la Barqueta, señor.

— Ce n'est pas le hasard, señor, mais le commissaire Fernandez. »

Et comme je le regardais avec des yeux ronds, il ajouta doucement :

« Je vous filais depuis la Palma, señor Moralès, ayant pris la relève de mon collègue Premiaso qui, lui, vous suivait depuis votre départ du *Cecil-Orient*. Je vous ai perdu de vue sur le Torneo, et c'est ce qui explique je sois arrivé un peu en retard sur la Barqueta... »

Je me sentais tellement humilié que je ne pensai pas tout de suite à le remercier. Ainsi, l'agent du F.B.I., Pépé Moralès, qu'on tenait pour un des meilleurs détectives du service, non seulement tombait comme un débutant dans le piège qu'on lui tendait, mais encore ne s'apercevait même pas qu'on le filait toute la journée. L'âge de la retraite aurait-il déjà sonné ou mon amour pour Maria me privait-il de ma lucidité habituelle?

Je me levai avec effort. En face de moi, il y avait une glace. J'y vis un monsieur fort penaud, avec une belle bande de sparadrap sur la joue gauche, une autre sur l'oreille droite et l'air passablement abruti. Au médecin que je remerciai, je demandai d'envoyer sa note à l'hôtel et je sortis en compagnie de l'inspecteur Lucero.

Sur le trottoir, le policier s'enquit de mon état général et comme — voulant bluffer — je lui répondais que j'étais de nouveau, en pleine possession de mes moyens, il eut la bonté d'en marquer un vif contentement. J'étais un peu ému par sa sympathie lorsqu'il ajouta que, puisque je me sentais bien, je ne verrais sans doute aucune difficulté à venir rendre visite au commissaire Fernandez, qui m'attendait. Une fois de plus, ils me mettaient capot.

Affalé plutôt qu'assis dans le fauteuil placé devant le bureau de Fernandez, j'écoutais le sang battre douloureusement mes tempes. Le commissaire m'observait entre ses paupières mi-closes. Se décidant, il m'offrit un cigare que je refusai.

« La série de vos malheurs continue, señor Moralès, à ce qu'il semble? »

Je haussai les épaules sans répondre.

« Vous ne trouvez pas curieux cet acharnement des mauvais garçons de Séville contre votre seule personne?

— Si...

— Ah! enfin... Voilà que, pour la première fois, nous partageons la même opinion et j'en suis fort aise... Et, bien sûr, vous ne devinez toujours pas les raisons de cet acharnement?

— Non.

— Savez-vous, señor, que je me félicite de vous avoir fait filer par mes hommes?

— Moi aussi, señor commissaire, car votre inspecteur semble m'avoir sauvé la vie.

— Il vous l'a sauvée, n'en doutez pas! Sans lui, vous seriez dans le Guadalquivir à l'heure actuelle... et, tout compte fait, vous êtes mieux dans ce bureau.

— Sans doute, mais je serais encore mieux dans mon lit...

— Je vous y ferai reconduire dès que vous m'aurez dit pourquoi vous êtes allé chercher Prospero Hacinez à la *Espiga de Oro?*

— Prospero Hacinez?

— L'homme qui manqua vous tuer à la Palma

et que l'inspecteur Lucero a dû abattre tout à l'heure sur la Barqueta?

— J'avais un compte à régler avec lui!

— Ici, señor Moralès, nous n'aimons pas beaucoup que les étrangers se substituent à nous... Pourquoi n'avez-vous pas déposé une plainte contre lui? Je l'aurais arrêté.

— J'ignorais qui il était et je n'étais pas certain que ce fût lui qui m'avait attaqué.

— Certitude que vous aviez pour Pedro Hernandez, qui manqua vous écraser à Triana. Mais, contre lui non plus, vous n'avez pas porté plainte? »

Que pouvais-je répondre? Ce policier me serrait de plus en plus près.

« Qui vous a indiqué la présence d'Hacinez à la *Espiga de Oro?*

— Personne.

— Curieux!

— Je me promenais et le hasard... »

Il m'interrompit sèchement :

« Je vous ai déjà prié, señor, de ne pas me prendre pour un imbécile! En sortant de la maison de la Palma, vous êtes allé directement rue Guadalete où — si j'en juge par la suite des événements — on vous attendait. Voulez-vous me dire, oui ou non, qui vous avait signalé la présence d'Hacinez?

— Non. »

Je vis sa main se crisper et le pénible effort qu'il faisait pour se contenir. Quand il reprit la parole, sa voix était devenue dure. Cet homme me haïssait.

« Ecoutez-moi bien, señor Moralès... Pedro Hernandez et Prospero Hacinez étaient — hélas! l'un d'eux vit encore — des trafiquants de drogue connus de mes services. En France, vous avez un proverbe plein de sagesse : « Dis-moi qui tu fréquentes et « je te dirai qui tu es... » Vous me comprenez?

— Très bien, señor, mais vous vous trompez.

— Je ne le crois pas. Le médecin qui vous a pansé vous a examiné. Vous ne faites pas usage de stupéfiant... Vous vous contentez d'en vendre! »

Ce fut plus fort que moi et je me mis à rire. Un agent du F.B.I., de la brigade des stupéfiants, accusé d'être un trafiquant de drogue!

« Si je connaissais le sujet de votre hilarité, peut-être pourrais-je la partager? »

Le ton de mon interlocuteur me calma.

« Señor commissaire, je ne puis rien vous dire, mais je vous donne ma parole que je ne suis pas le truand que vous imaginez.

— Je regrette de ne pouvoir vous croire. Je n'accorde ma confiance qu'aux gens que je connais bien, or, je ne vous connais pas du tout... Qui êtes-vous, en réalité, señor Moralès?

— Mais, mon passeport... »

Il eut un geste désabusé.

« Il y a d'excellents spécialistes. »

Je me levai.

« Puis-je rentrer chez moi? »

Il se dressa à son tour.

« Je vais vous y faire mener. Je suis têtu, señor. Je finirai par savoir ce que vous êtes venu faire à Séville, soyez-en persuadé, soit par vous, soit par votre meurtrier.

— Mon meurtrier?

— Vous ne pensez tout de même pas que vos ennemis qui ont, jusqu'ici, montré tant d'obstination, vont vous laisser tranquille? En tout cas, je ne vous protégerai plus. Faites ce que bon vous semblera. Naturellement, si vous avez besoin de moi, vous me trouverez toujours prêt à vous aider... si vous le méritez par votre franchise. Mais, je ne vous cache pas non plus qu'à la moindre infraction que vous vous permettrez, si légère soit-elle, je commencerai par vous boucler avant de vous réexpédier à la frontière, à moins que je ne puisse relever quelque chose de très grave à votre actif, auquel cas je me chargerai de votre avenir pour un bout de temps... C'est bien entendu?

— Parfaitement.

— Alors, bonne nuit, señor Moralès. »

*

En fait de bonne nuit, je ne parvins pas à fermer l'œil. Plus encore que la migraine et les brûlures de mes plaies, le sentiment d'avoir été berné comme un niais me taraudait l'esprit. Maintenant que je pouvais repenser tranquillement à la série d'événements qui s'étaient succédé, force m'était de convenir qu'on m'attendait bel et bien à la *Espiga de Oro*, que l'ivrogne ne m'avait joué sa comédie que pour aller prévenir Hacinez sous mon nez et que si ce dernier ne s'était jamais retourné tandis que je filais, c'est qu'il me savait derrière lui et qu'il voulait m'emmener là où son complice nous attendait. Mais, plus lancinante encore se posait la question de savoir qui avait prévenu Hacinez que je viendrais le chercher? Que je le suivrais? Qui... sinon Juan?

Vendredi de la Passion.

Il était près de treize heures lorsque je parvins à me tirer du lit et si ce n'avait été mon rendez-vous avec Maria, je serais bien resté couché toute la journée. Mais elle se serait affolée, et puis le temps me durait de voir la tête de cette petite crapule de Juan quand il se rendrait compte qu'une fois de plus ses copains m'avaient raté. Plus je retournais le problème, plus j'étais convaincu que c'était Juan qui m'avait vendu. Il devait faire partie de la bande et, comme un niais, je l'avais mis au courant de mon histoire. Heureusement que je n'avais pas dû lui apprendre grand-chose, ses complices l'ayant vraisemblablement mis au courant depuis mon arrivée à Séville. Et puis, j'avais commis tant de sottises dans cette histoire, qu'en faire le compte ne pourrait que m'humilier davantage. La mauvaise nuit passée, le sentiment de mon impuissance, la conscience de mes erreurs, tout cela ne contribuait pas à me faire envisager mon avenir au F.B.I. sous des couleurs roses, sans compter que le fait de savoir que mon futur beau-frère se rangeait parmi les coquins que j'étais chargé de combattre, achevait de me plonger dans le noir. Mon mariage me semblait brusquement, être devenu des plus hypothétiques.

Tout en procédant à ma toilette, assez lâchement, je l'avoue, j'essayais de trouver de bonnes raisons qui me permettraient de douter de la culpabilité de Juan et surtout de préserver Maria. Le gosse s'était-il fait repérer par les hommes de Lajolette, qui sont au courant de mes relations avec Maria et son frère, si j'en devais croire le billet que le gamin m'avait apporté sur la Alameda de Herculès? Hacinez se voyant filer par Juan s'était-il douté qu'il travaillait pour moi et qu'il irait me chercher? Peut-être Juan avait-il été suivi à son tour pendant qu'il venait me prévenir? Après tout, il n'y avait rien d'impossible dans cette hypothèse... J'éprouvais un fameux soulagement en constatant que je n'avais pas le droit d'établir mon opinion à l'égard de Juan d'une manière formelle tant que je ne serais pas mieux renseigné. Ainsi, je n'aurais pas à parler tout de suite de mes soupçons à Maria. Un peu lâche sur les bords, le señor Moralès, mais n'est-ce pas le lot de tous les amoureux?

Ils n'avaient pas osé entrer et m'attendaient tous deux devant le *Cristina*. Dès qu'elle me vit, Maria blêmit comme une morte. Avant même que je lui eusse souhaité le bonjour, elle s'enquit d'une petite voix tremblante :

« Ils vous ont blessé? »

Je jouai les héros.

« Pas d'importance, puisque je suis là! »

Juan me saisit le bras.

« Vous voyez bien que vous auriez dû me laisser vous accompagner? »

Pour m'aider ou pour m'achever? Je minimisai

mes blessures, afin de tranquilliser ma fiancée, mais elle ne voulut rien entendre pour aller au restaurant et je fus obligé de grimper dans un taxi qui nous emmena à la Palma. Maria s'imaginait sans doute que je me sentirais plus à l'aise qu'en public et, ma foi, elle n'avait pas tort. Lorsqu'elle nous eut laissés, son frère et moi, tandis qu'elle partait acheter de quoi composer un déjeuner rapide, j'allumai une cigarette et fixai Juan sans mot dire. Comment lui faire avouer, en admettant qu'il eût quelque chose à avouer? Pendant ce temps, l'animal me regardait avec un air où il me semblait bien — Dieu me pardonne! — voir de l'admiration!

« Ce Prospero... tu le connaissais? »

Il me regarda, surpris.

« Non, mais au portrait que vous m'en aviez fait, j'ai cru reconnaître celui qu'on appelle « el loco [1] », à Triana.

— Et comment t'y es-tu pris pour le trouver?

— Je savais qu'il travaillait — quand ça lui disait — chez un marchand de poissons de la rue San Jorge. J'y suis allé voir et il y était.

— Il t'a vu?

— Je lui ai même offert un verre pour essayer de le faire parler.

— Ah?

— Je lui ai dit que je croyais bien l'avoir aperçu sur la Palma, le jour où il avait tenté de vous tuer dans notre escalier. »

Il rit, bien content de lui.

« Naturellement, ça je ne le lui ai pas confié... J'ai attendu qu'il quitte son travail et puis, je l'ai suivi. Il a fait plusieurs cafés. A la *Espiga de Oro*,

1. Le fou.

j'ai compris qu'il n'était plus guère en état d'aller visiter d'autres bistrots, alors je suis venu vous prévenir... »

Pauvre Juan qui ne s'était pas rendu compte que l'autre l'avait mené par le bout du nez! Il est vrai que moi-même je n'avais guère le droit de donner des leçons à qui que ce soit, car, pour ce qui était de se faire posséder, je ne craignais personne, ces jours-ci! Mais j'étais soulagé de voir que j'avais pu me tromper un instant au sujet de Juan. Le petit n'était peut-être pas très malin, mais honnête. J'aimais mieux ça.

A table, il me fallut raconter mon histoire de la veille, en entrant dans les plus petits détails. Maria, vivant mon aventure, poussait des soupirs étouffés. Quant à Juan, il ne cessait de marmonner que s'il avait été là, tout se serait passé autrement. Tous deux unirent leurs efforts pour me convaincre de me procurer une arme au plus tôt. Juan s'offrit à m'apporter un pistolet, si je voulais bien lui confier deux cents pesetas. Je lui en donnai trois cents, en lui recommandant, au cas où il aurait le choix, de prendre un Lüger. Maria nous quitta, la dernière bouchée avalée, car nous étions au vendredi de la Passion et, dans quarante-huit heures, la « Virgen de la Armagura » sortirait de son église de la Palma. Il incombait à ma fiancée de voir si la Confrérie n'avait pas besoin d'elle, si les brodeuses n'avaient pas quelque ultime travail à lui confier. Nous prîmes rendez-vous pour le soir, et il fut convenu qu'on dînerait encore chez mes hôtes, Maria ne pouvant certainement pas passer la soirée en notre compagnie. Avant de partir, la jeune fille m'apprit qu'elle avait fait part de mes doutes concernant Oberchner à doña Josefa et que celle-ci me remerciait beaucoup de ces renseignements qu'elle allait communiquer à son mari, qui aviserait.

Juan, qui ne voulait plus me lâcher, me demanda quel plan j'avais mis au point pour contre-attaquer mes ennemis. Ne tenant pas à perdre l'admiration qu'il me vouait, je ne lui confiai pas que j'étais complètement dérouté et qu'il serait grand temps que Cliff Anderson se manifestât par quelques directives nouvelles, sinon je risquais de rester longtemps dans le cirage. Il est vrai que même si je le lui avais dit, Juan ne m'aurait pas cru. Alors, je me lançai dans une improvisation d'autant plus brillante que mon interlocuteur n'en pouvait soupçonner le bluff. Juan était aux anges. Non, franchement, il suffisait de le regarder pour comprendre ma sottise de l'avoir soupçonné de trahison. Plus tard, quand nous serons à Washington, je lui ferai part des soupçons nourris à son endroit, histoire de lui montrer comment les policiers ayant déjà du métier peuvent encore se tromper. On en rira ensemble en buvant non pas du Jerez, hélas! mais de la cola-cola...

De temps à autre, je m'arrêtais devant une vitrine de Sierpès ou bien je revenais brusquement sur mes pas, comme si je voulais voir quelque chose qui m'avait échappé. Mais j'eus beau écarquiller les yeux, je ne repérais aucun suiveur parmi ces braves Sévillans flânant dans la rue encore peu encombrée. Vraisemblablement, le commissaire Fernandez avait tenu parole et, de leur côté, les hommes de Lajolette, encore sous le coup de leur échec nocturne, devaient se demander quels rapports pouvaient bien exister entre la police et moi. Sans trop pouvoir me l'expliquer, je ne m'inquiétai pas outre mesure des menaces dirigées contre Maria. D'ailleurs, c'est après ces menaces qu'ils avaient, une fois encore, essayé de m'abattre. Ils se doutaient sans doute que le seul moyen de ne plus me faire lâcher prise serait de s'attaquer à Maria.

C'est à dix-huit heures, chez Pascual, rue des Toneleros, que je devais retrouver Juan, et le garçon m'avait dit qu'il espérait bien pouvoir me remettre à ce moment-là, l'arme promise. J'avais beau faire le malin, il était indéniable que je me sentirais beaucoup mieux avec un pistolet dans une poche.

En entrant dans ma chambre, où je comptais me reposer en attendant le moment de rejoindre mon futur beau-frère, j'eus une impression bizarre qui me fit m'arrêter sur le seuil. Peut-être est-ce cela, après tout, notre fameux sixième sens? Mais j'aurais juré que quelqu'un d'autre était venu, et qui n'était pas le garçon d'étage. Tout de suite, j'allai à mes valises, que j'ouvris pour voir si on les avait fouillées. Mais non, le peu qu'elles contenaient était dans l'ordre secret où je l'avais placé. Au moment où j'entrebâillais la porte de l'armoire pour procéder à la même vérification, derrière moi, on dit doucement :

« *Que usted lo pase bien, señor* [1]. »

Cette voix... Je me tournai d'un bond et me trouvai en face d'Alonso qui riait sans bruit. J'étais tellement stupéfait que, la bouche ouverte, je ne parvenais pas à articuler un mot. Il vint à moi et, me tapant sur l'épaule :

« Remets-toi, hombre... Remets-toi!

— Alonso!... Ce n'est pas possible?

1. **Portez-vous bien, monsieur.**

— A moins que je ne sois un ectoplasme, Pépé, je crois bien que si... »

Nous sommes tombés dans les bras l'un de l'autre. Je n'arrivais pas à croire à ma chance. Maintenant qu'Alonso était là, je me sentais dix fois plus fort. Ainsi voilà les nouveaux « échantillons » qu'Anderson m'annonçait! On aurait la peau de Lajolette, j'en étais sûr désormais.

« Tu es descendu dans cet hôtel? »

Il s'inclina.

« Luis Marchero, propriétaire argentin venu assister à la Semaine sainte et qui s'est vu désigner cet hôtel par l'agence de Buenos Aires à laquelle il s'est adressé. »

Tellement heureux que je ne savais plus quoi dire ou, plutôt, j'avais tellement à dire que je ne pouvais décider par où je devais commencer. Lorsque Alonso m'eut appris que Ruth se portait bien, qu'elle se faisait du souci pour ma santé (elle s'en serait fait bien davantage si elle avait su tout ce qui m'était arrivé depuis la mort d'Ezquariz, mais elle n'avait pas encore reçu ma lettre expédiée la veille et, comme elle, Alonso ignorait encore l'existence de Maria), qu'elle m'embrassait en espérant que les charmes retrouvés de l'Andalousie ne me feraient pas l'oublier et que je reviendrais bientôt à Washington.

« En somme, plus que Cliff Anderson, j'ai l'impression que c'est Ruth qui m'a envoyé te donner un coup de main pour que je te ramène au plus vite. Je ne comprends vraiment pas ce qu'elle te trouve, mais il y a des moments où je me demande si elle ne regrette pas de m'avoir préféré à toi!

— Tu subis le handicap du mari qu'on voit tous

les jours, tandis que moi je demeure le fringant célibataire!

— Si je suis bien ta pensée, pour Ruth, tu es la poire mise de côté pour la soif, au cas où elle deviendrait veuve? »

Tout en éclatant de rire, nous levâmes spontanément, tous les deux à la fois, la main gauche en faisant le signe qui conjure le mauvais sort. J'étais Andalou, il était Mexicain. Quand je fus renseigné sur la santé de « señor » José, mon filleul — et qu'Alonso m'eut confié que Cliff Anderson s'était fait du mauvais sang à mon sujet (événement tellement incroyable qu'il me remua profondément) et qu'il avait envoyé mon copain pour m'aider à me tirer d'affaire en lui disant qu'il ne mettait plus aucune restriction à nos faits et gestes, que nous pouvions employer tous les moyens qui nous sembleraient bons, étant entendu qu'il nous couvrirait dans la mesure du possible. Mais, par contre, qu'il ne voulait pas nous voir réapparaître à Washington sans la tête de Lajolette dans nos valises — j'abordai le sujet qui me tenait le plus au cœur et que je brûlai de confier à Alonso, du moment que je l'avais vu.

« Je crois, mon vieux, que Ruth ne pourra plus compter sur moi, même au cas où — faisant preuve de bon sens — elle se dégoûterait de toi!

— Ah! ah!... La tromperais-tu?

— Ma foi...

— Raconte-moi ça! »

Alors, je lui parlai de Maria du Doux Nom. Je fut intarissable. Tout y passa : et notre rencontre après que j'eus été assommé, et notre promenade, et notre engagement réciproque, et la visite chez les Percel, et mes soupçons à l'égard d'Oberchner, mes doutes quant à Juan et le billet de menaces reçu à la Alameda de Herculès. Je ne m'arrêtai que lorsque le souffle me manqua, Alonso m'avait écouté sans piper mot. Quand j'eus finis, il m'observa longuement, puis :

« Dis donc, Pépé... tu m'as l'air sérieusement mordu ?

— Je le crois.

— Et tu penses qu'elle te suivra à Washington ?

— Elle me l'a promis.

— Alors, dans ce cas, il n'y a pas à hésiter : file avec elle par le prochain avion. D'après tout ce que les gars de Lajolette ont essayé de faire pour t'avoir, on peut penser qu'ils ne reculeront devant rien. Tu dois protéger ta Maria. Je dirai à Cliff que c'est moi qui t'ai réexpédié, parce que tu étais brûlé. D'accord ?

— Non.

— Pourquoi ?

— Parce que si je suis amoureux, je ne suis pas devenu un salaud pour autant. On t'a envoyé ici pour que nous menions ensemble le boulot jusqu'au bout, et on l'y mènera ensemble, señor, ou on se cassera la figure ensemble. Je suis d'ailleurs convaincu que Maria n'accepterait pas que je me défile, fût-ce pour la protéger. »

Alonso usa de tous les arguments pour me décider à partir et nous avons même fini par nous disputer. Mais je demeurai intraitable. Entre Lajolette et moi, c'était maintenant une question personnelle. Il fallait qu'un de nous deux restât sur le carreau dans cette histoire et, s'il ne tenait qu'à moi, ce serait lui. Quand il fut bien convaincu que rien ne me ferait changer d'avis, Alonso se rendit et, tous deux, nous avons repris l'affaire depuis mon entrée en

Espagne. Je lui confiai l'étonnement éprouvé en constatant que nos adversaires — malgré mon camouflage — avaient été au courant de mon arrivée. Alonso me déclara qu'à son avis, Lajolette devait avoir partout des hommes à lui, aussi bien à la frontière qu'à Séville. Son organisation était, sans aucun doute, quelque chose de très important et nous aurions probablement beaucoup de mal à la détruire. Je revins encore sur l'étrange rencontre de ce commis-voyageur de Hambourg qui connaissait si mal Hambourg. Cela parut l'intéresser plus que les attentats dont j'avais failli être victime et j'en marquai intérieurement quelque dépit. Cependant, lorsque j'en eus terminé avec mes informations et mes hypothèses, sans oublier l'hostilité du commissaire Fernandez, Alonso essaya, de nouveau, de me persuader de partir. Une fois encore je refusai véhémentement.

Nous avions tellement bavardé, que le temps avait filé sans que nous en ayons pris conscience. L'heure était venue de rejoindre Juan et je demandai à Alonso de m'accompagner pour lui présenter le frère de Maria. Il ferait connaissance de ma fiancée en dînant avec nous. Il accepta avec joie et ce d'autant plus qu'il n'avait nullement l'intention de tenter d'échapper à la surveillance des hommes de Lajolette. Il n'avait pris une personnalité d'emprunt que pour ne pas avoir d'histoire avec les autorités espagnoles.

Juan était déjà là quand nous arrivâmes chez *Pascual*. Je présentai le garçon à Alonso et ne dissimulai pas au frère de Maria que mon ami faisait le même métier que moi et qu'il n'était venu à Séville que pour m'aider dans ma tâche. Le serveur qui nous avait apporté nos consommations s'éloignait lorsque Juan sortit fièrement de sa poche le Lüger que je lui avais commandé. Je l'examinai avec soin, notant — par réflexe professionnel — qu'il portait le numéro 32 834 et le passai à Alonso qui le regarda avec autant de minutie que moi-même. Nous tombâmes d'accord pour décréter que l'arme était en bon état et féliciter Juan pour sa débrouillardise. Le jeune homme me remit encore trois chargeurs pleins, ce qui me permettrait, le cas échéant, de supporter quelques assauts. J'étais si content de voir Alonso à mes côtés que je lui proposai de prendre un fiacre et de jouer les touristes avant de gagner la maison de la Palma. Pendant qu'avec Juan nous nous mettions en quête d'une voiture, Alonso s'en fut acheter une boîte de ces « puros » dont il rêvait — nous avait-il confié — depuis qu'il avait remis le pied en Espagne. Tout comme des Anglo-Saxons en voyage, au trot paisible d'un cheval étique qui nous imposait le souvenir de Rossinante, nous tournâmes autour de la Maestranza puis, par le Paseo de Cristobal Colon et le Paseo de Las Delicias, nous gagnâmes le parc de Maria Luisa pour y saluer la statue du Cid Campeador et, à travers les frondaisons des jardins de Murillo, nous nous glissâmes précautionneusement dans l'adorable barrio de Santa Cruz pour regagner le cœur de Séville. Nous étions heureux comme des gosses et Lajolette était bien loin de nos préoccupations. Le cocher nous déposa place du Sauveur et la générosité de notre pourboire le fit nous accompagner de solides « Vaya con Dios! » qui nous réchauffèrent le cœur.

Si nous avions écouté Alonso, nous aurions rapporté des monceaux de victuailles. Il voulait tout acheter, goûter à tout. Juan riait à en être malade. Nous dûmes nous gendarmer pour qu'il acceptât de se contenter de « gambas [1] », d' « albondigas [2] », d' « alca chofas rellenas [3] », d' « empanadillas de pescada [4] » et de « manos de ternera guisadas [5] ». Juan portait les fromages, de la « carne de merbrillo [6] », un « bizcocho borracho [7] », tandis que je mettais toute mon attention à ne pas lâcher les bouteilles de Jerez, de moscatel et de « Sans Sadurni de noya [8] » dont Alonso m'avait encombré.

Lorsque Maria du Doux Nom entra, elle s'arrêta sur le seuil, médusée devant tout ce que nous avions étalé sur la table. Alonso nous demanda la permission d'embrasser la jeune fille en son nom et au nom de Ruth, dont il savait qu'elle serait bientôt la sœur. Pendant que Maria et son frère disposaient le couvert et faisaient chauffer certains mets, mon camarade m'attira à l'écart pour me chuchoter qu'il n'avait jamais encore rencontré une aussi jolie fille que ma fiancée. Pour masquer mon émotion, je le priai de ne pas rejouer le tour qu'il m'avait joué avec Ruth. Il rit et me dit que je n'avais plus rien à craindre puisque, maintenant, il y avait Ruth et aussi « señor » José qui occupaient suffisamment sa vie. Il ajouta que pour peu que les choses continuent de la sorte, nous étions en passe de fonder une véritable colonie espagnole au sein du F.B.I. et Cliff Anderson devrait se mettre à apprendre le castillan s'il voulait surprendre nos secrets.

1. Grosses crevettes.
2. Boulettes de viande ou de poisson.
3. Artichauts farcis.
4. Beignets de poisson.
5. Pieds de veau en sauce.
6. Gelée de coing.
7. Baba au rhum.
8. Vin de Catalogne mousseux.

Avant que nous ne commencions à manger, Maria nous avertit que doña Josefa lui avait fait savoir que son mari avait découvert l'imposture d'Oberchner, petit escroc, dont le but était, semble-t-il, de toucher des arrhes importantes pour une commande fictive et de disparaître aussitôt. Ne voulant pas avoir d'histoire avec la police, don Alfonso s'était contenté de mettre l'impudent Teuton à la porte. Les Percel me remerciaient de leur avoir ouvert les yeux et seraient heureux de me recevoir de nouveau à déjeuner ou à dîner, comme il me conviendrait le mieux. J'en conclus que Karl Oberchner ne devait pas me porter dans son cœur si jamais il avait appris que le coup venait de moi mais, au point où j'en étais, un ennemi de plus ou de moins ne comptait guère.

Pendant le peu de temps qu'elle resta avec nous, Maria ne cessa d'interroger Alonso sur Ruth et « señor » José, dont elle voulut voir les photographies, et aussi sur Washington, Juan et sa sœur désirant tout connaître de la ville où ils étaient appelés à vivre. Maria nous avait quittés depuis longtemps pour gagner San Juan de la Palma, que nous étions encore attablés, dégustant le baba au rhum que nous faisions glisser à grands coups de moscatel. Nous étions d'une gaieté débordante et mon euphorie était telle que j'en arrivais à me persuader qu'à certains égards (j'aurais été bien empêché de dire lesquels) Washington pouvait se comparer à Séville. Le plus fort, c'est qu'Alonso m'approuvait. En bref, nous étions si parfaitement disposés à tout trouver merveilleux, que nous eussions estimé parfaitement réalisable un voyage de noces dans la lune, alors que mon collègue et moi savions qu'il aurait lieu aux chutes du Niagara, comme pour tout bon citoyen des U.S.A. qui se respecte.

Une heure venait de sonner, lorsque nous nous décidâmes à partir. En descendant l'escalier nous chantions, et Juan, qui nous avait accompagnés jusqu'à la porte de la rue, ne voulut pas nous abandonner. Il vint avec nous jusqu'au *Cecil-Orient* et là, nous proposa d'aller boire un dernier verre chez *Pascual*. J'étais trop énervé pour espérer dormir et j'acceptai l'offre du garçon, abandonnant Alonso qui tombait de sommeil. En vérité, ce n'est pas un, mais plusieurs verres que nous bûmes et, lorsque, à mon tour, je quittai Juan, dormant sur une table, la tête dans ses bras repliés, j'avais ma charge. Je remontais la Zaragoza, lorsque je vis une voiture qui, doucement, longeait le trottoir et me suivait. Du coup, j'en fus dégrisé. Comme dans les films de gangster, la bande Lajolette allait me fusiller sur le trottoir. Affolé, je cherchais des yeux une porte ouverte mais toutes les entrées sont fermées la nuit, à Séville, comme dans toute l'Espagne, et pas le moindre « sereno [1] » en vue. L'auto arrivait à ma hauteur et, en désespoir de cause, j'allais me jeter à terre, lorsque je m'entendis appeler par mon nom, tandis que la voiture s'arrêtait.

« Señor Moralès, por favor? »

Je me retournai et reconnus l'inspecteur Lucero qui, ouvrant la portière, me faisait signe d'approcher.

« Señor Moralès, le commissaire Fernandez serait très heureux de vous voir?

— A cette heure-ci?

— Vous savez bien qu'en Espagne, señor, surtout

1. Veilleur de nuit.

en Andalousie, on préfère travailler la nuit?

— Sans doute ne suis-je pas encore réacclimaté, mais je tiens à me coucher... Vous voudrez bien m'excuser auprès du señor Fernandez et lui dire... »

Le policier m'interrompit gentiment :

« Je crains que ce ne soit pas possible, señor... Mon chef vous attend depuis de longues heures... Il n'a pas voulu troubler votre soirée, mais il ne peut avoir attendu pour rien, n'est-ce pas? »

Ce Lucero avait beau faire l'aimable, je devinais qu'il avait des ordres stricts et qu'en aucun cas, il ne me laisserait gagner le *Cecil-Orient* sans m'avoir mené auprès de Fernandez. Je haussai les épaules, résigné.

« Soit.

— J'étais certain que vous comprendriez, señor, et je vous en remercie. »

Fernandez était dans son fauteuil, mais ses traits tirés indiquaient sa lassitude. Le bureau empestait le cigare refroidi. Il me fit signe de m'asseoir, tandis que Lucero se retirait. Longtemps, le commissaire resta à me regarder sans parler, puis :

« Je vous avais dit, señor Moralès, que j'attendais la première occasion pour vous faire reconduire à la frontière. Je le regrette, mais vous n'assisterez pas à la Semaine sainte... Vous prendrez demain soir le rapide de nuit pour Madrid où vous trouverez une correspondance pour Irun... Votre place sera retenue et vous ne remettrez jamais les pieds en Espagne. »

J'étais si stupéfait que je ne pus que bégayer :

« Mais... pour... pourquoi?

— Parce que je n'admets pas que des étrangers viennent voir nos fêtes avec un revolver dans leur poche! »

Il enfla le ton pour me lancer :

« Ce n'est quand même pas pour faire vos dévotions à la Macarena ou au Jésus del Gran Poder que vous vous êtes procuré un Lüger immatriculé 32 834? »

Encore une fois, j'étais possédé!

« Comment avez-vous...?

— Comment je suis au courant? Un simple coup de téléphone anonyme, mais qui n'était pas une blague si j'en juge par votre mine? Allons, señor Moralès, donnez-moi cette arme! »

Je lui tendis le revolver qu'il prit, examina, renifla.

« Contrebande américaine... Et le ou les chargeurs? »

Je les lui donnai aussi. Il siffla de surprise, feinte ou non.

« Trois chargeurs? C'est donc un massacre que vous aviez l'intention de faire? »

Il se leva, vint vers moi, se pencha vers mon visage et, les yeux dans les yeux, demanda :

« Encore une fois... qui êtes-vous, señor Moralès? »

Il attendit un instant et, comme je ne répondais pas, il se redressa.

« Comme vous voudrez... Je vous tiens quitte de l'amende sévère que je serais en droit de vous faire infliger, je préfère vous expulser. »

Je sentais que sa résolution était prise et que rien ne le ferait changer d'avis à moins que... Après tout, qu'est-ce que je risquais? Il avait beau me détester pour le moment, je devinais que j'avais peut-être une chance de m'en faire un allié en jouant franc jeu. Je poussai le soupir du type qui reconnaît sa défaite et va lâcher pied.

« C'est bon, señor commissaire... vous avez gagné... »

Il me fixa, plein de suspicion.

« Ce qui veut dire?

— Que vous aviez deviné juste...

— Ce qui veut dire?

— Que je suis à Séville pour la drogue. »

Je ne vis pas venir le coup, tellement je m'y attendais peu. Il cogna de toutes ses forces, le señor Fernandez, et rouvrit la plaie de ma joue, tandis que j'allais m'écraser avec mon fauteuil contre le classeur occupant un des côtés de la pièce. Il frappait dur, l'animal! Pendant que je secouais la tête pour tenter de remettre de l'ordre dans mes idées et que, du dos de la main, j'essuyais le sang qui me coulait du menton, il cracha entre ses dents :

« Arriba, cobarde [1]! »

Il en avait de bonnes!... Je me dépêtrai comme je pus du fauteuil, mais à peine étais-je revenu à la position verticale, qu'il me fonçait de nouveau dessus et de mon épaule droite j'eus tout juste le temps d'amortir le coup qu'il me portait. La colère commençait à m'empoigner. Furieux, je criai :

« Basta [2]! »

A ce moment, la porte s'ouvrit pour laisser passage au gentil Lucero qui, d'un solide coup de pied, essaya de m'atteindre au bas-ventre. Ce fut ma cuisse, vivement ramenée, qui reçut le choc. Ils allaient me tuer, ces deux cinglés, si je n'y mettais bon ordre. J'attrapai le bras de l'inspecteur et, rassemblant mes forces, je lui infligeai une de ces bonnes prises de judo qui l'envoya faire un vol plané avant de le faire s'aplatir sur le bureau de

1. Debout, lâche!
2. Assez!

son supérieur hiérarchique où il parut se désintéresser du monde qui l'entourait. De son côté, le commissaire, qui n'entendait pas arrêter le combat, m'assena un coup de crosse de revolver qui me fit voir des tas d'étoiles avant que je ne m'écroule.

« Un dur, hein? »

Il ricanait, la figure tordue par cette grimace que j'ai toujours surprise chez les tueurs quand ils voulaient me tuer. Je ne tenais quand même pas à finir d'aussi stupide façon! J'essayai de me remettre sur mes pieds, quand un nouveau coup me renvoya au plancher. Celui-là, j'en étais redevable à Lucero, revenu à lui et spécialiste des approches silencieuses. Mais plus encore que le danger que je courais avec ces forcenés, ce qui me déroutait le plus, c'était de ne pas voir la raison de ce massacre. Comme s'il avait deviné, Fernandez, retenant son adjoint, se campa devant moi :

« Vous ne comprenez pas, hein, Moralès? Eh bien, je vais vous raconter une histoire... Il y avait une fois un fonctionnaire de cette ville qui avait un enfant, un seul enfant, une fille, Inès... »

J'étais si médusé par l'incongruité de la situation que je ne pensais même pas à me relever.

« ... Une très belle jeune fille, Moralès, et dont son père était très fier... si fier qu'il ne songeait pas à surveiller ses relations comme il l'aurait dû... Mais, malgré son métier, il n'arrivait pas à croire qu'il y avait tant de salauds sur cette terre... Inès a été malade... très malade et elle a beaucoup souffert... On l'avait envoyée en convalescence dans un endroit chic, parce que ses parents estimaient qu'il n'y avait rien de trop beau pour elle... et là... une immonde crapule lui a donné le goût de la drogue... Si elle en avait parlé tout de suite à son père, celui-ci aurait pu la guérir... la sauver... mais elle avait trop honte sans doute et elle s'est enfoncée dans le vice... Elle a volé ses parents pour se procurer des stupéfiants... Elle a imité la signature de son père sur un chèque... et, quand elle a pris conscience de ce qu'elle avait fait... elle s'est tuée, Moralès... Elle s'est jetée dans le Guadalquivir... »

Sa voix creva dans un sanglot.

« ... Quand on m'a ramené ma petite, je n'ai pas compris tout de suite... Il a fallu que je reçoive la lettre qu'elle m'avait écrite avant de mourir... Alors, Moralès, depuis ce jour-là, j'ai juré que tous les trafiquants de drogue qui me passeraient entre les mains, je les traiterais de telle manière qu'ils n'auraient plus envie de recommencer... Vous avez bien fait de regimber, Moralès, parce que je vais avoir le plaisir de vous tuer... »

Il prit son revolver et jeta mon Lüger à Lucero.

« Vous aurez tiré le premier... et j'aurai eu plus de chance que vous, voilà tout... »

Je regardai Lucero, impassible. Fernandez surprit mon coup d'œil et sourit.

« L'inspecteur était le fiancé de ma fille... »

Maintenant, tout était clair, limpide. Il était temps de faire cesser le quiproquo ou il allait me tirer dessus. Je parlai calmement et je crois que c'est la tranquillité dont je fis preuve qui l'empêcha d'appuyer sur la détente.

« Vous n'allez tout de même pas tuer un de vos collègues, non?

— Collègue? »

Je me relevai doucement et, après avoir remis un peu d'ordre dans mes vêtements, je me présentai :

« José Moralès, sujet américain. agent du F.B.I., brigade des stupéfiants. »

C'était à leur tour d'ouvrir des yeux ronds.

A quatre heures du matin, je finis de leur exposer le but de ma mission et pour quelles raisons diplomatiques il me fallait garder l'anonymat. Je leur dis aussi que Lajolette et sa bande avaient découvert ma véritable identité, d'où ces agressions dont je m'étais sorti par miracle, et j'en profitai pour remercier Lucero de m'avoir sauvé la vie la veille au soir, et je leur parlai d'Alonso. Je leur confirmai que j'avais besoin de leur complicité silencieuse pour garder une chance de réussir. Il fallait que je mette la main sur l'organisation que je leur laisserais le soin de démolir. Moi, ce qu'il me fallait, c'était Lajolette. Le commissaire haussa les épaules.

« Si l'homme est aussi fort que vous nous le dites, il s'en tirera en payant tous les avocats possibles!

— Non, señor commissaire, car j'ai décidé que Lajolette n'était plus justiciable des hommes! »

Fernandez me regarda puis, poussant lentement vers moi mon Lüger et les trois chargeurs :

« Faites seulement en sorte, amigo, que nous ne soyons pas contraints d'intervenir... avant. »

Samedi de la Passion.

Si Séville, en cette veille des Rameaux et d'ouverture de la Semaine sainte, avait pris un air de fête, je ne me sentais pas, moi, le cœur bien joyeux. Certes, j'avais fait la paix avec le commissaire Fernandez et je savais que je pourrais compter sur lui en cas de besoin, mais ce qui me gâtait tout, c'était la conviction dont je n'arrivais plus à me défaire que Juan me trahissait. Après l'agression dont j'avais été victime sur la Barqueta, j'étais parvenu à me persuader que le gosse avait été le jouet de gens trop forts pour lui, mais dans l'histoire du revolver, qui pouvait avoir téléphoné aux policiers sinon Juan? A moins que le vendeur n'ait pris cette initiative et, dans ce cas, il fallait supposer que non seulement cet individu faisait partie de la bande de Lajolette, mais encore que Juan lui avait confié à qui cette arme était destinée. De quelque façon que j'envisageasse le problème, j'en revenais à Juan... Juan qui n'avait pas de moyens d'existence connus. La tendresse que je portais à sa sœur me paralysait-elle l'esprit au point de ne pas voir ce dont n'importe qui se serait rendu compte? Et pourquoi Maria ne s'inquiétait-elle pas de la façon dont son frère vivait? Pour quelles raisons admettait-elle que son frère traînât les cafés tandis qu'elle gagnait l'argent de la maison? Il y avait là une veulerie qui dépassait l'entendement. Bien qu'il ait été convenu que je ne verrais pas Maria du Doux Nom en ce samedi où elle était occupée à fleurir le char de sa Patronne, je décidai de la rencontrer avant d'aller rejoindre Alonso, en fin de matinée.

La Palma connaissait une animation dominicale. Les gens ne cessaient d'entrer et de sortir de l'église, allant y admirer les « pasos » de leur Confrérie qu'ils connaissaient bien pourtant mais dont ils ne se lassaient pas de vanter l'élégance, la richesse et la grâce. Les habitants du quartier étaient très fiers de ce que leur Vierge fût une des premières à sortir, à l'orée de la Semaine sainte. La « Virgen de la Armagura » ferait, en effet, son apparition dès le lendemain dimanche des Rameaux, à dix-neuf heures, et n'aurait été alors précédée dans le temps que par ses consœurs de « la Paz », de « la Hiniesta », de « Grazia y Esperanza » et de « la Estrella ». Déjà les musiciens de la musique municipale et les clairons de la Giralda, qui marcheraient en tête de la procession, répétaient.

Je fis prévenir Maria par une jeune fille sur le moment d'entrer à la sacristie. Ma fiancée vint presque aussitôt me retrouver. Elle avait l'air aussi surprise que fâchée.

« José!... Je vous avais dit qu'aujourd'hui...

— Je sais, Maria, mais vous devez bien penser que si je vous dérange en un pareil moment, c'est pour quelque chose de grave? »

Tout de suite, je vis qu'elle s'affolait.

« Il n'est rien arrivé à Juan? »

Je secouai la tête pour la rassurer et, la prenant par le bras, je l'entraînai sur la Palma. Là, je lui racontai ce qui m'était arrivé la veille au soir à cause du revolver, sans lui formuler nettement mes soupçons concernant Juan, mais je la priai de se souvenir que c'était aussi Juan qui m'avait envoyé à la *Espiga de Oro.* Quand elle releva le visage, je vis qu'elle pleurait et j'en fus bouleversé.

« José!... Il ne faut plus songer à nos projets!...

— Comment? Mais pourquoi, Maria?

— Parce que je ne pourrai jamais être la femme d'un homme qui n'a pas confiance en mon frère.

— Voyons, Maria, ce que fait Juan, vous n'en êtes pas responsable! »

Elle posa sa main sur ma main.

« Non, José... Ce n'est plus possible... Je connais Juan comme s'il était mon fils. Je sais ses défauts mais je sais aussi qu'il est incapable d'une action basse et encore moins d'une trahison. »

J'essayai de la convaincre en lui montrant qu'elle ignorait tout de ce à quoi Juan pouvait employer ses jours et une bonne partie de ses nuits, je lui représentai combien il était scandaleux qu'il la laissât travailler seule pour subvenir à leurs dépenses communes et qu'enfin on était en droit de tout redouter d'un garçon qui montrait une telle veulerie devant la vie. Rien n'y fit. Elle souffrait, mais sa foi en son frère demeurait inébranlable. Je m'en voulais de lui faire mal et pourtant il fallait bien vider l'abcès. J'aurais voulu la prendre dans mes bras pour la consoler, pour lui jurer que je ne la confondais pas avec son frère, que je l'aimais et que le reste importait peu. Elle secouait la tête comme une fillette boudeuse et sa voix tremblante, pleine de larmes, me faisait de la peine.

« Vous avez raison sur bien des points, José. Je n'ai pas su me montrer énergique à l'égard de Juan.

Mais depuis qu'il vous connaît, il a beaucoup changé. Il brûle de marcher sur vos traces. Il vous admire tant! J'espérais que maintenant, grâce à vous, il allait prendre conscience de ses responsabilités d'homme et voilà que c'est vous, son modèle, qui vous mettez contre lui...

— Je ne suis pas contre lui, par principe, Maria! Je vous fais part de mon raisonnement établi sur des faits...

— Il est possible que votre raisonnement soit bon, mais vous vous trompez dans vos conclusions. Je conviens que les apparences sont contre mon frère, mais je suis certaine, entendez-vous? certaine qu'il vous aide au lieu de vous combattre comme vous vous le figurez... Voulez-vous que je lui en parle?

— Non. Je trouverai moi-même l'explication, s'il y en a une... »

Elle s'arrêta.

« Maintenant, José, il faut que je retourne vers la Virgen. On m'attend...

— Maria, dites-moi que vous ne pensiez pas ce que vous m'avez dit tout à l'heure... Que je puis toujours compter sur vous?

— Vous le savez bien, José... mais ne m'obligez pas à choisir entre mon frère et vous... Je vous aime, José, mais j'ai des devoirs envers Juan, des devoirs auxquels je n'ai pas le droit de me soustraire. »

Je la reconduisis jusque sous le porche de San Juan et, quand elle eut disparu, je me retrouvai sur la Palma baignée de lumière, assez désemparé. Maria ne m'avait pas convaincu quant à l'innocence de son frère. Je la comprenais bien, mais je ne pouvais me permettre pour autant de laisser le gamin me tirer dans les jambes si c'était bien ce qu'il faisait. Quoi qu'il en soit, je me promettais d'avoir une sérieuse explication avec le jeune homme et de lui faire subir un interrogatoire que n'aurait pas désavoué Cliff Anderson.

Je rôdais dans le quartier de San Diego, espérant rencontrer Juan quand je tombai nez à nez avec Karl Oberchner. En même temps, nous marquâmes un temps d'arrêt, puis l'Allemand éclata de rire et, me tendant la main, dit en excellent anglais :

« Comment allez-vous, monsieur l'agent du F.B.I.? »

J'en restais muet d'étonnement, ce qui parut enchanter Oberchner. Il me flanqua une bourrade amicale.

« Avouez que vous ne vous attendiez pas à celle-là, hein? »

Et glissant familièrement son bras sous le mien :

« Venez... Je pense que nous avons quelques confidences à échanger? »

Nous sommes allés nous asseoir sur un banc de la place San Fernando et dès que nous y fûmes installés, il attaqua :

« Vous m'avez proprement fait virer de chez les Percel. Jamais je n'ai vu un homme aussi en colère que don Alfonso! Il sautait littéralement sur place! A l'en croire, j'étais un voleur de grands chemins. Il m'a juré que s'il ne me dénonçait pas à la police, c'est qu'il était bonne âme et qu'il voulait me laisser la chance de me repentir. Vous me croirez si vous voulez, Moralès, mais tout petit qu'il est, don Alfonso m'a presque flanqué dans l'escalier! »

Il rit encore à ce souvenir, puis :

« Vous connaissez Hambourg naturellement?

— J'y ai vécu un peu.

— J'aurais dû le prévoir et ne pas choisir une grande ville... Que voulez-vous, on commet toujours des gaffes, mais j'étais tellement obsédé par mon personnage que je ne me rendais plus très bien compte de ce que je racontais. J'ai forcé la note, hein?

— Une erreur topographique...

— Une gaffe de débutant! En tout cas, je vous ai bien eu avec mon petit couplet sentimental, ma petite autocritique de bon Allemand?

— Sans aucun doute, et je vous en félicite. Mais, si vous savez qui je suis, il n'en est pas de même pour moi en ce qui vous concerne?

— Charley Arbuthnot, citoyen de Sa Majesté britannique et inspecteur de Scotland Yard... pour vous servir. »

Il sortit ses papiers et me les montra. Ils me parurent bons. Néanmoins, un reste de méfiance me travaillait.

« Comment avez-vous été mis au courant de ma véritable identité?

— Par le très digne Alfonso Percel qui m'a flanqué à la figure qu'un détective américain du F.B.I. lui faisait dire de se méfier de moi car j'étais sans doute un imposteur, et comme j'avais remarqué votre étonnement lorsque j'ai parlé d'Hambourg, ce n'était pas très malin de deviner qui était ce policier... Mon cher, sur le moment, je vous aurais étranglé avec plaisir, car vous m'avez joliment coupé l'herbe sous le pied et flanqué par terre quelques semaines d'efforts assez rudes! »

Sa voix me parvenait à travers une sorte d'ouate. Ses révélations m'assommaient. Ainsi, malgré ses promesses, Maria, elle aussi, me trahissait? Inconséquence ou calcul? Ce coup qui m'atteignait après ma discussion avec la jeune fille au sujet de son frère me laissait complètement « groggy ». Maria serait-elle complice de Juan? Mais pourquoi? Pourquoi? N'était-il pas plus raisonnable d'admettre que, fière de moi, elle avait bavardé avec doña Josefa qui mettait peut-être en doute la véracité de ses propos touchant Oberchner et n'avait pu être convaincue que lorsqu'on lui avait révélé — sous le sceau du secret, bien entendu — ma véritable identité? Alors, pour quelles raisons Maria ne s'était-elle pas confessée à moi? Avait-elle eu peur?

Charley Arbuthnot me frappa familièrement sur la cuisse.

« J'ai l'impression que vous ne m'écoutez plus! Que se passe-t-il? »

Je dus faire effort pour répondre :

« Je me demande comment Percel a pu apprendre mon identité? »

Il me cligna de l'œil.

« Ça, mon cher, vous devez le savoir mieux que moi. Dites donc, Moralès, j'imagine que nous sommes à Séville pour la même raison, vous et moi? »

Je ne voulais pas me découvrir avant lui.

« Je ne sais pas... »

Il gloussa de plaisir.

« Vous m'avez l'air plus prudent avec moi qu'avec... certaine personne?

— Que voulez-vous dire?

— Rien que vous ne sachiez déjà, mon cher... Mais ça, ce sont vos affaires. Vous êtes ici pour Lajolette, n'est-ce pas? »

Il était inutile de feindre plus longtemps.

« Oui... Vous aussi?

— Bien sûr. Ce monsieur expédie un peu trop de

drogue en Angleterre depuis que vous avez commis l'erreur de le lâcher.

— Rassurez-vous, il en envoie certainement plus aux Etats-Unis.

— Alors, marchons la main dans la main. Nous partagerons la gloire d'avoir fichu son réseau en l'air.

— Ce n'est pas tellement son réseau que je veux, mais lui.

— Pour le ramener aux Etats?

— Pour l'abattre. »

Il siffla de surprise.

« Vous n'y allez pas par quatre chemins, vous autres du F.B.I.!

— Lajolette est un criminel d'envergure. Si l'on se contente de démolir son organisation, il aura tôt fait d'en remonter une autre. Non, Arbuthnot, croyez-moi, on ne respirera que lorsque ce gars-là sera enterré.

— Plus facile à dire qu'à faire...

— Si vous m'aidez, on peut y arriver.

— Quelles cartes avez-vous?

— A peu près aucune. Et vous?

— Quelques-unes... On se les montre?

— D'accord. Allez-y!

— Je préférerais que vous commenciez... »

A mon tour, je me mis à rire.

« J'ai l'impression qu'au Yard aussi, on sait se montrer prudent... Mais je veux être beau joueur... »

Et je lui racontai tout : mon camouflage, la mort d'Ezquariz, les trois tentatives d'assassinat auxquelles j'avais échappé, mes doutes quant à Juan et, enfin, le noir dans lequel j'errais, attendant, sans plus oser y croire trop, la lumière qui me guiderait vers le but qui m'avait été assigné. Je ne lui parlai pas du commissaire Fernandez, parce que je tenais à garder un atout en réserve. Evidemment, je ne pouvais encore savoir si je me trouvais bien en face d'un représentant authentique du Yard, mais qu'est-ce que je risquais? Dans l'affirmative, je serais toujours à temps de compléter mes renseignements et, par exemple, de lui faire rencontrer Alonso. Dans la négative, c'est-à-dire en supposant que le prétendu Arbuthnot fût un imposteur et un homme de Lajolette, je ne lui apprenais rien qu'il ne sût déjà. En somme, je pouvais me permettre le luxe de la franchise.

Charley m'avait écouté attentivement. Quand j'eus terminé, il me dit :

« Je vois que si vous avez eu des coups durs, vous avez eu aussi une sacrée chance. Il n'est pas possible de savoir comment ils ont été avertis de votre venue, ça n'a plus d'ailleurs aucune importance... Ce qui est plus grave, plus intéressant, c'est d'arriver à trouver qui les renseigne pour le moment sur vos faits et gestes. »

Il se tut un moment avant d'ajouter :

« J'ai bien une petite idée, mais je ne tiens pas à me faire de vous un ennemi... du moins, pas tout de suite. »

Je compris qu'il risquait de me parler de Maria et cette idée me fut intolérable. Sèchement, je l'arrêtai :

« Je ne crois pas que l'heure soit à l'ironie... A votre tour de montrer vos cartes? »

Arbuthnot me confia qu'il était depuis trois semaines à Séville, après être resté plus d'un mois à Barcelone. Au Yard, on avait à peu près les mêmes renseignements qu'au F.B.I., sans doute les sources devaient-elles être identiques. On savait que Lajolette était installé dans la capitale catalane, mais qu'il était trop prudent, trop habile pour se livrer sur place à son trafic. Pendant des semaines, Charley, centralisant tous les rapports de ses correspondants espagnols, était parvenu à la certitude que c'était en Andalousie que se faisait la préparation des envois de drogue à destination et de l'Angleterre et des Etats-Unis. Arbuthnot ne connaissait pas Ezquariz, mais un de ses meilleurs agents avait été repêché dans le Guadalquivir avec un couteau dans le dos. C'est ce qui l'avait décidé à venir sur place. Qu'on ait essayé de me tuer lui confirmait que nous étions bien là où il fallait. Maintenant, il s'agissait de découvrir les pourvoyeurs, les réceptionnaires et surtout où et comment avait lieu le départ. En bref, il n'en savait guère plus que moi. Ce que je ne voyais pas, c'était la raison qui l'avait poussé à tenter de duper les Percel. Je lui posai la question franchement et pour bien lui montrer que j'entendais ne rien laisser dans l'ombre.

« Parce que j'espérais, par eux, arriver jusqu'aux gens qui nous intéressent...

— Vous ne voulez quand même pas insinuer que les Percel seraient complices de...?

— Et pourquoi pas? »

Décidément, il était écrit que cette journée me réserverait surprise sur surprise! Les Percel! Cette grosse doña Josefa au sourire maternel et le petit don Alfonso, qui se redressait tant pour paraître plus grand... Tout de même, depuis le temps que je travaillais au F.B.I., j'en avais vu des crapules et de toutes les espèces, mais jamais encore je n'en avais rencontré qui aient eu l'apparence benoîte de ce couple de bourgeois modestes et pieux. Vraiment, si Charley ne se trompait pas, c'était à désespérer...

« Ça vous surprend?

— J'avoue que j'ai du mal à associer l'image que je garde de doña Josefa et de don Alfonso à une manœuvre criminelle.

— C'est justement ce qui pourrait les rendre plus redoutables.

— Voyons, Arbuthnot, ni l'un ni l'autre ne semblent faire usage de drogue?

— Ce n'est pas à vous, mon cher, que j'apprendrai que les trafiquants se gardent bien d'user de cette saloperie? »

Il avait raison. C'est d'ailleurs ce qui m'avait toujours le plus révolté, la lucidité des marchands de mort lente, sachant à quoi ils condamnaient leurs pitoyables clients.

« Mais en ce qui concerne les Percel?

— Notez, Moralès, que ce n'est qu'une idée, pas la moindre preuve...

— Simplement, ils sont en rapports constants avec Barcelone pour leurs tissus. Ils exportent beaucoup vers l'Amérique Latine.

— Ils ne sont sûrement pas les seuls, dans ce cas, à Séville?

— Evidemment, mais ils comptent parmi les plus importants clients de la Catalogne... et c'est à Barcelone, de Barcelone que Lajolette dirige son trafic.

— Je sais, et ce qui me semble le plus difficile, ce sera de faire venir Lajolette ici.

— A moins que nous ne parvenions à mettre son organisation andalouse en danger. En tout cas, si vous n'étiez pas arrivé chez les Percel, je serais fixé sur leur compte maintenant, dans un sens ou dans l'autre.

— Je suis navré.

— Vous ne pouviez pas deviner. »

L'Anglais se leva.

« J'habite au *Madrid*. Donnez-moi un coup de fil si vous voulez me voir, mais je crois que nous aurions intérêt à conjuguer nos efforts.

— Entendu! »

Je devais rejoindre Alonso dans un café de l'avenue Queipo de Llano, en face de la cathédrale. Je ne m'y rendis pas directement. Il me fallait le temps de récupérer avant d'affronter mon ami, à qui je serais bien forcé d'apprendre des nouvelles qui me désespéraient. Je n'avais pas voulu dire à Arbuthnot qu'il avait sans doute vu juste, parce que les soupçons qu'il formait touchant les Percel rejoignaient ceux que je nourrissais maintenant à l'égard de Maria et de Juan. Parce qu'enfin, s'il était démontré que doña Josefa et don Alfonso étaient des criminels, quel rôle Maria jouait-elle donc auprès d'eux? Déjà, je me désintéressais de Juan, mais Maria... Tout en moi se révoltait à l'idée qu'elle ait pu me tromper à ce point. Comment concilier sa présence auprès du « paso de la Virgen de la Armagura », sa foi ardente, sa douceur et l'ignominie qui serait la sienne si Arbuthnot avait raison? Car j'avais trop bien compris ce qu'il n'avait pas voulu exprimer, mais seulement me faire entendre en déclarant : « J'ai bien ma petite idée, mais je ne tiens pas à me faire de vous un ennemi. » Il pensait évidemment à Maria, dont il savait que j'étais le fiancé et, en bon Britannique, il devait mépriser ma faiblesse. Bien sûr, si on acceptait la complicité du frère et de la sœur, tout devenait clair, limpide. Lajolette, qui connaissait tant de choses sur mon compte, avait dû deviner que mon premier soin, en arrivant à Séville, serait d'aller voir la maison paternelle où m'attendaient Maria et Juan, peut-être ses employés. Je me suis toujours méfié, dans mon métier, des solutions faciles, et cette sévérité envers moi-même m'arrangeait trop bien aujourd'hui pour que je n'y aie pas recours, comme à une ultime bouée de sauvetage. Pourtant, au fond de mon cœur, sans qu'il fût besoin que je me le précise, j'étais convaincu que si les événements donnaient raison à Charley, rien ne pourrait protéger Maria de ma colère de policier dupé, d'amoureux bafoué. A cette seule hypothèse, mes poings se crispaient dans mes poches. Déjà, j'étais prêt à l'injurier, à la frapper! Mon sang espagnol faisait brusquement craquer mon éducation anglo-saxonne. Il n'était plus question de maîtrise de soi, de calcul. Le cas échéant, rien ne serait assez cruel, assez brutal pour me venger de ceux qui m'avaient trahi en usant du plus lâche des moyens.

Alonso, installé devant son Jerez, fumant un cigare, me parut s'être merveilleusement adapté au décor. Il s'affirmait, ma parole, plus Andalou que moi-même! Lorsque j'eus pris place à son côté, il soupira :

« José... je me demande comment on peut être assez stupide pour vivre ailleurs qu'à Séville...

— Tu me parais oublier que nous ne sommes pas venus ici pour jouer les touristes ou les enfants prodigues et repentants! »

J'avais, à mon insu, mis tant de sécheresse dans ma voix, qu'il me fixa, surpris.

« Qu'est-ce que tu as, Pépé?

— J'ai que le monde me dégoûte!

— Oh! oh!... et dans ce monde, José, ce sont plus

particulièrement les femmes ou les hommes qui t'inspirent ces sentiments?

— Je ne sais pas... Peut-être les femmes, à bien réfléchir. »

Il mit son bras sur mon épaule.

« Quelque chose qui ne va pas avec Maria?

— Je crains que rien n'aille plus, Alonso...

— Allons, tu ne vas pas, à ton âge, jouer les désespérés pour une querelle d'amoureux?

— C'est plus grave, beaucoup plus grave que cela, Alonso. »

Mon ton le convainquit et, instantanément, il ne fut plus le touriste heureux de vivre dans sa nonchalance, mais le policier dur et impitoyable auprès de qui j'avais si souvent travaillé. Je repris confiance. Avec Alonso, rien de sérieux ne pourrait jamais m'arriver et si je devais dire adieu à Maria, je savais qu'il serait là pour m'aider. Je lui racontai mon arrestation par les policiers, mais, à lui aussi, je tus le secret qui nous unissait dorénavant, Fernandez, Lucero et moi, car il m'aurait fallu parler de la malheureuse petite Inès et je ne m'en sentais pas le droit. Par contre, je lui fis part de mes soupçons vis-à-vis de Juan.

« Tu as peut-être raison, José. Ce gosse exalté, nerveux, je ne vois pas très bien sa place dans toute cette histoire jusqu'à présent... Il a contre lui qu'il ne travaille pas, mais parvient quand même à vivre et à avoir suffisamment d'argent de poche pour se payer un verre quand l'envie lui en prend... Evidemment, s'il est aussi au service des autres, tout s'explique. Plutôt moche pour sa sœur, si nous ne nous trompons pas!

— Sa sœur? J'ai tout lieu de penser qu'elle pourrait être d'accord avec lui!

— Tu es fou! »

Je lui lâchais tout : et la transformation d'Oberchner en Arbuthnot et les soupçons quant aux Percel et l'indiscrétion involontaire ou voulue de Maria révélant mon identité. Alonso m'avait écouté silencieusement. Lorsque j'eus terminé, il se contenta de dire :

« Mon pauvre vieux Pépé... Mais, tu ne trouves pas curieux que les Anglais soient sur la même affaire que nous sans que nous en ayons été avertis?

— Tu sais bien qu'on ne se renseigne jamais les uns les autres, à moins d'y être forcé.

— D'accord. Mais, nos indicateurs?

— Les Anglais doivent avoir les mêmes.

— C'est possible. En tout cas, la première chose à faire est d'avoir confirmation de l'identité de cet Arbuthnot. Non, ne me le décris pas. Je ne veux pas être influencé. Je vais au consulat et tâcher de me mettre en relation avec Washington, qui appellera Londres. On se retrouve ce soir ici, si tu veux?

— A ce soir, Alonso. »

Je sentais bien qu'il avait encore quelque chose à me dire, mais que cela devait être difficile. Enfin, il se décida :

« José... tu sais que je t'aime bien... Que Ruth et moi, on te considère comme un frère?

— Pourquoi me dis-tu ça?

— A cause de Maria. Cette affaire va devenir trop dure pour toi. Fais-moi plaisir, José, rentre à Washington. Je vais téléphoner à Cliff. Je lui dirai que tu es complètement brûlé et que tu ne peux plus me servir à rien. Que, par trois fois, on a essayé de te descendre. Je suis persuadé qu'Anderson comprendra et qu'il te donnera l'ordre de revenir. Réfléchis! A quoi bon rester? Si Maria est innocente, comme je veux encore l'espérer, elle viendra te rejoindre. Si elle est coupable, tu souffriras inutilement. Je t'en prie, José, au nom de notre amitié, va-t'en! »

J'étais un peu surpris, mais surtout terriblement ému. Il avait vraiment l'air d'avoir de l'inquiétude, mon vieil Alonso. Jamais il ne m'avait montré son affection comme en ce moment, même quand il m'avait chipé Ruth... Je savais bien qu'il avait raison et que je devrais suivre son conseil, mais je déteste rester sur une défaite, et fuir, même à cause de Maria, aurait été une défaite que je ne me serais jamais pardonnée. Je lui pris la main et ma voix était un peu enrouée :

« Ecoute, Alonso... moi aussi, je t'aime bien. Je ne suis plus un enfant... Ce sera dur, très dur... et puis après? Je n'ai pas l'habitude de lâcher le boulot commencé. On est ensemble, on reste ensemble. Tant pis pour moi et tant pis pour les autres. Je ne veux avoir honte ni devant toi, ni devant Ruth, ni devant Anderson.

— Comme tu voudras, José. Mais je te demande de te rappeler que je t'ai supplié de partir... »

Il avait filé avant que j'aie eu le temps de lui répondre.

Séville n'est pas tellement grand qu'on ne puisse finir par rencontrer celui que l'on cherche dans Sierpès, pour peu qu'on s'y promène sans hâte. J'avais déjà monté et descendu plusieurs fois la rue, dont toute l'Andalousie parle avec orgueil, lorsque je tombai enfin sur Juan. En bon Andalou, il flânait le nez au vent, s'arrêtant de temps à autre pour regarder les employés municipaux disposer les chaises, le long des boutiques, pour ceux qui voudraient assister assis au passage des Confréries; puis il repartait, saluant un ami, plaisantant avec un commerçant sur le seuil de sa boutique, heureux de vivre, content d'être à la veille de l'ouverture de la Semaine sainte. Quand il m'aperçut, un sourire éclaira sa figure.

« *Qué tal, don José* [1]? »

Je l'entraînai dans le café qui fait l'angle de Sierpès et de Rioja. Nous nous sommes installés assez loin du comptoir qui est énorme, pour être certains d'échapper aux oreilles indiscrètes.

« Juan... hier, tu n'avais parlé à personne du revolver que tu m'as procuré?

— A personne, pourquoi?

— Parce que quelqu'un a averti les flics que je trimbalais une arme et ils m'ont empoigné comme je te quittais.

— *Madre de Dios!*

— Tu ne vois pas qui pourrait m'avoir vendu, Juan?

— Non.

— Celui à qui tu l'as acheté?

— Impossible! Menguijo est un vieux type tout ce qu'il y a de régulier, et je ne lui ai pas dit pour qui je lui achetais ce revolver.

— Alors... toi? »

Il me regarda quelques secondes, ne réalisant pas le sens de mes paroles, et puis il devint blanc comme un linge avant de se dresser d'un jet. Il en bégayait de fureur.

« Vous... vous pensez ce que vous dites?

— Assieds-toi et ne fais pas l'imbécile...

1. Comment ça va?

— Retirez d'abord ce que vous avez dit! »

Le brusquer n'eût servi à rien.

« D'accord, je retire.

« Tu dois admettre, cependant, qu'il me faut envisager toutes les hypothèses?

— Même celle de me prendre pour un salaud?

— Même celle-là, Juan.

— Je n'aurais pas cru cela de vous, don José!

— Si, un jour, tu fais mon métier, petit, tu apprendras que dans une affaire il faut en étudier tous les aspects, y compris ceux qui risquent de vous faire mal.

— Alors, pourquoi ne pas soupçonner Maria pendant que vous y êtes?

— Et qui te prouve que je ne l'ai pas fait? »

Ce coup-ci, il perdit visiblement pied et, redevenant un gosse, il balbutia :

« Mais... mais je... je croyais que vous l'aimiez?

— Et ça change quoi?

« Essaie de comprendre, Juan. Je suis obligé de soupçonner tout le monde, au départ, pour éliminer, un à un, tous ceux en qui je puis avoir confiance... et ainsi, je peux espérer arriver aux véritables suspects. Les Percel, tu les connais bien?

— Parce qu'eux aussi, vous les...?

— Je te répète : tout le monde. Réponds à ma question.

— Ils sont très gentils avec Maria. Je suis allé manger chez eux plusieurs fois. Don Alfonso voulait me prendre comme garçon de magasin, mais je n'aime pas rester enfermé...

— Ta sœur, elle les aime bien, les Percel, elle aussi?

— Je crois, oui... Doña Josefa est un peu comme une mère pour elle.

— Je sais. En somme, Maria lui confie tous ses secrets? »

Nous avons bavardé encore un moment et puis je l'ai laissé partir, non sans qu'il m'ait redemandé de lui dire que j'avais toujours confiance en lui. Je suis allé déjeuner au *Cristina* où je commençais d'avoir mes habitudes. Mais, au grand dépit du garçon, je n'avais pas faim et je ne prêtais guère attention à ce qu'il me fit manger. Il était, en effet, autrement important pour moi de savoir si oui ou non Maria était celle que j'avais cru ou si elle était la complice volontaire de criminels que je finirais bien par avoir avec l'aide d'Alonso et d'Arbuthnot, que de porter un jugement sur la paella que j'avais commandée.

Je crus que cet après-midi n'en finirait jamais. Je me rendis dans un cinéma où j'assistai à la projection d'un film pieux — les seuls que Mgr l'archevêque tolère qu'on présente dans Séville à cette époque — puis je regagnai ma chambre où je dormis un peu et enfin l'heure de mon rendez-vous avec Alonso sonna. Sans trop oser me l'avouer, je souhaitais qu'Arbuthnot m'ait menti parce qu'alors tout aurait été faux de ses conclusions, de ses soupçons, de ses insinuations. J'arrivai le premier et j'étais occupé à faire couler doucement de l'eau dans mon anis, lorsque Alonso apparut. Je lui laissai à peine le temps de s'asseoir.

« Alors?

— Tout est correct, José. Le Yard a effectivement un Charley Arbuthnot à Séville. Voilà le portrait qu'on m'en a fait, à toi de voir si ça colle ou non. »

Et il me dépeignit le faux Oberchner avec une précision de détails qui sentait son Cliff Anderson d'une lieue et qui m'obligeait à me rendre à l'évidence. Si Charley n'avait pas menti en ce qui le concernait, pourquoi aurait-il menti au sujet des autres? Une fois encore, Alonso, qui devinait mon état d'esprit, me redemanda de filer à Washington. Mais, de nouveau, je refusai. Pour couper court, j'allai téléphoner à Arbuthnot que j'eus la chance de toucher au *Madrid*. Il me répondit qu'il arrivait tout de suite.

Entre Alonso et Charley, le contact ne fut pas des plus chaleureux : sans doute mon copain en voulait-il obscurément à l'Anglais du désarroi où m'avaient plongé ses révélations. Je m'employai à faire fondre la glace. Je n'avais pas le droit d'être une gêne. Nous avons trinqué à nos communes espérances et quand nous nous sommes séparés nous étions intimement convaincus tous les trois que Lajolette avait ses jours comptés.

Dimanche des Rameaux.

D'UN commun accord, Charley, Alonso et moi avions décidé de ne rien changer à mes habitudes à l'égard de Maria. Il ne fallait pas qu'elle se doutât de nos soupçons. Prenant le taureau par les cornes, j'étais allé chercher à San Juan de la Palma celle que je m'obstinais toujours à considérer comme ma fiancée et je lui avais présenté Arbuthnot. Elle avait bien témoigné de quelque émotion en reconnaissant l'Allemand avec qui elle avait déjeuné chez les Percel, mais nous la mîmes gaiement au courant, lui disant qu'elle devait être fière, car ce n'est pas tous les jours qu'on peut avoir à sa table les plus fins limiers de Scotland Yard et du F.B.I. Nous pensions, en effet, que si elle rapportait la nouvelle à doña Josefa — et en admettant que celle-ci fût la femme que Charley pensait, chose que je ne parvenais pas à croire — il n'y avait aucun péril, au contraire. Maintenant que j'étais brûlé, il valait mieux tenter la chance de faire peur à Lajolette, de manière à l'amener à agir vite et peut-être à commettre l'erreur qui nous lancerait enfin sur ses traces.

Si Maria ne fit aucune difficulté pour admettre Charley dans notre cercle, qui allait s'agrandissant de jour en jour, il n'en fut pas de même pour Juan qui me parut bouder pendant tout le dîner. A peine le dessert avalé, il s'était éclipsé en me confiant :

« J'ai bon espoir, don José, de vous entendre bientôt me présenter des excuses... »

Il était parti sans vouloir écouter sa sœur qui réclamait des explications et à qui je dus raconter une fable au sujet d'un pari que j'étais persuadé d'avoir gagné, alors que son frère soutenait le contraire. Charley, qui ne connaissait pas l'Amérique, nous pressait de questions sur l'existence qu'on y menait, sur l'organisation de notre travail, sur celle des pénitenciers. C'était un homme qui, très certainement, aimait son métier. C'est moi qui lui donnais la réplique, car Alonso semblait de fort méchante humeur et, plusieurs fois, je le surpris manifestant son impatience. On eût dit que nos propos l'excédaient. Bientôt, il nous laissa en tête-à-tête, Arbuthnot et moi, ne s'occupant ostensiblement que de Maria en la mettant sur un sujet qui lui tenait au cœur : la prééminence de sa Confrérie sur toutes les autres. J'attribuai la hargne de mon ami à mon refus de réintégrer Washington. Il se faisait du souci pour moi. Franchement, je l'aimais bien, Alonso, et, au fond, je m'estimais malgré tout un homme heureux, car il n'est pas donné à tout le monde de rencontrer dans sa vie des affections aussi fidèles que celles que me témoignaient Ruth et son mari, et j'aurais bien besoin de leur amitié à tous deux s'il me fallait renoncer à Maria.

En prévision de la nuit harassante du lendemain, nous avions résolu de faire une grasse matinée qui s'étendrait jusque vers quinze ou seize heures et nous étions tombés d'accord pour nous retrouver tous chez Maria, à dix-sept heures, afin de prendre une légère collation avant d'aller nous mettre en bonne place pour assister à la sortie de la « Virgen de la Armagura » de son église de San Juan de la Palma.

Et voilà pourquoi, ce dimanche des Rameaux, à six heures du soir, nous étions au premier rang d'une foule compacte, Alonso, Charley et moi, juste devant la porte où devaient apparaître les premiers pénitents de la Confrérie, une heure plus tard. Les marchands de limonade circulaient entre les rangs, les gosses, lancés dans une passionnante partie de gendarmes et voleurs, nous bousculaient et l'on admirait les clairons de la Giralda qui, vêtus comme des soldats romains, prenaient place tandis que les centurions inspectaient leur tenue. Un peu plus loin, les musiciens municipaux se risquaient en de courts soli, histoire de voir s'ils étaient en forme. De temps à autre, un « nazareno » tout blanc et portant sur la poitrine une croix blanche se détachant sur un disque noir, fendait la multitude pour s'engouffrer dans l'église. Au passage, il arrivait qu'on attrapât la lumière de son regard à travers les trous percés dans sa cagoule. Je baignais littéralement dans ma jeunesse, tout entière retrouvée. J'étais loin, bien loin de Lajolette et de ses forbans. La même ferveur qu'autrefois m'étreignait et je songeais que, si j'étais resté à Séville, je serais sans doute un de ces pénitents de blanc vêtus. Maintenant, comme tous ceux qui m'entouraient, je tremblais d'impatience de voir s'ouvrir les portes et apparaître la Vierge, ma Vierge! Charley, esprit positif, me fit reprendre pied dans la réalité, en remarquant que rien ne se prêtait mieux à un attentat que cette cohue et que n'importe quel assassin pouvait emprunter le froc d'un « nazareno ». Instinctivement, je jetai un coup d'œil autour de moi, mais je ne vis que de braves gens qui vivaient les plus beaux instants de leur année. N'empêche qu'Arbuthnot avait raison et je demandai à mes amis de rester bien groupés. L'absence inexplicable de Juan m'inquiétait. Pourquoi n'était-il pas avec nous? Lui aussi, pourtant, était un dévot de la Armagura. Quelles puissantes raisons le faisaient se dispenser d'assister à la sortie de sa Patronne?

Soudain, on vit bouger les grandes portes de bois derrière lesquelles la Confrérie s'ordonnait. Sur un signal, les pseudo-Romains rectifièrent la position et les musiciens municipaux embouchèrent leurs instruments. Un silence subit figea la foule et ce silence vous remuait jusqu'au fond de l'âme. Dans un long gémissement, les portes s'ouvrirent et l'on vit, debout sur le seuil — vision d'un autre âge — le porte-croix entouré de deux porte-lanterne dont l'un était pieds nus. La musique entonna une marche sacramentelle et s'ébranla. Les Romains suivirent d'un pas scandé, rappelant un peu celui des soldats anglais à la parade. Les « nazarenos » prirent la suite, et enfin le « capataz [1] », à qui incombe le soin de faire manœuvrer les porteurs des « pasos ». Malheur à celui qui toucherait la voûte! C'est à l'entrée et à la sortie des églises qu'on juge de l'habileté d'un capataz. Au moment où la « Virgen de la Armagura », accompagnée de saint Jean, s'offrait à nos regards sous ses dentelles et ses bijoux, sur son tapis d'œillets blancs, l'assistance tout entière parut se porter en avant.

1. Contremaître.

La Armagura! La Bien-Aimée! La Protectrice! Je contemplai le visage extasié de Maria et ses lèvres qui murmuraient une prière. Sans tellement faire attention à son geste, elle me prit la main comme si elle voulait me présenter à la Vierge et tous mes soupçons s'évanouirent. Il n'était pas humainement possible que cette tendre jeune fille pût cacher une criminelle! Charley, qui nous observait, se pencha vers moi pour me murmurer à l'oreille :

« Si elle est coupable, elle est diablement forte... »

Et j'ai haï Charley Arbuthnot à partir de cet instant. Lorsque le capataz eut réussi à faire sortir le paso de la Vierge sans la moindre anicroche, la foule éclata en applaudissements. Les porteurs s'étaient arrêtés pour reprendre haleine et, de l'assistance redevenue silencieuse, monta une « saeta » qui chantait la tendresse de Séville pour la Armagura. La main de Maria se crispait dans la mienne. Nous n'avions nul besoin d'échanger nos impressions pour savoir que nous ressentions la même chose. Nous communions dans une ferveur identique et que seuls les Andalous peuvent comprendre et aussi quelques rares étrangers quand ils ne se croient pas obligés de jouer les esprits forts, comme c'était vraisemblablement le cas pour Charley Arbuthnot dont je voyais un sourire ironique distendre la bouche aux lèvres minces. Bien sûr, ce parfait Britannique devait s'imaginer perdu au milieu de sauvages. La chanteuse ayant terminé ses vocalises, la musique reprit et la procession se mit en route, tandis qu'à son tour le second paso représentant Jésus devant Hérode franchissait la porte et suscitait de nouveaux applaudissements.

Nous laissâmes s'éloigner la Confrérie qui par Torrejon et Trajan gagnait la Campana où commençait le parcours officiel obligatoirement emprunté par toutes les processions. Nous le retrouverions une heure et demie plus tard à la cathédrale. D'ici là, Maria, qui semblait infatigable, nous entraîna par des rues désertées du nord de la ville jusqu'à la place del Triunfo pour regarder défiler la Maria Santisima de la Paz qui repartait vers son lointain quartier du Porvenir. De là, nous repiquâmes à toute vitesse vers l'ouest pour rattraper et dépasser la Sagrada Cena qui remontait en direction de la rue du Soleil. Puis, galopant plein sud, nous rencontrâmes la Hiniesta dans la rue de Sœur-Angèle-de-la-Croix pour filer enfin, aussi rapidement que nous le pouvions, vers la cathédrale où, malgré le concours des fidèles, nous avons réussi à pénétrer juste comme l'avant-garde des musiciens de la Armagura entrait sous le porche. J'étais épuisé et, pendant que se déroulait l'office, je me convainquais que je n'aurais jamais dû accepter cette mission dont j'étais chargé. Ici, à Séville, je voyais bien que je ne ressemblais plus au Moralès de Washington. Le passé me collait trop à la peau pour que je puisse garder ma lucidité habituelle. Trop de faits actuels, trop de souvenirs sollicitaient mon attention. Je n'avais plus l'esprit libre. Et puis, Maria... La perspicacité d'Alonso s'était très bien rendu compte de ce qui m'arrivait et c'est pourquoi il avait tellement insisté pour que je m'en aille. J'avais la désagréable conviction que, loin d'aider mes collègues, je risquais de devenir une gêne pour tous deux. Laissant la raison de côté, je suppliais la Armagura d'accomplir un miracle pour que Maria n'ait pas fait ce qu'elle avait peut-être fait... En me relevant, je crus distinguer la silhouette de Juan qui se perdit aussitôt parmi ces centaines d'hommes et de femmes chantant les louanges de leur Patronne. La pensée du garçon me remit sur terre. Son comportement était quand même trop étrange pour n'en pas devenir suspect. Comment était-il possible que Maria ait accepté qu'il ne vînt pas avec nous? Quelles excuses lui avait-il données et dont elle ne nous avait pas fait part?

Nous sommes sortis de la cathédrale derrière notre Confrérie et, la laissant descendre Alemanes, nous avons gagné la place du Général-Mola pour saluer la Esperanza que ses nazarenos blancs, mais portant une cagoule violette, ramenaient vers Saint-Roch. Nous arrivâmes à temps sur la Palma pour voir la Armagura entrer dans son église où elle allait de nouveau s'endormir pour un an. Il était près de minuit. Le pas lourd et traînant des porteurs disait la fatigue qui les écrasait. La foule était triste. La lassitude s'ajoutait au chagrin de voir finir la belle journée. Les remous de l'assistance m'avaient légèrement écarté de mes compagnons. Je tressaillis en entendant une voix inconnue chuchoter derrière moi :

« Señor Moralès! »

Je me retournai et vis un nazareno de la Armagura dont les yeux me fixaient à travers les trous de sa cagoule. M'appelait-il vraiment ou cherchait-il à s'assurer de mon identité avant de frapper? Je me ramassai sur moi-même, attentif à la moindre ébauche d'un geste menaçant. Mais l'autre ne bougeait pas. A mon tour, je murmurai :

« Qu'est-ce que vous voulez?

— Donnez-moi votre main, señor... »

Sans doute vit-il mon hésitation car, très vite, il ajouta :

« Ne craignez rien. »

Alors, je tendis la main. Il me la prit comme s'il voulait me la serrer et je sentis qu'il y glissait un papier; puis, sans attendre davantage, il courut vers l'église et y pénétra. Qu'est-ce que cela voulait dire? Le temps me durait de savoir ce qu'il y avait d'écrit sur ce billet.

Maria nous avait conviés à venir manger chez elle les « gambas » et les mètres de « churros [1] » dont nous nous étions amplement pourvus chez les marchands en plein vent. Un café ayant consenti à nous vendre quelques bouteilles de vin, nous allions faire un excellent réveillon. A peine étions-nous assis à table que Charley me demanda :

« Vous avez l'air soucieux, Moralès? Quelque chose qui ne va pas?

— Je vous expliquerai tout à l'heure... »

Je pris prétexte du besoin de me laver les mains pour gagner la cuisine et je dépliai rapidement le papier que j'avais mis dans ma poche et je lus :

Je sais ce que vous cherchez. J'ai fait partie de l'équipe de Lajolette. J'en ai assez. Si vous pouvez me donner ou me promettre assez de dollars pour quitter Séville et l'Espagne, je peux vous donner toute la bande. Soyez à trois heures du matin, rue Antonio Susillo, à la Carabela del Cristo. *Si, par hasard, je n'y étais pas, vous demanderiez à Baldonice, le patron, si Esteban n'a pas laissé une commission pour José Moralès. Venez seul. Ne vous fiez pas à ceux qui vous témoignent de l'amitié.*

Cette dernière phrase me brûla comme un fer rouge, sans doute parce qu'elle coïncidait trop bien

1. Beignet allongé.

avec mes pensées. Mais qui visait-elle? Maria ou Juan? Ou les deux?

En rentrant dans la pièce où les autres mangeaient, j'eus un haut-le-corps en voyant un nazareno que Maria aidait à retirer sa cagoule, et la tête rieuse de Juan apparut. Ainsi, telle était l'explication de son absence... J'en fus soulagé. Oubliant Esteban et ses conseils, je décortiquai des gambas et mangeai le churro, dont le goût retrouvé faisait lever dans la mémoire des images d'autrefois, lorsque je tirais ma mère par la main et la suppliais de m'acheter ce que je tenais alors pour des friandises, car, chez moi, on mangeait plus souvent des pois chiches que des gambas. Je venais de reposer mon verre lorsque Arbuthnot me rappela qu'il m'avait posé une question à propos de mon air sombre. Je leur révélai alors à tous la façon dont le nazareno qui disait se prénommer Esteban m'avait fait passer un billet. Ils étaient suspendus à mes lèvres et Juan peut-être plus encore que les autres. Au moment où je m'apprêtais à lire le papier, on frappa à la porte d'entrée. Juan se leva pour recevoir un voisin qui venait demander de l'aspirine, sa femme étant souffrante. Je donnai connaissance de la proposition d'Esteban, mais me gardai bien de leur communiquer la dernière phrase de mon indicateur inattendu. Je ne voulais pas donner l'éveil à ceux que je soupçonnais et, d'autre part, je ne tenais pas à fortifier la méfiance d'Alonso et de Charley à l'égard de nos hôtes. Lorsque Juan nous rejoignit, sa sœur le mit au courant de la proposition qui m'était faite, puis se tournant vers moi :

« José, vous n'allez pas vous rendre seul à ce rendez-vous, n'est-ce pas?

— Bien sûr que si, Maria...

— Bien sûr que non, Pépé! »

C'était Alonso qui intervenait. Me fixant sévèrement, il ajouta :

« Tu ne penses tout de même pas qu'après tout ce qui t'est arrivé, je vais continuer à te laisser jouer les Tarzan, non? Tu feras le héros quand je ne serai pas là, mais que cela te plaise ou non, j'irai avec toi à la *Carabela del Cristo!* »

A son tour, Arbuthnot entra en lice :

« Et avec votre permission, Moralès, je vous tiendrai également compagnie. Pour une fois que l'Angleterre peut aider les Etats-Unis, je ne veux pas laisser passer l'occasion! »

Ils rirent et Maria remercia mes collègues de ne pas me permettre de recommencer mes imprudences. Mais je n'étais pas d'accord.

« Pourquoi ne pas y aller tous, pendant que nous y sommes? Si vous croyez qu'Esteban se montrera en voyant tout ce monde! »

Alonso haussa les épaules.

« Tu peux grogner tant que tu voudras, Pépé, mais Ruth m'a donné l'ordre de veiller sur toi et tu sais bien que je ne désobéis jamais à ma femme. »

Pour me calmer, Charley m'expliqua :

« Soyez raisonnable, Moralès... Nous nous séparerons avant d'arriver à la rue Antonio Susillo et vous entrerez seul au café. Nous vous attendrons dehors, histoire de voir si on vous file ou non. Si c'est oui, nous prendrons à notre tour la piste de vos suiveurs et nous verrons bien où la procession nous mènera! »

Je connaissais la prudence d'Alonso et son habileté à passer inaperçu. Quant à Arbuthnot, je devais bien me douter que si le Yard l'avait choisi pour cette mission délicate, c'est qu'il n'était pas un débutant. Il n'y avait donc qu'à les laisser faire. Au reste, je n'avais plus assez confiance en moi pour oser prendre la tête des opérations ou imposer ma volonté. Nous avons quitté Maria et son frère vers une heure et demie du matin. Je notai que, pour la première fois, le jeune garçon ne me priait pas de le laisser venir avec moi. Sentait-il qu'il n'avait pas sa place parmi les professionnels que nous étions? Alonso et moi gagnâmes le *Cecil-Orient* pour changer de vêtements, au cas où nous serions dans l'obligation de nous bagarrer, tandis que Charley passait au *Madrid* y prendre son Smith et Wesson. Nous étions convenus de nous retrouver à trois heures moins dix à l'extrémité ouest de la Alameda de Herculès. Faisant une entorse à la règle que nous nous étions imposée de ne jamais nous rejoindre dans l'hôtel, Alonso, prêt avant moi, vint dans ma chambre. Pendant que je finissais de m'habiller, il se laissa tomber dans un fauteuil et alluma une cigarette avant de me demander :

« Pépé... qu'est-ce que tu penses de cette histoire?

— Mon vieux, je te le dirai tout à l'heure quand j'aurai vu cet Esteban...

— Et si c'était encore un traquenard?

— Le seul moyen de le savoir est d'y aller voir.

— Tu ne crois pas qu'il serait plus prudent de me laisser te remplacer?

— Et si tu te fais démolir, c'est moi qui serai chargé d'annoncer la nouvelle à Ruth? Merci, j'aime mieux pas!

— Tu sais très bien qu'ils ne me connaissent sûrement pas encore bien et que je risque beaucoup moins que toi. Couche-toi, Pépé, et laisse-moi mener l'affaire avec Arbuthnot! »

J'étais prêt et me tournai vers lui.

« Rien à faire, Alonso. J'entrerai à la *Carabela del Cristo* et je parlerai à cet Esteban... s'il y est. Je n'ai pas le droit de rater une pareille occasion de trouver peut-être et enfin la piste de Lajolette. »

Alonso se leva en soupirant :

« Ce que tu peux être têtu...

— Presque autant que toi, vieux. »

Quand nous sommes arrivés à notre rendez-vous, Charley nous y attendait. Il était entièrement vêtu de noir et son chapeau noir rabattu sur ses yeux le rendait presque invisible. Il portait des chaussures à semelles de crêpe. Décidément, les agents du Yard ne laissent rien au hasard. Sans mot dire, nous avons gagné la rue Antonio Susillo, et là où elle débouche dans la rue Peral, nous nous sommes séparés. Charley et Alonso m'ont laissé partir devant, puis, tandis que mon collègue me suivait à cent mètres sur le même trottoir, Arbuthnot, prenant le trottoir opposé, avançait à grandes enjambées, me dépassait et se perdait dans l'ombre. J'étais bien couvert et il ne m'était pas désagréable de le constater.

Tout de suite, j'ai deviné qu'une fois encore, c'était raté en voyant l'affluence à la porte de la *Carabela del Cristo*. On y discutait ferme. En entrant dans l'établissement, je savais que je ne rencontrerais pas Esteban. Derrière son comptoir, le patron était lancé dans une âpre discussion à laquelle je prêtai l'oreille. Baldonice semblait se défendre :

« Et comment vouliez-vous, hombres, que je devine la chose? Le gosse, il m'a dit : « Il y a un « type qui fait dire à Esteban qu'il préfère le voir « dehors... — Esteban? Quel Esteban? » je lui demande. Le gosse, il a haussé les épaules et, avant de filer, il m'a jeté : « Moi, j'en sais pas plus, j'ai « touché cinq pesetas pour faire la commission. « Maintenant, hein, je fous le camp! » Esteban, moi, je voyais pas qui ça pouvait être. Alors, j'ai gueulé : « Y a-t-il quelqu'un ici qui se prénomme Esteban? » Ils se sont levés à trois ou quatre. J'ai dit : « Y en « a pas un qu'avait rendez-vous chez moi? » Un grand a dit : « Si, moi! » C'était la première fois que je le voyais, ce gars. J'y ai répété ce que le gosse était venu me raconter, que son copain, il l'attendait dehors. Il a hésité, il s'est passé la main sur la figure, il a grogné : « J'aime pas beaucoup « ça... » Mais il est sorti quand même et presque tout de suite on a entendu le cri. La suite, vous la savez comme moi. Mais, par le Christ, ça s'était jamais vu dans le quartier, une aventure comme celle-ci! Et le dimanche des Rameaux! Y a des maudits pour qui rien n'est sacré! »

Sans avoir l'air d'y attacher beaucoup d'importance, je m'enquis :

« Et il a été blessé, cet Esteban? »

La patron, qui était en train de boire, faillit s'étrangler. Il reposa son verre, prit une inspiration profonde avant de crier :

« Blessé? Proprement nettoyé, oui! Avec dix ou quinze centimètres de lame dans le corps... Pour moi, il y aura atteint le cœur du premier coup!

— Qui?

— Qui?... Allez savoir!... Il a pas attendu qu'on vienne, ce perdu de Dieu! »

En dépit de son flegme britannique, Arbuthnot jura quand je lui appris, qu'une fois de plus Lajolette nous avait précédés. De nouveau la lumière espérée s'éteignait avant que d'avoir brillé. Moroses, nous redescendions la rue Amor de Dios en direction de Sierpès, lorsque Charley formula à haute voix la question que chacun de nous se posait intérieurement :

« Qui a pu les prévenir? »

Je n'avais pas envie de répondre, car je savais à quelles hypothèses j'allais être amené et Alonso, qui devinait sans doute ce à quoi je pensais, ne répondit pas non plus. Arbuthnot insista :

« Entre le moment où cet Esteban a remis son billet à Moralès et celui où Moralès nous l'a lu, nous n'avons eu affaire à personne d'autre qu'à... »

Il s'interrompit brusquement, comme s'il prenait conscience, en les prononçant, des paroles qu'il disait et de celles qu'il était sur le point de dire. Par défi, je conclus pour lui :

« ... Qu'à Juan et à Maria. »

J'aurais préféré que les deux autres protestassent même sans conviction, mais le silence qui suivit ma réplique était plus lourd de signification que tout ce qui aurait pu être exprimé à voix haute. Alonso se rapprocha de moi et me serra le bras. Sans doute voulait-il me faire comprendre qu'il partageait ma peine, mais je vis plus encore dans ce geste qu'il ne doutait plus de la culpabilité du frère ou de la sœur, ou des deux. Mon rêve s'écroulait et de la plus vilaine façon. Devant le *Cecil-Orient* nous nous sommes séparés. Avant de nous quitter, Charley demanda :

« Qu'est-ce qu'on décide? »

Alonso refusa la moindre responsabilité.

« Qu'en penses-tu, Pépé? »

Je savais ce qu'ils souhaitaient m'entendre répondre tous deux et puisque, aussi bien, il faudrait y venir tôt ou tard, autant valait leur donner satisfaction tout de suite.

« D'accord... Demain, on s'occupera sérieusement de Juan et peut-être de sa sœur... »

Alonso ne m'accompagna pas dans ma chambre. Il avait senti que je préférais être seul.

Mon veston ôté, j'étais en train de défaire ma cravate lorsqu'une idée m'immobilisa : la *Carabela del Cristo* était proche du commissariat de Fernandez. Mon nouvel allié devait avoir des détails qui m'aideraient peut-être à découvrir cette vérité à laquelle j'aspirais de toutes mes forces et qui, du même temps, me faisait peur. Il n'était pas loin de quatre heures du matin lorsque j'empoignai mon téléphone. Il y avait bien des chances pour qu'à part les hommes de garde, il n'y ait plus personne au commissariat. Le préposé au téléphone de l'hôtel marqua quelque étonnement lorsque je lui demandai mon numéro. Quand je fus en ligne et que j'eus donné mon nom, on m'apprit que Fernandez était encore là. J'avais de la chance.

« Allô! Señor Moralès?

— Allô! Señor commissaire... Il y a eu du vilain dans votre quartier, ce soir?

— Comment le savez-vous?

— Parce que ça m'intéresse pour les raisons que vous connaissez.

— Par exemple!...

— Le corps est encore là?

— Non, à la morgue... Vous vouliez le voir?

— Plutôt ce qu'il avait dans ses poches.

— Eh bien, si vous voulez venir, je vous attends.

— Merci, señor commissaire, j'arrive! »

J'étais vanné mais, comme de toute façon je ne dormirais pas, autant travailler.

Etalé sur le bureau du commissaire, il y avait le contenu des poches d'Esteban : un mouchoir crasseux, une centaine de pesetas, des clefs, un livret indiquant que l'homme se nommait Esteban Marolate et était né en Estramadure. Une carte syndicale révélait que le mort travaillait comme docker; enfin, un bouton avec un minuscule morceau d'étoffe qui y adhérait.

« Vraisemblablement un bouton de la veste de l'assassin, señor Moralès, mais comme indice, c'est maigre, car c'est un genre de bouton qu'on trouve partout... En quoi est-ce que tout cela vous intéresse?

— J'avais rendez-vous avec la victime...

— Vous la connaissiez?

— Non. »

Je racontai à Fernandez comment j'étais entré en relation avec Esteban et lui montrai le billet qu'il m'avait glissé. Il me le rendit après l'avoir lu.

« Ils sont forts.

— Oui. Mais je suis entêté.

— Dites-moi, señor Moralès, l'avertissement de la fin de ce message, qui concerne-t-il, à votre avis?

— Sans doute Juan Alguin qui habite sur la Palma.

— Pourquoi? »

Il fallut que je lui donne les raisons de mes soupçons.

« Voulez-vous que nous nous occupions de lui?

— Non, je m'en charge.

— Comme vous voudrez.

— Vous n'avez jamais eu affaire à lui?

— Pas que je sache.

— Ni à... »

Je dus faire un effort, tant les mots m'écorchaient

les lèvres. Le commissaire s'en rendit compte, car il me regarda avec curiosité.

« Ni à Maria du Doux Nom, sa sœur?

— Pas davantage.

— Vous en êtes certain, n'est-ce pas?

— Vous pensez bien que je n'aurais pas oublié une si jolie fille, portant un si joli nom.

— Alors... comment savez-vous qu'elle est jolie? »

Il sourit.

« En vous regardant, señor.

— Vous êtes très observateur, señor commissaire. C'est vrai, j'aime Maria et je souhaite en faire ma femme, mais... mais si j'apprenais qu'elle ait partie liée avec Lajolette...

— Que feriez-vous?

— Je vous la livrerais. »

Il fut un moment avant de répondre gravement :

« J'en suis convaincu, señor Moralès...

— Vous avez l'arme avec laquelle on a tué Esteban? »

Il ouvrit un tiroir, en retira une sorte de chiffon qu'il déroula pour me montrer un couteau à la lame maculée de sang.

« Le meurtrier a eu le temps d'essuyer le manche ou bien il portait des gants, car nous n'avons pas trouvé d'empreintes... »

Raidi, j'entendais mal ce que l'obligeant Fernandez me disait, car j'avais reconnu le couteau de Juan.

Maria mit un certain temps à déverrouiller sa porte et quand elle l'entrebâilla, je vis qu'elle avait de la peine à garder les yeux ouverts.

« Vous?... A cette heure-ci? »

Sans répondre, je poussai le battant et entrai.

« Mais... José!

— Où est Juan?
— Il n'est pas encore rentré. Pourquoi?
— Il ne s'est donc pas couché après notre départ?
— Non. Il est allé retrouver des camarades.
— A une heure du matin?
— Séville n'a plus de nuits pendant la Semaine sainte.
— C'est bon, je vais l'attendre. »
Maintenant, elle était complètement réveillée.
« Mais, José... je ne sais pas quand il reviendra!
— J'ai tout mon temps. »
Mon attitude commençait à l'exaspérer.
« Vous ne pouvez pas rester ici, voyons, José! Pensez à ma réputation!
— J'ai des soucis plus importants, Maria.
— Qu'est-ce qui se passe, José?
— Je vous le dirai quand Juan sera là.
— C'est... grave?
— Oui.
— Et vous ne voulez pas me le confier?
— Non. Retournez vous coucher.
— Pas tant que vous demeurerez ici.
— Alors, nous veillerons tous les deux. »
Elle me faisait de la peine avec son pauvre petit visage, mais je n'entendais pas me laisser attendrir. Elle alla arranger ses cheveux, se passa de l'eau sur le visage et revint s'asseoir en face de moi. Nous n'échangeâmes pas une parole. Qu'aurions-nous pu dire? Déjà, quelque chose s'était brisé entre nous. Vers cinq heures, Juan se décida à rentrer. En nous voyant, il ne cacha pas sa surprise :
« Don José! »
Je me levait et, l'attrapant brutalement par les revers de sa veste, je l'attirai à moi.

« Ton couteau! Montre-moi ton couteau? »

Ahuri, il me regardait, regardait sa sœur qui s'était dressée et dont j'entendais la respiration précipitée.

« Mais... Mais qu'est-ce que ça veut dire?

— Rien d'autre que ce que je te demande. Montre-moi ton couteau! »

Je le lâchai et il fouilla dans ses poches.

« Alors?

— Je ne sais pas ce que j'en ai fait, je ne le trouve plus. »

Je le giflai à toute volée et il alla s'abattre dans un coin de la pièce. Maria poussa un cri et se précipita, mais Juan s'était relevé d'un bond et se jetait sur moi. Je le cueillis d'un crochet au menton qui le renvoya au sol, évanoui. Sa sœur s'agenouilla près de lui, en larmes. Sans relever la tête, elle dit d'une voix sourde :

« Seriez-vous devenu fou, don José?

— Tenez-vous en dehors de cette boue, Maria.

— Là où est mon frère, il y a ma place. »

Juan gémit en reprenant ses sens, puis il s'assit et, écartant sa sœur, me fixa.

« Pourquoi?

— Dis-moi où est ton couteau?

— Je vous ai déjà répondu : je ne sais pas.

— Veux-tu que je te dise où il est, moi?

— Parce que vous l'avez trouvé?

— Oui. Dans le corps de cet Esteban qui m'avait donné rendez-vous, et suffisamment enfoncé pour que le pauvre diable en soit mort sur le coup.

— Ce n'est pas vrai! »

Hagard, il s'accrochait à moi.

« Ce n'est pas vrai! Ce n'est pas vrai! Dites-moi que ce n'est pas vrai? »

Il parvenait à prendre des accents qui me touchaient, l'animal! Maria, retombée sur sa chaise, pleurait sans bruit.

« C'est vrai, Juan, et, en ce moment même, le commissaire Fernandez est en train de chercher le propriétaire de ce couteau. »

Alors, Juan ne fut plus qu'un gamin affolé. Il se colla contre sa sœur en balbutiant :

« Maria... J'ai peur... »

C'est à moi que Maria s'adressa :

« Pourquoi n'avez-vous pas dénoncé Juan?

— Parce que je chasse un plus gros gibier et il faudra que votre frère nous y mène, de gré ou de force. »

Juan regarda Maria.

« Tu ne crois pas que je suis un assassin, dis, Maria?

— Non, Juan, je ne le crois pas. »

Ils m'énervaient sérieusement, ces deux-là! Lui avec son hypocrite cynisme, elle avec sa confiance aveugle. Je tins à me montrer désagréable avant de quitter les lieux.

« Alonso et Charley seront plus difficiles à convaincre que ta sœur, Juan! »

Maria vint à moi :

« C'est tout ce que vous aviez à nous dire, señor?

— Pour le moment, oui.

— Alors, je vous demande de partir. »

Je haussai les épaules et, ramassant mon chapeau, je me dirigeai vers la porte que la jeune fille tenait ouverte.

« Maria...

— Je vous prie d'oublier cette maison, señor, où il ne saurait y avoir de place pour ceux qui tiennent mon frère pour un criminel... »

Dans Sierpès encore désert, j'avançais comme un somnambule. Pauvre Maria qui serait dupe jusqu'au bout. Pauvre José aussi qui s'imaginait avoir trouvé le bonheur. Le vieux Cliff avait raison : la femme est le pire ennemi d'un agent du F.B.I. En dépit de mon chagrin, quelque chose remuait au fond de ma conscience, quelque chose qui était comme une sorte de signal d'alarme. Ce n'était pas la peur des tueurs de Lajolette, je les aurais presque accueillis avec joie tellement je trouvais mon fardeau lourd à porter. Non, c'était quelque chose qui me chuchotait que je n'avais pas fait attention à un détail. Mais lequel?

Lundi saint.

JE croyais ne pas pouvoir dormir, mais j'étais tellement éreinté que le sommeil me prit alors que l'aube se levait sur Séville et que je me demandais quelle méthode employer pour trouver le repos dont j'avais le plus urgent besoin. Le corps ne se laisse jamais oublier. Le soleil déclinait lorsque je me suis réveillé. J'avais dormi douze heures d'affilée, d'un sommeil sans rêve, si épais qu'il me laissait une impression de lassitude. Ces douze heures d'immobilité avaient davantage ankylosé mes membres qu'elles ne les avaient reposés et, malgré mes yeux grands ouverts, j'avais du mal à remonter des profondeurs de l'inconscient. Pendant quelques secondes je me sentis comme égaré dans un monde que je ne reconnaissais pas. Mais mon chagrin m'attendait pour m'entraîner à sa suite dans cet univers que je ne pourrais hanter désormais sans l'avoir pour compagnon. Un pli du rideau dessinait pour moi seul le profil d'une femme et ce fut sur ce lien ténu que je revins de la torpeur à la réalité : Maria... La belle histoire était terminée. Je ne ramènerais pas Maria du Doux Nom à Washington. Je ne la présenterais pas à Ruth. Elle ne connaîtrait pas mon filleul « señor » José... Et tout ça à cause de cette petite gouape de Juan! En dépit de ce que pouvaient penser Alonso et Arbuthnot, je savais que Maria n'était pour rien dans les crimes qui jalonnaient ma route espagnole, et si les apparences étaient contre elle, cela tenait simplement à ce qu'elle s'affirmait d'une crédulité imbécile à l'égard de son frère. Mon éducation américaine combattait mon fatalisme andalou pour ne pas admettre une défaite sans appel. Assis dans mon lit, les genoux ramenés au menton, j'envisageais toutes les interprétations, toutes les hypothèses pour tenter de me prouver que Maria ne m'avait pas, tout ensemble, mis à la porte de sa maison et chassé de sa vie. Je n'y parvenais pas.

Dégoûté, écœuré, je fis couler l'eau de mon bain. Quelle idée j'avais eue de retourner dans la demeure de mon enfance sur la Palma! Non seulement j'y avais perdu la liberté d'esprit sans laquelle je ne parviendrais jamais à déjouer les ruses de Lajolette, mais encore cette tranquillité du cœur que tous mes collègues m'enviaient et qui faisait ma force. Je ne me berçais d'aucune illusion : j'aimais Maria comme je n'avais jamais aimé aucune femme, pas même Ruth. Maria, je ne l'aurais pas cédée sans lutte ainsi que je l'avais admis pour Ruth. Allais-je donc la laisser, sans nous défendre, se sacrifier, nous sacrifier à son frère? Je revoyais son front baissé je réentendais ses phrases obstinées me répétant que Juan n'était pas coupable, et pour seule preuve de sa conviction, le fait que le garçon était son frère.

J'étais occupé à me savonner énergiquement, lorsque le détail qui m'avait échappé et dont la veille — ou mieux aujourd'hui même, dans le petit matin — j'avais eu obscurément conscience, me revint subitement à l'esprit : Juan n'était pas là lorsque j'avais lu le billet d'Esteban aux autres. Il se trouvait avec le voisin venu chercher de l'aspirine pour sa femme. Lorsqu'il était revenu, nous lui avions indiqué le lieu du rendez-vous, pas l'heure... Comment donc avait-il pu l'apprendre, puisque Charley et Alonso étaient partis avec moi? La vérité me crevait les yeux et lâchement, follement, j'essayais encore de la nier. Rien à faire. J'étais inexorablement amené à cette évidence : seule Maria avait pu prévenir son frère. La maudite...! M'avait-elle assez dupé avec ses airs de sainte nitouche! Arbuthnot et Alonso, qui n'étaient pas amoureux, avaient vu clair beaucoup plus vite que moi. Ils devaient être occupés à lui faire subir un gentil petit « grilling » à Maria du Doux Nom... Tant mieux! J'en tremblais de rage et j'étais d'autant plus furieux que je ne pouvais empêcher les larmes de me brûler les paupières. Je comprenais la pitié d'Alonso et son entêtement à vouloir me faire quitter Séville pour ne pas assister à l'hallali. Au lieu de les aider, Charley et lui, je n'avais fait que leur mettre des bâtons dans les roues. Amoureux berné, je m'étais de plus révélé un piètre policier. Si jamais Cliff Anderson apprenait la chose, je baisserais rudement dans son estime. Lajolette avait dû rire quand il avait su que je fréquentais la maison de la Palma, que je me rendais chez ses employés. Maintenant, je ne ressentais plus qu'une colère froide. Il ne serait pas dit, il ne pouvait pas être dit qu'on s'était payé la tête de José Moralès! Il fallait que je dise à Maria ce que je pensais d'elle et combien serait grande ma joie lorsque le commissaire Fernandez lui passerait les bracelets.

Je me rasais et bénissais l'inventeur des rasoirs

électriques car ma main tremblait tellement qu'avec un rasoir ordinaire je me serais balafré comme un étudiant du vieil Heidelberg. Lâchant l'appareil, je crispai les poings sur le bord du lavabo et, regardant dans la glace ce pauvre bougre qui s'était fait avoir comme un blanc-bec, je me mis à l'engueuler :

« Alors, quoi, Pépé? Tu ne te rappelles donc plus par où tu es passé? La misère à Séville? La misère à Paris? La misère à New York? Tu ne te souviens plus de tes vieux? A force de travail, en te privant de tout, tu es arrivé à un poste dont tu n'aurais pas seulement osé rêver et tu n'es pas content? Monsieur aurait voulu en plus rencontrer le grand amour? L'expérience avec Ruth ne t'a pas suffi? C'est bien la peine d'arriver à ton âge, d'avoir échappé à tous les coups durs encaissés dans le métier pour te lamenter parce qu'une petite menteuse t'a joué la comédie! Liquide-moi cette histoire en vitesse, Pépé! Démolis Lajolette, fais-moi fourrer tout ce monde pourri en prison et retourne à Washington, près de tes copains. L'Espagne, ce n'est plus pour toi, compris? Il ne faut jamais essayer de revenir en arrière, d'accord? »

D'accord... Plus facile à dire qu'à faire, bien sûr, mais on essaiera. Il était dix-neuf heures passées et Séville avait entamé sa seconde nuit de fièvre et de foi. Par moment, l'écho des musiques précédant les processions m'arrivait lorsque les Confréries passaient sur la place Francesco au sortir de Sierpès, en route pour la cathédrale. J'allais me mettre à la recherche d'Alonso et de Charley pour savoir ce qu'ils avaient pu tirer des Alguin, frère et sœur. En enfilant mon veston, je m'aperçus qu'un des boutons tenait mal et, comme je le tripotais pour voir s'il ne me lâcherait pas en route, un déclic joua dans ma mémoire : le bouton trouvé dans les doigts crispés d'Esteban et qu'il avait dû arracher à son meurtrier... ce morceau d'étoffe qui y était resté accroché... Qu'est-ce qu'il me rappelait ? Je sentais que j'étais sur le point de trouver... Je m'obligeais à fermer les yeux... à me détendre... à revoir tous les gens rencontrés dans Séville... et hop! Ça y était... Alfonso Percel! C'est lui qui portait cet effarant complet vert... Mais, alors, ce n'était plus Juan l'assassin? Maria avait-elle donc raison en soutenant l'innocence de son frère? Une bouffée de joie me submergea. Juan innocent! Maria innocente! Tous mes soupçons réduits à zéro. C'était trop beau! Trop inattendu! Il fallait aller doucement, mettre de l'ordre dans toute cette histoire et c'est alors que l'image du couteau se réimposa à moi. C'était bien le couteau de Juan qui avait tué et, de son propre aveu, le frère de Maria fréquentait peu chez les Percel... N'était-il pas plus sage, plus logique d'admettre que, sitôt notre départ, Maria avait envoyé Juan prévenir son patron du danger qu'Esteban faisait courir à l'organisation? Et Juan avait accompagné don Alfonso à la *Carabela del Cristo*. Ils s'y étaient mis à deux et cela expliquait qu'Esteban se soit laissé surprendre. Pendant que don Alfonso lui parlait, Juan frappait par-derrière. Avant de s'écrouler, Esteban s'était agrippé à Percel. Je retombais de haut une fois encore. La vie était ce qu'elle était et il n'est au pouvoir de personne de faire que ce qui est ne soit pas. En tout cas, je tenais enfin une piste. Arbuthnot avait raison : doña Josefa et son mari faisaient partie du circuit. Et Maria était traitée par eux comme la fille de la maison, comme la complice en qui on peut avoir confiance, quoi! Mais ce n'était plus le moment de me soucier de Maria. Il y avait un travail plus urgent à entreprendre. Devais-je aller trouver Fernandez et lui révéler le nom du meurtrier d'Esteban? En admettant — éventualité bien improbable — qu'on retrouve le costume vert de don Alfonso, cela mènerait à quoi? Mieux valait laisser courir un peu l'assassin et tenter de savoir quel était son rôle dans la bande. Je résolus de me rendre chez les Percel et d'endormir leur méfiance — que Maria avait peut-être éveillée — en jouant les benêts amoureux. Ainsi, je serais plus libre d'agir à ma guise. Je finis de m'habiller avec plus d'entrain que je n'avais commencé. La perspective d'une action proche m'arrachait à l'envoûtement de mon amour malheureux.

Je ne réussis pas à traverser la place San Francisco occupée par le paso de la Confrérie Santa Maria et ses pénitents noirs dont l'austérité refuse toute musique d'accompagnement. Empruntant la rue de Tetuan, je comptais couper Sierpès par la Rioja, mais la célèbre artère était encombrée par la Confrérie « Jesus ante Caïfas », que précédaient les musiciens de la Croix Rouge. Je dus revenir sur mes pas et par la Velasquez, gagner la Campana au moment où la procession du « Jesus de las Penas » venait de la quitter pour entrer dans Sierpès. Je remontai vers la Cuna où gîtait *L'Agneau du Sauveur*.

Doña Josefa marqua quelque étonnement de me voir sur son seuil et — fut-ce une illusion? — il me sembla qu'une ombre d'inquiétude passait sur ses traits. En tout cas, si elle nourrissait une certaine anxiété, il n'y parut pas dans son accueil.

« Don José! Que c'est aimable d'être venu nous voir! »

Tout en bavardant, elle me fit entrer.

« Vous n'allez donc pas voir défiler les Confréries?

— Je vous avoue, señora, que je commence à être fatigué...

— Asseyez-vous vite, j'appelle mon mari... »

Elle me laissa seul tandis qu'elle partait chercher son époux. Prenais-je mes désirs pour des réalités, mais j'eus l'impression qu'elle y mettait beaucoup de temps. Je me persuadai facilement qu'ils devaient se concerter sur l'attitude à observer à mon égard et s'interroger sur les motifs de ma visite. Don Alfonso se montra plus qu'amical, s'excusant d'avoir tardé à venir me saluer, mais il se trouvait dans son entrepôt de l'autre côté de la cour, car il était sur le point de procéder à une expédition de marchandises. Un entrepôt? Voilà un endroit où il fallait absolument que je jette un coup d'œil dans les plus courts délais!

Visiblement, les Percel attendaient que je leur confie le but de ma visite et, après avoir servi le moscatel, doña Josefa me regarda comme si elle m'invitait à parler. Je m'amusai à les faire languir un moment et je savourai, par l'imagination, la transformation qui se ferait dans leurs attitudes compassées si je leur annonçais tout bonnement que j'étais venu pour accuser don Alfonso de meurtre. Mais c'était là un plaisir qu'il me fallait remettre à plus tard.

« Je me suis permis de vous déranger... »

Aussitôt, ils protestèrent que je ne les dérangeais pas le moins du monde et qu'ils seraient toujours fort honorés de recevoir un Parisien. Allons, eux aussi jouaient le jeu, cela promettait une bonne partie.

« ... d'abord pour vous remercier de votre réception de l'autre jour, ensuite pour vous parler de Maria. »

A la manière dont ils redressèrent le buste, je devinais qu'ils se faisaient plus attentifs.

« J'aime beaucoup Maria Alguin et je voudrais l'épouser.

— Mais je croyais que c'était chose entendue, don José?

— Ça l'est sans l'être, doña Josefa, et je n'arrive pas à obtenir une promesse ferme... »

La señora Percel gloussa et, mutine :

« Coquetterie de jeune fille, don José! »

Et se tournant vers son mari, la grosse femme ajouta :

« Nous sommes toutes ainsi... Demandez plutôt à don Alfonso.

— C'est bien vrai, don José! Celle-ci que vous voyez là m'a lanterné pendant plus de deux ans! »

Ils rirent tous deux et de bon cœur. Sans doute étaient-ils soulagés de comprendre que ce benêt de flic ne venait que pour leur confier ses préoccupations sentimentales. J'entrais très bien dans la peau de mon personnage, affirmant que sans Maria je ne saurais plus vivre, que j'étais prêt à tout pour l'obtenir, même à venir m'installer à Séville si elle l'exigeait et si j'y trouvais la possibilité de gagner correctement ma vie. Cette hypothèse parut les intéresser et doña Josefa s'enquit doucement :

« Vraiment, don José? Vous quitteriez tout pour Maria? Vous renonceriez à votre... votre situation actuelle?

— Avec joie!

— Eh bien, elle en a de la chance d'être aimée de cette façon notre Maria et comptez sur moi pour laver la tête à cette petite écervelée! Je veux qu'elle s'engage fermement avant que vous ne rentriez en France et c'est chez nous qu'on fera le dîner d'accordailles! »

Naturellement, je me confondis en remerciements éperdus, affirmant que jamais je ne les oublierais, que j'avais contracté à leur endroit une telle dette que je n'aurais pas trop de toute ma vie pour tenter de la régler. En bref, de part et d'autre, nous fîmes étalage de la plus parfaite hypocrisie. Quelqu'un qui nous aurait vus nous quitter, nous aurait pris pour des amis de toujours car doña Josefa avant de me laisser partir tint absolument à m'embrasser et don Alfonso, me reconduisant jusqu'à la rue, me glissa discrètement :

« Je vous remercie, don José, pour le renseignement que vous m'avez fait communiquer par Maria à propos de ce pseudo-Allemand d'Oberchner. Sans doute un coquin qui voulait se rendre compte s'il était possible de m'escroquer ou, qui sait? de venir cambrioler la maison. Encore merci et à bientôt, n'est-ce pas? »

Plus tôt que tu ne le souhaiterais si tu savais ce que je te réserve, bonhomme...

Ayant téléphoné à mon hôtel, j'appris que Mr. Arbuthnot me donnait rendez-vous à la *Nueva Antequera* dans la rue de Dos Hermanas. Je m'y rendis et l'y trouvai avec Alfonso. Tous deux me demandèrent ce qui avait bien pu m'arriver. Je leur racontai mes aventures personnelles de la nuit précédente. Je leur confiai comment j'étais arrivé à la certitude de la culpabilité de Juan dans le meurtre d'Esteban et comment j'avais essayé de le faire avouer. Mais, je ne leur dis rien de la scène qui avait eu lieu entre Maria et moi. Arbuthnot, qui mastiquait lentement des queues de crevettes avec de puissants coups de mâchoire, s'interrompit pour m'approuver :

« Je n'avais pas osé vous en faire part, mais j'étais convaincu que Juan était le coupable... »

Alonso vida son verre. Depuis le début de notre conversation, il me regardait à la dérobée chaque fois qu'il s'imaginait que je ne prenais pas garde à lui.

« Triste pour toi, hein, José? »

Je fis le malin.

« Ce n'est pas Juan que j'épouse mais sa sœur! »

A son tour Charley me scruta longuement, puis :

« Excusez-moi mais... êtes-vous bien certain qu'ils ne sont pas de connivence tous les deux? »

J'étais, hélas! persuadé du contraire mais pouvais-je renier Maria, comme cela, en public? Je m'imaginais être en passe de la haïr et puis, il suffisait que d'autres prononçassent son nom pour qu'aussitôt, en dépit du bon sens, en dépit de la raison, je me range de son côté. J'avais un peu honte en regardant Arbuthnot et cependant ce fut d'une voix ferme que je lançai :

« Certainement pas. Seulement, ce que vous ignorez, c'est qu'ils se sont mis à deux pour tuer ce pauvre Esteban.

— Deux? Comment le sais-tu, José?

— Parce que si le mort avait le couteau de Juan entre les épaules, il avait dans la main un bouton arraché à la veste de l'homme qui le distrayait pendant que l'autre frappait. »

Avec une feinte mauvaise humeur, Arbuthnot déclara que j'avançais vraiment trop vite et qu'il serait grand temps qu'Alonso et lui se missent à l'ouvrage s'ils ne voulaient pas se trouver dans l'obligation de me laisser toute la gloire de résoudre seul cette affaire.

« Toutefois, mon bon, un bouton, ça ne nous avance pas beaucoup... Il faudrait savoir à qui il appartenait?

— Figurez-vous, Charley, que je le sais. »

Ahuris, ils me fixèrent tous deux avec incrédulité, persuadés que je les faisais marcher.

« Vraiment? Et à qui donc, s'il vous plaît?

— A don Alfonso.

— Percel?

— Lui-même.

— Vous en avez la preuve?

— Après le bouton, il y a encore un morceau de l'étoffe de ce surprenant costume vert que portait le digne homme quand il nous a conviés à déjeuner, vous et moi, Arbuthnot. »

Alonso protesta :

« Vous parlez, comme d'une vieille connaissance, de quelqu'un que j'ignore, et alors, j'ai l'air de quoi, moi, dans cette histoire? »

Charley rit.

« Ne vous en faites pas, notre ami Moralès ne va sûrement pas tarder à aller rendre visite à don Alfonso et j'espère bien qu'il aura l'amabilité de nous emmener? »

Quand ils surent que je ne les avais pas attendus pour visiter les Percel, ils ne cachèrent pas leur dépit. Arbuthnot exigea de partager quand même le succès de ma découverte car c'était lui qui m'avait mis sur la piste des commerçants de la Cuna. J'en convins volontiers et nous bûmes une dernière bouteille en nous congratulant sur notre flair réciproque. Il n'y avait qu'Alonso qui n'avait pas l'air tellement content. Toutefois, je devinai qu'il surprit la fêlure qui se fit dans ma voix lorsque je demandai :

« Et vous deux, qu'avez-vous fait aujourd'hui? »

Ce fut Charley qui répondit :

« Comme convenu, nous nous sommes rendus à la Palma pour cuisiner Juan et sa sœur. »

Précipitamment, Alonso crut bon d'ajouter :

« Tu dormais, on a préféré te laisser dormir et puis tu sais bien pourquoi on a jugé préférable de ne pas t'emmener avec nous?

— D'accord... qu'est-ce qu'il vous a dit, Juan?

— Rien.

— Vous n'avez pas réussi à le faire parler?

— Quand nous sommes arrivés il avait déjà filé.

— Et sa sœur nous a juré sur toutes les Vierges de Séville qu'elle ne l'avait pas vu partir et qu'elle ignorait où il se trouvait. Vous avez dû lui faire peur, Moralès et il se cacha dans quelque coin de la ville...

— A moins qu'il ne soit allé se plaindre à Lajolette?

— Qui lui aura fourni un asile? C'est possible. »

En somme, si je n'avais pas découvert l'indice du bouton, nous pataugerions comme avant. Il me semblait que cela me donnait le droit de prendre les choses en main.

« Et maintenant, il faudrait décider de ce que nous devons faire. »

Nous tombâmes d'accord pour rechercher Juan. Le plus simple était d'enquêter dans tous les cafés qu'il avait l'habitude de fréquenter. J'attribuai à Alonso le quartier des Toneleros, à Charley celui de *La Espiga de Oro* et de la *Carabela del Cristo*, c'est-à-dire l'est de la ville à l'un, l'ouest à l'autre.

Quant à moi, je me réservai le centre car j'avais ma petite idée. En nous séparant, nous convînmes de nous retrouver le lendemain à midi dans cette même *Nueva Antequera* pour dresser le bilan de nos découvertes. Il fut encore entendu que si on parvenait à repérer Juan, on se garderait bien de lui donner l'éveil mais qu'on se relaierait pour le filer jour et nuit, dans l'espoir qu'il nous conduirait plus près de Lajolette.

Moi, ce que je souhaitais voir, et de près, c'était l'entrepôt de Percel. Je retournai dans la Cuna me demandant de quelle manière je devais m'y prendre pour entrer dans la maison de doña Josefa sans attirer son attention ni celle de son tueur d'époux. Installé dans un café, presque en face de *L'Agneau du Sauveur*, je guettais ce qui se passait chez mes adversaires. Je vis don Alfonso et sa femme se mettre à la fenêtre lorsque retentirent les accents de la musique précédant les pasos du « Jesus de las Penas ». Mais, avant que la procession n'arrivât sous leurs yeux, don Alfonso se retira brusquement. Au bout d'un court instant, il réapparut, parla à son épouse avec vivacité et tous deux quittèrent leur poste d'observation. J'aurais bien voulu savoir ce que signifiait cette retraite précipitée. Les musiciens arrivaient lorsque la porte des Percel s'ouvrit et que l'homme et la femme sortirent puis s'éloignèrent à grands pas en direction de Laraña. Ce départ comblait mes vœux. Pour être assuré qu'il ne s'agissait pas d'une fausse sortie, je laissai défiler la Confrérie, admirant au passage le Jésus de Pedro Roldan tombant sous les poids de sa croix, et la Vierge des Douleurs sculptée par Molner.

Je fendis la foule qui suivait l'arrière-garde des

pénitents noirs et sans être remarqué de quiconque dans cette cohue, je pénétrai dans l'immeuble. Je n'eus aucune peine à gagner la cour où s'ouvrait l'entrepôt. Pour les voleurs qui ne se soucient pas de manquer aux commandements de l'Eglise, la Semaine sainte est le temps rêvé. Tout le monde est dans la rue. Ce fut donc sans la moindre gêne que je pus faire jouer le pêne de la serrure et me glisser à l'intérieur de l'entrepôt. Sortant ma petite lampe-stylo, je tâchai de me faire une idée des lieux : des piles et des piles de tissus de toutes sortes, des caisses béantes attendant d'être emplies. J'errais au hasard car, en vérité, je ne savais pas trop ce que je cherchais. Au bout d'une demi-heure je n'étais pas plus avancé qu'au début. Soudain, près d'une série de coffres qui me parurent plus soigneusement fabriqués que les autres, j'aperçus un tas de couvre-pieds, en piqué, épais. Je n'y aurais pas davantage prêté attention si à la hauteur de mon visage ne s'était trouvée une étiquette m'apprenant que cette literie allait partir pour Cadernas, dans l'île de Cuba. Il me parut tout de suite assez louche que les Cubains pussent réclamer des couvre-pieds. Des robes, des étoffes imprimées, voire des rideaux, mais des couvre-pieds... Quelque chose ne collait pas là-dedans, j'en avais la conviction. Soigneusement, je tâtai une de ces pièces. Sous mes doigts, je devinai le molleton épais, sans rien d'insolite. Pourquoi suis-je allé plus loin? Je ne saurais le dire et il me faut invoquer le hasard, cette excuse facile pour expliquer l'inexplicable. Toujours est-il qu'il me parut que la rosace dessinée au centre du couvre-pieds faisait entendre un drôle de bruit quand on la pressait. Avec la lame de mon canif je fis sauter une couture en deux et, tout en opérant soigneusement, afin de faire le moins de dégâts possible, j'amenai dans l'ouverture ainsi pratiquée, l'angle d'un petit sachet de papier. Mon cœur se mit à battre à grands coups. Je n'avais nul besoin de déchirer cette enveloppe pour savoir ce qu'elle contenait. Néanmoins, je parvins à l'extirper tout entière et, l'ouvrant soigneusement, je fis glisser dans le creux de ma main un peu de cette poudre blanche que je connaissais bien. Ainsi, ça y était... Je savais comment la drogue entrait aux Etats après un séjour à Cuba si près de la Floride... Je dissimulai le couvre-pieds au milieu de la pile, espérant qu'on ne les rangerait pas un par un dans les caisses. En sortant de l'entrepôt, j'eus un tressaillement en voyant de la lumière chez les Percel. Ils étaient rentrés. Il s'agissait de faire attention et malgré moi je souris à l'idée de la tête que ferait don Alfonso si nous nous trouvions soudain nez à nez. Je me glissai le long du mur, étouffai mes pas en passant au bas de l'escalier menant à l'appartement de doña Josefa et de son époux. Je mis un temps infini à entrebâiller la porte de la rue et j'attendis qu'un groupe défilât devant moi pour me mêler à lui et m'éloigner en toute quiétude.

En me voyant entrer dans son bureau, le commissaire Fernandez me demanda gaiement :

« Alors, don José, que venez-vous m'annoncer cette fois? »

Je jouai les modestes, sûr de mon effet.

« Simplement que je sais où est entreposée la drogue qu'on va expédier en Amérique.

— Racontez-moi vite ça! »

Quand je l'eus mis au courant, Fernandez me tendit un cigare.

« Vous l'avez bien gagné, don José... Alors, ces Percel, je les boucle?

— Gardez-vous-en bien, señor commissaire! A mon avis, voilà ce qui serait le mieux : vous postez des hommes en face de chez eux mais des policiers en civil et qui, surtout, ne ressemblent pas trop à des policiers. Ils surveillent tous les camions sortant de l'entrepôt qu'on charge dans la rue. Dès qu'une voiture s'en va, ils téléphonent à des confrères qui, en moto ou en auto, prennent le camion signalé en filature. Car, ce qu'il faut absolument, c'est trouver l'endroit où l'on embarque la marchandise. Si l'un de ces véhicules se dirige vers la mer, ce sera le bon. Le digne Alfonso, on aura toujours le temps de le sauter. Ce qui nous intéresse, señor Fernandez, c'est Lajolette. Je serais bien surpris qu'il ne soit pas sur place pour assister au départ de sa précieuse cargaison, surtout qu'il me sait là. Comme je crois le connaître, je ne pense pas qu'il soit homme à se dérober à un règlement de comptes.

— Que la Macarena vous entende, señor José! Nous aurions tellement de plaisir, Lucero et moi, à nous entretenir une heure ou deux avec cet individu, en tête-à-tête... »

J'étais persuadé que Fernandez, dans cette hypothèse, saurait faire regretter à Lajolette d'avoir choisi l'Andalousie pour établir son trafic mais je n'entendais pas céder mon tour de faveur. D'autre part, le commissaire ne pouvait prendre avec la loi certaines libertés que je me promettais bien de m'arroger si l'occasion m'en était donnée.

Je n'avais pas tellement envie de mettre Alonso et Charley au courant de ma découverte chez les

Percel, pas plus que je ne leur avais parlé de mes accointances avec Fernandez. Non pas que je sois d'ordinaire mauvais camarade mais j'avais le sentiment que tous deux, malgré mes derniers succès, me considéraient comme hors de course dans cette histoire à cause de mon affection pour Maria. Je voulais mettre un point d'honneur à ne les convoquer que pour l'hallali final afin de leur prouver que José Moralès n'était pas la chiffe molle qu'ils avaient pu imaginer un instant. J'étais certain qu'Alonso serait si content de ma réussite, qu'il ne me tiendrait pas rigueur de mes cachotteries. J'étais moins sûr qu'Arbuthnot prît les choses avec autant de bonhomie, mais Cliff Anderson serait si heureux de savoir que j'avais roulé un type du Yard!

La dernière Confrérie sortant le lundi saint — celle du « Christo de la Espiracion » avait depuis longtemps réintégré la chapelle du Musée, tandis que je remontais Velasquez et Tetuan pour retrouver ma chambre du *Cecil-Orient*. Comme j'entrais sous le porche, les deux coups de l'heure sonnaient à l'hôtel de ville. Nous étions déjà au mardi saint. Sitôt qu'il me vit, le préposé à la réception se précipita vers moi et me chuchota :

« Señor Moralès, il y a quelqu'un qui vous attend depuis plus d'une heure dans le salon.

— Quelqu'un? »

Il prit une mine dégoûtée.

« Un jeune homme qui n'est pas du genre de notre clientèle... Si vous ne voulez pas le voir?...

— Mais si!... »

J'entrai dans le salon et j'aperçus Juan assis bien sagement dans un fauteuil. A ma vue, il se leva d'un bond et se précipitant vers moi :

« Don José... ils ont enlevé Maria! »

Mardi saint.

On n'est pas policier pour rien et, mon premier mouvement, en entendant l'exclamation de Juan, fut d'incrédulité. J'estimais que cela sentait le piège et le piège le plus grossier. Parce qu'enfin, qui pouvait avoir enlevé Maria, sinon les hommes contre qui j'avais déclenché la bagarre, les hommes dont elle était l'alliée? Ça ne tenait pas debout! D'autre part, ce serait une curieuse façon de remercier Juan du service qu'il leur avait rendu que d'enlever sa sœur! Décidément, ces gens-là me prenaient pour plus bête qu'il n'est humainement possible de l'être quand on fait le métier que je fais. J'avais rudement envie de calotter une fois encore ce voyou qui, pour se montrer à son avantage aux yeux des autres, essayait une fois encore de me posséder. Dégoûté, je lui lançai :

« Va dire à ton patron que lorsque le moment sera venu de nous rencontrer, je n'aurai pas besoin qu'on vienne me chercher... J'irai tout seul, comme un grand. Et maintenant, fous-moi le camp! »

Incrédule, il me dit :

« Vous ne venez pas m'aider à retrouver Maria, don José?

— Tu as fini de te moquer de moi, oui? Je t'ai déjà dit de filer...

— Vous pensez toujours que je suis un assassin?

— Peux-tu prouver le contraire?

— Je le prouverai, don José, mais pas avant d'avoir retrouvé ma sœur! »

Je haussai les épaules.

« Ne t'en fais pas pour elle, va! »

Il blêmit jusqu'aux yeux et chuchota plutôt qu'il ne dit :

« Si Maria meurt, don José, je vous tuerai...

— Bravo!... Lajolette te versera sûrement une prime. »

Il me regarda encore longuement, avec une sorte de haine désespérée et s'en alla sans ajouter un mot. Ereinté, énervé, je montai dans ma chambre mais ne songeai pas à me coucher, sachant d'avance que je ne parviendrais pas à m'endormir. Quelque chose me pesait sur l'estomac. Du moins, je feignais de prendre pour une indisposition physique ce qui n'était que l'écho de la lutte opiniâtre que je menais contre ma tendresse pour Maria. Assis dans un fauteuil, près de la fenêtre, je contemplais la nuit finissante. J'ouvris toute grande ma fenêtre pour attraper cette odeur spéciale à Séville durant la Semaine sainte et où se mêlent la senteur violente de la marée, celles des fleurs vite fanées, de l'encens et des cierges. Patiemment j'attendis l'aube, fumant cigarette sur cigarette. Je savais que si je m'allongeais sur mon lit, je ne pourrais plus empêcher de venir jusqu'à mon cerveau la pensée qui s'agitait dans mon subconscient et que je ne voulais pas entendre. Crispé, je bataillais ferme pour ne pas céder et puis, brusquement, mes nerfs lâchèrent et c'est à haute voix que je dis :

« Et si Juan avait dit vrai? »

Voilà... c'était exprimé clairement... Je ne pouvais plus me dérober... Je me sentais soudain détendu. J'allai me passer de l'eau sur la figure, ouvris un nouveau paquet de cigarettes et, me contraignant au calme, j'entrepris d'examiner froidement le problème. Tout, jusqu'ici, me prouvait la complicité de Maria et de son frère avec Lajolette par l'intermédiaire des Percel. Oui, mais pour quel motif Juan, qui se savait sous la menace d'une inculpation de meurtre, avait-il pris l'énorme risque de venir me voir? Comment admettre que Lajolette voulant m'attirer dans un traquenard ait employé celui-là même dont je devais automatiquement me méfier? Au fur et à mesure que j'avançais dans mon raisonnement, la conviction se faisait plus forte en moi que je me trompais depuis que j'avais commencé à soupçonner les Alguin. Maintenant, je réentendais la voix angoissée de Juan... Elle avait des accents de sincérité que je n'avais pas reconnus, que je n'avais pas voulu reconnaître. Où était Juan à présent? Quelle sottise se préparait-il à faire? S'il devait lui arriver quelque chose, j'aurais du mal à me le pardonner. Il me fallait lutter contre l'envie folle qui me prenait de courir à la Palma. Réfléchir. D'abord, réfléchir. Pourquoi avait-on enlevé Maria? Pour m'atteindre, bien sûr, et d'ici peu j'allais sans doute recevoir un billet me proposant d'échanger la vie de la jeune fille contre mon départ. Il fallait que je les batte de vitesse. Voyons, ceux qui avaient eu l'idée de cet enlèvement ne pouvaient avoir été conseillés que par des gens me croyant encore profondément épris de Maria, et qui serait-ce sinon les Percel à qui j'avais joué la comédie que l'on sait? Je revoyais doña Josefa et son mari abandonnant leur balcon au moment où passait la Confrérie du « Jésus de las Penas ». Je comprenais où ils s'étaient rendus. Mais qu'avaient-ils bien pu raconter à Maria pour la décider à les suivre? Il est vrai qu'elle n'avait aucune raison de se méfier d'eux... Quand j'étais sorti du dépôt, les Percel étaient rentrés et peut-être Maria se trouvait-elle avec eux à ce moment-là? Vraiment, je pouvais être content de moi... Bien que n'ayant pas dormi, je me sentais en pleine forme, tellement j'avais envie de me battre.

Avant d'aller rejoindre Alonso et Charley à la *Nueva Antequera* je décidai de me rendre à la maison de la Palma. Je serais en retard au rendez-vous mais mes deux compères m'attendraient. Je n'abandonnerais pas Maria pour une question d'exactitude. En entrant dans la cour de la maison je tombai sur la grosse et obligeante voisine qui m'avait accueilli lors de ma première visite.

« Que tal, señor Moralès?

— Dispense, doña Dolorès, me falta tiempo para charlar [1]! »

Je la laissai sur place, scandalisée, et je filai vers l'escalier. Tout en marchant, je l'entendais grommeler que les jeunes gens d'aujourd'hui ne connaissaient plus rien aux bonnes manières. Comme pour se venger, avant que je ne disparaisse à sa vue, elle me cria que si je me rendais chez les Alguin, ce n'était pas la peine de me presser car il n'y avait personne. Je ne le savais que trop.

Dans son désarroi, Juan avait sans doute oublié de refermer la porte à clef, puisque je l'ouvris en

1. Excusez-moi, madame Dolorès, je n'ai pas le temps de bavarder.

tournant seulement la poignée. Pas la moindre trace de lutte dans l'appartement. Maria était bien partie de son plein gré. A quoi Juan avait-il vu qu'on l'avait « enlevée »? Voilà que mes satanés soupçons me reprenaient... Evidemment, une fille comme Maria ne découche pas et il avait dû se rendre à la Cuna pour demander si l'on avait des nouvelles de sa sœur. La jeune fille ne rentrant pas de la nuit, absente à son travail, il y avait là trop de choses qui ne lui ressemblaient pas pour qu'on ne pense pas aussitôt qu'elle n'était pas libre d'agir à sa guise.

En me revoyant, la grosse Dolorès me tourna ostensiblement le dos. C'eût été risible si j'avais eu le cœur à rire. Lorsque je l'appelai, elle daigna se retourner, mais j'eus beau la gratifier de mon meilleur sourire, je ne parvins pas à la dérider.

« La señorita, doña Dolorès, vous ne sauriez pas où elle est, par hasard? »

Elle prit un ton des plus rogues pour me répliquer :

« Personne ne me l'a donnée à garder! »

Mais cette brave femme était incapable de contenir longtemps sa gentillesse naturelle et parce que je lui disais que j'étais inquiet, elle éclata de rire :

« Enamorado, hé [1]?

— Si... »

Alors, ce fut un mascaret. Dolorès se lança dans un panégyrique enthousiaste de Maria du Doux Nom, chantant sa douceur, ses vertus, sa bonté, sa piété, son courage au travail et, lorsque, à bout de souffle, elle s'arrêta, il aurait fallu être le dernier des idiots pour ne pas se persuader qu'une fille

1. Amoureux, hein?

dans le genre de Maria, un homme ne peut avoir la chance d'en rencontrer deux dans sa vie. Ce délire amical cadrait si bien avec mes propres convictions que je n'eus pas à me forcer pour approuver mon interlocutrice. Quand il me fut donné de pouvoir placer un mot, je m'enquis :

« Vous ne l'avez pas vue partir?

— Non. Son frère m'a déjà posé la même question. Je ne suis rentrée qu'à minuit passé parce que je suis allée jusqu'à la place de la Cavida où j'ai une cousine, pour voir entrer notre « Jésus de la Vraie Croix » dans sa chapelle. Il faut vous dire que mon neveu Jacinto, il est porte-lanterne dans la Confrérie. »

Je me fichais pas mal et de Jacinto et de sa mère et, comme décidément Dolorès ne pouvait m'être d'aucun secours, je la quittai assez brusquement pour filer à la *Nueva Antequera.*

Alonso était seul quand je suis arrivé, avec une heure de retard, à notre rendez-vous.

« Je commençais à être inquiet, Pépé!

— Ne t'en fais pas, vieux... Où est Charley?

— Parti. Plutôt de mauvaise humeur.

— Pourquoi?

— Parce qu'il est persuadé que tu es en train de le doubler et que tu ne respectes pas nos conventions.

— Aucune importance, j'ai d'autres soucis que l'amour-propre de Mr. Arbuthnot... Alonso, ils ont enlevé Maria! »

Il sursauta.

« Qu'est-ce que tu dis?

— Tu as parfaitement entendu. Lajolette a fait enlever Maria. »

Il n'en revenait pas, Alonso, et je voyais bien que ça tournait à toute vitesse dans sa tête. Il devait être en train de parcourir à une allure accélérée le chemin que j'avais suivi dans ma chambre. Quand il fut arrivé à la conclusion qui s'imposait, il avait l'air vraiment malheureux.

« Mais alors...

— Eh oui! Alonso... On a pris une fausse piste... Maria n'est pas avec eux.

— Pourtant, son frère...

— Vraisemblablement son frère non plus.

— Allons donc! Son couteau...

— Il doit y avoir une explication. »

Il lui fallut quelques secondes pour digérer ces informations. Puis, il se transforma. Le type incrédule et quelque peu désemparé redevint celui que j'avais toujours connu quand il était lancé aux trousses d'un truand d'envergure. Dur comme de l'acier, mon Alonso. Ça me faisait rudement plaisir. A présent, j'avais confiance, je savais que nous gagnerions la partie, qu'on retrouverait Maria et Juan, qu'on aurait la peau de Lajolette et que Cliff Anderson pourrait prendre sa retraite en en ayant terminé avec la tâche qu'il s'était imposée.

« Tu as une idée de ceux qui ont fait le coup, Pépé?

— Mieux que ça, je les connais.

— Non?

— Si. Les Percel.

— Ses patrons?

— Oui, et je peux même te dire qu'ils ont kidnappé Maria entre vingt-deux et vingt-trois heures hier soir.

— Dis-moi tout de suite que tu sais où est Maria pendant que tu y es!

— Je m'en doute. »

J'ai cru comprendre qu'Alonso me regardait avec une certaine admiration et j'en eus ma petite vanité agréablement chatouillée, car Alonso n'était pas considéré comme le premier venu au F.B.I. Il jeta quelques pesetas sur la table et, se levant :

« On y va?

— Rassieds-toi, vieux... Il faut d'abord avertir Charley.

— Et où veux-tu que je le pêche?

— Téléphone au *Madrid.* »

C'est ce qu'il fit, mais l'Anglais n'était pas à son hôtel et il n'avait pas laissé d'adresse où le joindre. Alonso m'apprit qu'en tout cas on avait rendez-vous avec lui à vingt-trois heures au *Cristina.* Il ne tenait plus en place, Alonso.

« Allez, maintenant, filons à la Cuna!

— Non. »

Il se rassit, vexé.

« Qu'est-ce qu'il y a encore?

— Réfléchis, Alonso. Les Percel ne te connaissent pas. S'ils voient un inconnu avec moi, ils vont se méfier et ce sera plus dur.

— Autrement dit, tu veux encore faire cavalier seul? Dis donc, Pépé, je vais finir par croire comme Charley que tu as l'intention de tirer toute la couverture à toi? Seulement, mon petit père, j'ai juré à Ruth de te ramener en bon état à Washington, alors, que ça te plaise ou non, je t'accompagne! »

J'eus un mal fou à lui faire comprendre que je m'en tirerais mieux seul, au début du moins, et j'étais décidé de faire dire aux Percel où se trouvait Maria et où se cachait Lajolette.

« Et si jamais Lajolette était chez eux quand tu y arriveras?

— Ça m'étonnerait... En tout cas, n'aie crainte, je tirerai le premier. »

Il n'avait pas l'air tellement convaincu, Alonso.

« Tout de même, Pépé, c'est moche de me laisser tomber... C'est la première fois. Tu es sûr qu'on ne peut pas faire le coup ensemble, comme d'habitude? »

Il semblait si malheureux que je me laissai attendrir.

« Bon. Ce n'est pas la peine de me jouer la grande scène de la désolation. Amène-toi, mais tâche de te débrouiller pour passer inaperçu et n'intervenir que si j'ai besoin d'aide. D'accord?

— D'accord! »

Par mesure de précaution et par crainte d'une surveillance possible, Alonso — feignant de lire son journal — me suivait à cent mètres quand j'entrai dans la Cuna. Je frappai à la porte qui me fut ouverte de l'intérieur, mais j'oubliai de la refermer complètement. Parvenu sur le palier des Percel, j'attendis d'entendre le pas étouffé d'Alonso pour sonner. Encore une fois, ce fut doña Josefa qui parut sur le seuil. Elle n'eut pas le temps de se composer un visage.

« Vous, don José?

— Moi, doña Josefa.

— C'est que... vous nous excuserez, mais... mais nous sommes très occupés, mon mari et moi... Des... expéditions à faire... des papiers à remplir... surtout que durant la Semaine sainte on ne peut guère espérer se faire aider...

— Mais je suis prêt à vous donner un coup de main, doña Josefa, et je serais très heureux de vous rendre service! »

Je pénétrai dans l'appartement avant qu'elle ne fût revenue de sa surprise. Je traversai l'antichambre et entrai au salon où, en me voyant, don Alfonso, qui était en manches de chemise, jaillit de son fauteuil.

« Señor Moralès!... »

Il enfila rapidement sa veste.

« Qu'y a-t-il? Que se passe-t-il?

— Parce qu'il se passe quelque chose, don Alfonso? »

Doña Josefa intervint brutalement :

« Tais-toi donc, Alfonso. Il se passe simplement que le señor Moralès est monté nous saluer... Je lui ai dit que nous étions très occupés... »

Docilement, il répéta :

« Très occupés... »

Personne ne m'offrant de m'asseoir, je pris une chaise et m'installai. Le mari et la femme se regardèrent et je devinai que mon attitude commençait à leur faire peur. Une fois encore, doña Josefa essaya de me convaincre.

« A un autre moment, nous serons très heureux de vous recevoir...

— Rassurez-vous, señora, je me retirerai dès que vous aurez répondu à la question que je suis venu vous poser. »

J'étais certain que ce serait don Alfonso qui, des deux, craquerait le premier. D'une voix tremblante, il me demanda :

« Une... une question? Pour... Pourquoi une... question? »

Sa femme, elle, acceptait la bataille. Elle s'y était décidée d'un coup quand elle avait deviné que je venais dans une intention précise. Elle coupa la parole à son mari :

« Je t'ai déjà dit de te taire! Voyons cette question, señor Moralès?

— Qu'avez-vous fait de Maria? »

Il y eut un long silence où doña Josefa et moi nous nous dévisageâmes haineusement. Percel se laissa choir dans son fauteuil où il se recroquevilla. Son épouse s'enquit doucement :

« Pourquoi me demandez-vous ça?

— Pour voir si vous seriez surprise d'apprendre la disparition de Maria. »

Elle se mordit les lèvres de dépit.

« Mais... je suis plus que surprise!

— Non, doña Josefa, vous ne l'êtes pas.

— Qu'en savez-vous donc?

— Maria n'étant pas venue travailler aujourd'hui, en me voyant, vous auriez dû tout de suite me parler d'elle...

— J'ai oublié... dans tous mes soucis...

— Non, doña Josefa, une expédition de marchandises ne peut empêcher de penser à l'absence inexpliquée de celle qu'on aime comme sa propre fille. Vous ne m'avez pas demandé des nouvelles de Maria parce que vous savez que, pour le moment, elle va bien.

— Et comment donc le saurais-je?

— Parce que vous l'avez enlevée. »

Il y eut de nouveau un silence pesant et on entendit don Alfonso gémir plaintivement. Déjà, il ne comptait plus. Sa femme fit front.

« Vous êtes ivre, sans doute, señor Moralès?

— Menez-moi auprès de Maria et vite! »

Elle souffla comme un taureau et s'approcha de moi. Qu'elle était loin, tout d'un coup, la souriante Mme Percel! Ce visage dur, ces yeux froids ne cachaient plus une violence cruelle. Entre ses dents, elle grogna :

« Sortez... Sortez vite, ça vaudra mieux pour vous!

— Pas sans Maria... »

Elle se jeta sur moi de tout son poids. Nous ne sommes pas des délicats au F.B.I., et je la frappai sèchement au visage. Etourdie, elle recula. A son tour, don Alfonso se rua à l'assaut. Je l'arrêtai d'un direct sur le nez qui l'envoya bouler dans un coin, du sang plein le visage. Doña Josefa poussa un hurlement :

« Vous l'avez tué!

— Pas encore, mais ça pourrait venir... Il a bien tué Esteban, lui... »

Livide, elle me contemplait, hallucinée.

« Vous savez ça... aussi?

— Et bien d'autres choses encore...

— Alors, tant pis pour vous, monsieur l'agent du F.B.I.! »

Elle manqua m'avoir par surprise, tant je m'attendais peu au véritable saut qu'elle fit et ses ongles passèrent à quelques millimètres seulement de ma figure. Elle se battait comme un homme dont elle avait la force. Pendant près de dix minutes, nous luttâmes ainsi que des truands qui veulent mutuellement se tuer. Don Alfonso s'était agrippé à mes jambes. Nous avions fini par rouler au sol tous les trois et, un instant, j'eus peur de ne pouvoir me débarrasser de mes assaillants. Mes coups se perdaient dans la graisse de la femme. D'une ruade qui l'atteignit au ventre et l'étendit sans connaissance, je me débarrassai de l'homme. Contre doña Josefa, je me décidai à mettre le paquet. Du tranchant de la main, je la cueillis à toute volée sur la trachée-artère. Elle vira au violet et s'écroula, le souffle coupé. Par une ironie du sort, ce fut à cet instant que, sous la fenêtre, les musiciens marchant en tête de la procession du Christ « de la Salud et Buen Viaje » firent entendre de nobles accents. Doña Josefa, assise sur son séant, haletait. J'eus beaucoup de mal à la hisser dans un fauteuil. Elle n'était pas une beauté en temps ordinaire, mais à ce moment elle était assez horrible à voir. Je n'y étais pas allé de main morte. Fouillant dans le buffet de la salle à manger, j'y découvris une bouteille de cognac à peine entamée. Je lui en insérai le goulot entre les lèvres et lui en fis avaler une bonne rasade. Elle sursauta, écarta la bouteille, éructa longuement et, tous ses esprits revenus, m'interrogea froidement :

« Et alors?

— Et alors, doña Josefa, vous allez vite me dire où est Maria.

— Non.

— Dommage pour don Alfonso... »

Je m'approchai du mari toujours évanoui et levai mon pied au-dessus de son visage. Sourdement, elle demanda :

« Que comptez-vous faire?

— Lui écraser la figure. »

Elle eut une sorte de râle fort désagréable à entendre et soupira :

« Non... Laissez-le. »

Ce monstre femelle aimait son compagnon.

« Maria est dans l'entrepôt.

— Vivante? »

Elle opina de la tête.

« Pas abîmée?

— Non.

— Pourquoi l'avez-vous enlevée?

— On a obéi.

— A Lajolette? »

Elle tressaillit, puis se tassa sur elle-même.

« Puisque vous êtes au courant... »

Je m'approchai et me penchai vers elle.

« Ecoutez-moi, doña Josefa. Alfonso et vous, vous êtes fichus... Nous sommes aux trousses de Lajolette. Nous allons l'avoir... Votre dernière chance, c'est de vous mettre de notre côté. »

Elle haussa les épaules, résignée.

« Qu'est-ce que vous voulez que je fasse? Si je parle, il nous tuera... Si je ne parle pas, c'est vous qui... »

Je l'interrompis :

« Il y a un moyen : vous me dites où je peux trouver Lajolette et je vous emmène en prison avec votre mari.

— En prison?

— Où l'on vous gardera à l'abri jusqu'à ce que nous en ayons fini avec ceux que nous cherchons. »

Ses yeux s'illuminèrent.

« Pas bête ça. »

Elle respira fortement.

« Marché conclu, don José!

— Tu es folle, Josefa! »

C'était Alfonso qui, ayant repris ses sens, se mêlait au débat. Il n'allait pas tout me faire rater, celui-là! Flageolant sur ses jambes, il vint en vacillant jusqu'à nous et se cramponna au bras du fauteuil où sa femme était assise.

« Ne l'écoute pas, Josefa! Ne l'écoute pas! C'est un piège! »

Elle secoua la tête, butée.

« Ne te mêle pas de ça, Alfonso... Don José a raison, il vaut mieux tirer notre épingle du jeu tant qu'il en est encore temps. »

A cet instant, je perçus le bruit de la porte qui s'ouvrait silencieusement dans mon dos. Je ne me retournai pas, certain qu'il s'agissait d'Alonso.

« Pour rencontrer Lajolette, don José, vous n'avez qu'à... »

C'est alors qu'elle vit Alonso. Elle se leva d'un bond et, de nouveau, se rua sur moi, ayant empoigné au passage un lourd chandelier de cuivre qui était sur une petite table. On entendit un plouf! Doña Josefa s'arrêta pile, ses traits marquèrent une sorte de stupeur. Elle voulut crier, mais un flot de sang lui jaillit de la bouche et elle bascula en avant. Le bruit de sa chute fit vibrer le mobilier. Je n'eus pas le temps de réaliser exactement ce qui venait de se produire, qu'Alfonso courait vers mon collègue. Au moment où il me dépassait, j'entendis encore : plouf! et je vis littéralement sauter le crâne du petit homme. Alors, je me tournai d'un élan vers Alonso qui souriait.

« Je crois que j'ai été bien inspiré de mettre un silencieux, hein, Pépé? »

J'étais hors de moi.

« Mais nom d'un chien de nom d'un chien! pourquoi as-tu tiré? »

Ahuri, il me regardait, incapable de trouver ses mots. Quand il y parvint, ce fut pour me dire amèrement :

« Toi, je te retiens... Je te sauve la vie et c'est de cette façon que tu me remercies?

— Tu me sauves la vie? Tu ne pensais tout de même pas que cette grosse mémère allait m'avoir, non? Ou que cette demi-portion d'Alfonso m'étoufferait dans ses bras... Et maintenant, non seulement je n'ai pas pu leur faire dire ce qu'ils savaient, mais encore nous voilà avec deux cadavres sur les bras! Tu vieillis, amigo...

— Oh! la barbe!... Ça fait je ne sais combien de fois qu'ils te cognent dessus, je te retrouve avec des agrafes sur la tête et tu voudrais que je reste les bras croisés pendant que tu subis un nouvel assaut? Si j'avais su...

— Voilà pourquoi je ne voulais pas que tu viennes... »

Il avait vraiment l'air embêté, Alonso. Il s'approcha des deux corps, les retourna, leva les yeux vers moi et, timidement :

« Alors, Pépé... tu penses que je suis un tueur? »

J'allai le prendre par les épaules.

« N'exagère quand même pas, Alonso! Tu as éliminé deux belles crapules, seulement on n'est pas plus avancé sur le compte de Lajolette.

— Ouf! J'aime mieux t'entendre parler comme ça... C'est vrai, tu finissais par me coller des complexes! Quant à Lajolette, on le tient, vieux...

— Comment ça?

— Voyons, Pépé! Il est coincé maintenant, Lajolette! Il voit que nous saccageons son business, que nous démolissons ses gens : de gré ou de force, il va falloir qu'il réagisse. Crois-moi, Pépé, ce n'est plus qu'une question d'heures avant que le salaud montre le bout de son nez... »

En attendant la réalisation du pronostic d'Alonso, il y avait les cadavres d'Alfonso et de Josefa sur le plancher et je ne voyais vraiment pas de quelle façon nous pouvions nous en débarrasser. Le plus simple était de maquiller l'affaire en crime crapuleux. Sans le dire à Alonso, je pensais que, de cette manière, Fernandez aurait moins de mal à faire disparaître nos traces. Nous avons ouvert et vidé les tiroirs, éventré les coussins, enfin tout ce qu'auraient pu inventer des voyous venus chercher de l'argent. Lorsque nous eûmes terminé, il y avait un beau gâchis. Je me suis même demandé si nous n'avions pas forcé la note. Comme mon copain s'étonnait que nous ne soyons pas déjà allés délivrer Maria si je me doutais de l'endroit où elle se trouvait, je lui fis remarquer qu'il était vraiment inutile de la mettre au courant de nos exploits.

Nous avons déniché Maria enroulée dans un tapis et bien ficelée. Un foulard lui servait de bâillon, mais on avait quand même pris soin de l'installer aussi confortablement que possible. Les Percel devaient avoir, tout compte fait, une certaine affection pour la jeune fille. Quand nous l'eûmes libérée, elle fondit en larmes. J'étais bouleversé, mais je ne pouvais oublier qu'elle m'avait mis à la porte de sa maison, et puis j'avais honte de ce que j'avais pensé de la femme que j'aimais. Nos premiers rapports furent un peu gênés, bien qu'elle me remerciât de ce que j'avais fait pour elle et, lorsque je l'eus rassurée au sujet de Juan, je demandai à Alonso de ramener Maria à la Palma. Il aurait voulu que ce fût moi qui me chargeasse de ce soin, mais je refusai, invoquant de mystérieuses raisons qui lui firent froncer le sourcil. Je lui demandai encore de rester auprès de Maria le plus longtemps possible et lui promis d'être au *Cristina* à vingt-trois heures comme convenu. C'est seulement lorsqu'ils m'eurent quitté et que j'eus rejoint Sierpès que je me rappelai ne pas avoir vérifié si les couvre-pieds étaient toujours dans l'entrepôt.

Il me fallait entrer au plus vite en contact avec le commissaire Fernandez, mais je sentais le besoin de me reposer quelques instants, de me reprendre, et je décidai d'aller passer un moment dans ma chambre. Comme toujours, la foule se pressait nombreuse dans les rues avoisinant le parcours officiel des processions. A la hauteur de la Plaza, je rencontrai la Confrérie de la Candelaria et priai en moi-même la Vierge de San Nicolas de me pardonner de lui avoir expédié — plus tôt que prévu — deux pécheurs dont les âmes souffriraient sans doute assez longtemps en purgatoire...

En arrivant au *Cecil-Orient*, je téléphonai à Fernandez pour lui annoncer que j'avais du nouveau et du sérieux. Il m'offrit de le rejoindre, mais j'invoquai ma fatigue et mon désir de me délasser.

« Dans ce cas, restez dans votre chambre, amigo, je vous envoie Lucero... car lui aussi a des nouvelles pour vous. »

J'étais occupé à me baigner le visage lorsque Lucero entra dans la salle de bain.

« Excusez-moi de n'avoir pas frappé, señor, mais j'ai cru préférable de ne pas attirer l'attention des voisins. » Souriant, il prit place dans un fauteuil.

« Alors, señor Moralès, quels exploits avez-vous encore accomplis aujourd'hui?

— Des exploits qui vont vous causer du tracas, je le crains, señor Lucero.

— Vraiment? »

Je lui racontai la visite de Juan, mon scepticisme, puis comment j'en étais arrivé à douter de mes convictions, enfin mon entrevue tragique avec les Percel et la manière dont elle s'était terminée. Au fur et à mesure que j'avançais dans mon récit, le visage du policier changeait d'expression. De souriant, il devenait grave, puis inquiet. Lorsque j'eus terminé, il se leva.

« Sale affaire! Il faut que j'aille avertir le commissaire tout de suite... Je ne vois pas trop de quelle façon nous devrons agir pour tenter d'étouffer cette histoire... »

Je lui détaillai la mise en scène que nous avions réalisée, Alonso et moi. Sa figure s'éclaira.

« Vous êtes décidément des types qu'on ne prend pas au dépourvu. Un crime crapuleux? Parfait... On pourra lâcher la presse, aucune importance, et on écrira de jolis papiers sur l'abominable impiété de certains malfaiteurs profitant de la Semaine sainte pour assassiner leur prochain! Vous m'enlevez un poids, vous savez, señor! A mon tour de vous annoncer que l'embarquement de la drogue est proche. Un des camions des Percel a pris la route d'Huelva. »

Ce fut à mon tour de m'inquiéter.

« Il y a longtemps?

— Peu de temps avant que vous n'arriviez vous-même chez les Percel. Un peu plus et vous vous trouviez nez à nez...

— Mais alors il doit être sur le point d'arriver à Huelva?

— Non. Le camion, qui est repéré de village en village, s'est arrêté à Sanlucar la Mayor... A mon avis, il n'en repartira pas avant la nuit pleine. Aucun souci à se faire, la police du port est avertie et l'attend. On laissera procéder au déchargement et à l'embarquement pour repérer le cargo. C'est alors que nous interviendrons. Je crois que l'affaire est dans le sac, señor Moralès...

— Oui, mais Lajolette?

— Ça, c'est votre problème particulier, mais je ne serais pas étonné qu'il présidât aux opérations sur place.

— Espérons-le. Vous y allez?

— Je pars dans une heure. Je vous emmène?

— Non, je ne peux tout de même pas faire ça à mes amis.

— Vos amis? »

Il insista sur le pluriel.

« Alonso Muaquil, mon collègue du F.B.I., dont je vous ai déjà parlé, et Charley Arbuthnot, de Scotland Yard, qui, lui aussi, est sur l'affaire... Nous avons fait alliance.

— Dans ce cas, ce sera vraiment une partie très internationale!

— J'ai rendez-vous avec eux, au *Cristina*, à vingt-trois heures. De là, nous filerons à Huelva.

— Vous m'y verrez donc, señor. »

Comme Lucero prenait congé fort civilement, je le retins.

« Señor Lucero, il faut que je vous confesse une erreur...

— Vous m'étonnez?

— Si... Dans notre métier, malgré tous les avertissements, en dépit de l'expérience, il nous arrive de tomber dans le piège des conclusions hâtives...

— Ce qui veut dire?

— Que je ne crois plus à la culpabilité de Juan Alguin dans le meurtre d'Esteban, bien que son couteau ait été l'arme du crime.

— Vous avez trouvé des preuves de son innocence?

— Non, mais j'ai eu une conversation avec lui comme je vous l'ait dit, et puis l'enlèvement de sa sœur... »

Il m'interrompit, très froid, très sec :

« La passion est aussi un piège tendu aux policiers, señor, et prendre ses désirs pour des réalités mène également à l'erreur. J'imagine que si ce jeune homme appartient à la bande que nous traquons, il ne doit pas y peser d'un bien gros poids, et si l'enlèvement de sa sœur était une nécessité, on ne lui a sûrement pas demandé son avis. A tout à l'heure, señor, on ne commencera pas sans vous. »

J'eus beaucoup de mal à remonter l'avenue Antonio Primo de Rivera où, avant son entrée dans la cathédrale, stationnait la Confrérie de la Santa Cruz, dont les noirs pénitents formaient une haie d'honneur entre les pasos et les spectateurs. Quelques-uns, parmi les plus jeunes, avaient relevé leur cagoule et buvaient de l'eau fraîche ou écoutaient les recommandations de leurs parents.

Alors que je débouchais sur la place Calvo Sotelo, on me tira par la manche. C'était Juan. Très vite, il se mit à parler.

« Don José, je viens de voir ma sœur. Elle m'a dit... Je voulais vous remercier... Elle ne m'a pas confié qui l'avait enlevée?

— Les Percel. »

Farouche, il déclara :

« Je vais aller les trouver! »

Il ne manquait plus que ça! Je ne tolérerai pas que ce petit imbécile flanque tout par terre! Sans compter que si on le surprenait chez les Percel, il aurait du mal à expliquer pourquoi il avait rendez-vous avec deux cadavres...

« Non, Juan. Tu vas rester tranquille.

— Mais don José, je ne peux pas permettre...

— Tu n'as rien à permettre! Ta sœur est saine et sauve, n'est-ce pas? Bon. Quant aux Percel, ne te fais pas de souci pour eux.

— Mais il faut qu'ils paient!

— Et qui te dit qu'ils n'ont pas déjà payé... et cher? Très cher? »

Il me regarda comme pour essayer de deviner ce

que je voulais lui faire entendre, et puis un sourire illumina son visage.

« Merci, don José... »

Je repris mon chemin, mais il m'accompagna. Il avait sans doute encore quelque chose à me confier. Il s'y décida au bout de quelques pas.

« Don José, vous pensez toujours que c'est moi qui ai tué cet Esteban? »

Malgré l'avertissement de Lucero, avant même de réfléchir, je répondis :

« Non.

— Alors, don José, laissez-moi aller avec vous... Je tiens à vous montrer ce dont je suis capable! Ce sera la seule façon de me prouver que vous ne doutez plus de moi. »

Il y avait une telle sincérité dans sa voix que je fus complètement rasséréné; ce garçon-là était un brave garçon. En dépit du policier andalou, il y a des accents qui trompent difficilement.

« Ce n'est pas possible, Juan... Dans quelques instants, je vais filer en... en excursion.

— Emmenez-moi? »

Il n'aurait tenu qu'à moi, j'aurais accepté, mais les deux autres n'eussent peut-être pas vu les choses de la même façon. Ils n'aimaient pas Maria comme je l'aimais.

« Je ne pars pas seul... »

Il avait l'air tellement déçu que je ne voulus pas le laisser tomber.

« Ecoute... je rejoins mes amis au *Cristina.* Nous ferons appeler une voiture. Débrouille-toi... Ou plutôt, c'est toi qui vas aller chercher une voiture... Arrange-toi pour qu'elle soit assez puissante pour nous faire faire une centaine de kilomètres très rapidement et qu'elle ait un coffre à bagages assez grand...

— Une américaine?
— Tu crois en dénicher une?
— Je connais un type qui a une vieille De Soto avec laquelle il emmène les étrangers à Ronda ou à Grenade... mais ce sera cher.
— Aucune importance.
— S'il est chez lui, vous me trouvez devant le *Cristina* dans une demi-heure. »

Il y avait encore beaucoup de monde quand j'entrai au *Cristina*. Il me parut que, sous son amabilité forcée, Arbuthnot me faisait grise mine. Tout de suite, d'ailleurs, il m'attaqua :

« Décidément, Moralès, il est dit que vous entendez travailler seul? Muaquil m'a mis au courant de vos exploits de cet après-midi. Félicitations... Mais avez-vous juré de me tenir à l'écart? Dans ce cas, il aurait été peut-être plus correct de me le dire dès notre rencontre à San Fernando? Qu'est-ce que je vais raconter au Yard, moi? Vous avez une drôle de notion du mot coopération, vous autres, Américains! »

Je le calmai comme je pus en lui affirmant que ce que nous arrivions à faire individuellement, par intuition ou par hasard, était quand même à porter au compte de l'équipe tout entière, et je lui jurai que s'il avait eu la patience de m'attendre à la *Nueva Antequera*, il aurait pris part au massacre, si c'était cela qu'il regrettait. Au surplus, comme notre action devait rester secrète, rien ne l'empêcherait de raconter ce qu'il lui plairait à ses chefs londoniens.

Cette perspective parut apaiser Charley qui partit d'un grand éclat de rire et tint à nous offrir une bouteille, non sans m'avoir fait promettre de ne plus jouer les francs-tireurs, ce à quoi je m'engageai bien volontiers puisque j'avais l'intention de l'emmener avec nous. L'atmosphère s'éclaircit, nous passâmes deux heures bien reposantes en faisant un excellent souper. Au cours du repas, je m'étais absenté pour téléphoner à Fernandez et j'avais appris que le camion n'était parti de Sanlucar la Mayor qu'à vingt-trois heures. Je priai le commissaire de dire à Lucero que je serais sur place vers deux heures trente. J'avais profité de ce coup de téléphone pour aller jeter un coup d'œil et voir la De Soto. Elle était confortable. Son chauffeur reçut l'assurance que Juan était d'accord avec moi et qu'il devait attendre un moment avant de partir pour laisser le temps au garçon de se glisser dans le coffre à bagages que le frère de Maria avait déjà préparé.

Vers une heure, l'addition réglée, Arbuthnot nous demanda si nous avions l'intention de nous coucher et, dans la négative, si nous avions une proposition à lui soumettre. Savourant d'avance leur surprise, j'annonçai la nouvelle :

« Je vous emmène tous les deux à Huelva...

— A Huelva?

— A cette heure-ci?

— Pour y coincer la bande de Lajolette... »

Ils restèrent sans voix, se contentant de me contempler avec des yeux ronds. Je n'étais pas mécontent.

« ... qui embarque cette nuit une cargaison de drogue à destination de La Havane et de là pour la Floride probablement. »

Ils étaient anéantis, mes chers collègues. Le premier, Charley reprit ses esprits.

« Ce n'est pas une blague?

— Elle serait de mauvais goût. »

Alonso, à son tour, protesta :
« Mais enfin, comment sais-tu ça?
— Je vous l'expliquerai après. Pour l'instant, il faut filer.
— A pied?
— Une voiture nous attend dehors. »
Arbuthnot ricana :
« Décidément, vous aviez tout prévu... Félicitations... Vous êtes très fort... beaucoup plus fort que nous, n'est-ce pas, Muaquil? »
Alonso fut très chic.
« José est un de nos meilleurs agents du F.B.I., ça ne m'étonne pas de lui. »
Je ne voulais pas abuser de mon triomphe.
« Ne nous attendrissons pas. Partons. »
Charley, qui ne voulait pas être en reste, annonça négligemment :
« A mon tour de vous apprendre quelque chose que, je l'espère, vous ignorez encore... Lajolette a quitté Barcelone depuis plusieurs jours. J'ai téléphoné cet après-midi à notre agent. »
Rien ne pouvait me faire davantage plaisir.
« Espérons qu'il sera au rendez-vous d'Huelva! »
En se levant, Charley, qui digérait difficilement de se voir réduit au rôle de comparse (toujours ce vieil orgueil britannique), déclara avec amertume :
« Je dois sans doute vous remercier de m'inviter à la curée?
— Si Lajolette vous descend, vous ne penserez peut-être plus à me remercier, Charley! »
Il haussa les épaules.
« Personne ne m'a encore descendu et je suis sûr, mon cher Moralès, que ce n'est pas Lajolette qui y parviendra. »

Mercredi saint.

Le voyage fut sans histoire. La voiture roulait bien. Mes collègues n'avaient pas encore digéré ma victoire et me boudaient un peu. Nous avons traversé Sanlucar la Mayor endormie, franchi le Guadiamar, coupé les vignobles de Manzanilla pour lesquels j'eus une pensée reconnaissante. Il y avait encore du monde dans les rues de la Palma del Condado malgré l'heure tardive. Il est vrai que les notions de l'heure sont pour les Andalous tout à fait différentes de celles des autres Européens. Puis, très vite, ce fut San Juan del Puerto et, enfin, Huelva. Nous avions couvert les quatre-vingt-quatorze kilomètres en une heure et quart. Nous abandonnâmes la voiture bien avant le port pour n'éveiller l'attention de personne. Je ne me souciais pas de Juan qui saurait bien me rejoindre.

Nous avons sursauté lorsqu'un homme s'est dressé devant nous, revolver au poing, sans que nous l'ayons vu sortir de sa cachette. C'était Lucero.

« Vous êtes en avance, señor... Qui sont ces messieurs? »

Je fis les présentations :

« Alonso Muaquil, du F.B.I.... Charley Arbuthnot,

de Scotland Yard... L'inspecteur Lucero, de la police de Séville... »

L'Anglais témoigna d'une humeur exécrable :

« Vous avez mis la police officielle dans le coup, Moralès, à ce que je vois, et, une fois de plus, sans nous en parler... »

Alonso lui-même ne semblait pas très content.

« C'est vrai, José, tu exagères... Pourquoi ne nous as-tu pas prévenus? Tu préfères nous faire passer pour des imbéciles?

— J'ai voulu éviter vos reproches... Je n'y ai pas réussi d'ailleurs... Mais tonnerre! ce n'est pas à nous trois, sans mandat officiel, que nous allons monter sur un bateau où Lajolette peut nous attendre! »

Alonso se tourna vers Charley.

« Au fond, il a raison... »

Arbuthnot en convint, mais de mauvaise grâce.

« D'accord, mais c'est le procédé qui ne me plaît pas. »

Un policier accourut et chuchota quelque chose à l'oreille de Lucero, qui le renvoya presque aussitôt.

« Messieurs, nous allons donner l'assaut... Le navire est ce cargo que vous voyez là-bas, à gauche... Il s'appelle *La Caridad* et voyage sous pavillon panaméen... Je vous demande de ne pas vous mêler à l'affaire pour éviter les complications, mais comme je suppose que vous êtes tous armés et que vous êtes surtout ici pour un homme plus que pour la drogue, je vais vous prier, señor Moralès, d'aller vous mettre entre ces ballots, vous, señor Muaquil, de rester ici derrière ces fûts et vous, señor Arbuthnot de vous placer entre ces madriers, à gauche. Votre rôle consistera à surveiller le cargo et si vous voyez quelqu'un échapper à notre coup de filet, de l'arrêter. »

Nous l'avons assuré qu'il pouvait compter sur nous. Si Lajolette était à bord de *La Caridad*, il tenterait sûrement de filer et je suppliai la Macarena de le faire se diriger de mon côté. Nous avons gagné nos emplacements désignés et l'affût commença. J'avais l'habitude de ces longues attentes mais jamais encore je n'avais eu l'occasion de guetter un gibier de l'importance de Lajolette, pièce maîtresse du plus beau tableau que policier puisse jamais rêver. Il faisait une nuit magnifique. Je distinguais parfaitement *La Caridad* et l'homme qui veillait à sa proue. Soudain, je tendis l'oreille : on s'approchait de moi avec d'infinies précautions. Crispé, prêt à bondir, je levai lentement mon Lüger mais un appel chuchoté suspendit mon geste :

« Don José?...

— C'est toi, Juan?

— Oui.

— Ne fais pas de bruit... »

Le frère de Maria se coula jusqu'à moi.

« Comment t'y es-tu pris pour passer?

— J'ai l'habitude... Vous pensez qu'on l'aura, ce Lajolette?

— Je l'espère bien.

— Bon, alors, je repars...

— Où vas-tu?

— Protéger vos arrières... Ce que j'ai fait, un autre peut le faire... »

Il se fondit dans le noir avant que je n'aie pu le retenir. Il avait des dispositions, ce garçon... Il plairait à Cliff Anderson. Mais ce qui se passait sur le quai m'empêcha de penser plus longtemps à Juan. Je devinais les ombres des hommes de Lucero se rapprochant sans éveiller l'attention du guetteur sur le pont du navire. Brusquement, un coup de sifflet retentit. Des projecteurs s'allumèrent, éclairant le cargo. Des canots à moteur s'avancèrent de l'est et de l'ouest vers *La Caridad* pour lui couper la route au cas d'une tentative de fuite. Lucero avait déjà empoigné l'échelle de coupée. Sur le bateau, on voyait des gens courir. Un coup de feu claqua, suivi d'une rafale de mitraillette. On entendit la chute d'un corps dans l'eau. Je me confondais dans mon coin, épiant désespérément la moindre silhouette qui essaierait de s'enfuir de notre côté. Devrions-nous laisser tout le travail à Lucero? J'enrageais... Il y eut encore quelques coups de feu puis ce fut le silence, les policiers ayant dû se rendre maîtres du bateau. Au bout d'une vingtaine de minutes à peu près, les premiers prisonniers débarquèrent entourés de flics en armes et qui les obligeaient à tenir les mains jointes sur la tête. Mais Lajolette, où était-il? Les derniers marins descendirent et Lucero me rejoignit.

« Ça y est, señor Moralès. Nous avons trouvé les couvre-pieds soigneusement rangés dans la cale. Une belle prise. Les gars ont voulu résister, ça me permet d'emmener tout le monde. Je laisse des hommes à bord et je vais revenir avec des spécialistes des douanes pour fouiller le navire de fond en comble mais, malheureusement, je ne pense pas que Lajolette se trouve parmi les prisonniers. »

Je m'en fichais pas mal de cette prise qui enchantait les Espagnols!... Moi, ce qu'il me fallait, c'était Lajolette, sinon j'aurais échoué dans ma mission.

« Vous venez avec moi, señor?

— Non... J'attends encore un peu au cas où il se serait caché en surveillant votre départ...

— Je ne le crois pas mais, je vous comprends... A tout à l'heure!

— A tout à l'heure... »

Lucero n'avait pas encore disparu à ma vue qu'un véritable hurlement éclatait derrière moi :

« Don José... attention! »

Instinctivement, sans chercher à comprendre d'où venait cet avertissement et ce qu'il signifiait, je me laissai tomber mais j'avais quand même dû marquer un moment d'hésitation car le coup de feu claqua avant que je n'aie pu quitter la ligne de tir de celui qui me visait et je ressentis une brûlure à l'épaule. J'étais touché. Au même instant, car tout se succéda à une vitesse folle, Juan bondissait en criant :

« Il va vous tuer! Il va vous tuer!

— Couche-toi! »

Je voulus l'empoigner par la ceinture pour l'attirer à moi mais l'assassin fut plus rapide et les deux balles qu'il tira firent mouche car je sentis Juan tressaillir sous l'impact avant de s'écrouler à mon côté. Lucero et ses policiers arrivaient au pas de course.

« Qu'est-ce qui se passe?

— Prenez garde, Lucero! On nous tire dessus! »

Deux coups de feu retentirent encore. Je n'y faisais plus attention. Au mépris de toute prudence, sottement, follement, j'allumai ma petite lampe électrique et il me suffit de balayer le visage de Juan avec son mince rayon, pour savoir que le frère de Maria était mort, mort en me sauvant la vie. Lucero donnait des ordres pour encercler l'endroit où le tueur était présumé se cacher, lorsque Alonso et Charley apparurent le revolver au poing. Alonso m'appela d'une voix tremblante :

« Pépé?...
— Je suis là.
— Dieu soit loué! »
Pendant ce temps, Arbuthnot annonçait triomphalement à Lucero :
« Je crois que nous l'avons eu... Moralès, qui est par terre?
— Juan.
— Le frère de...?
— Oui.
— *Goddam!* »
Alonso me mit la main sur l'épaule et je ne pus retenir un grognement de douleur. Surpris, il regarda sa main et vit le sang.
« Tu es blessé!
— J'en ai pris une dans l'épaule... pas d'importance à côté du petit... »
Je pleurais sans même en avoir conscience. Je pleurais sur Juan, sur Maria et sur mon bonheur perdu car Maria ne me pardonnerait jamais la mort de son frère qui était tombé à cause de moi, pour me prouver qu'il n'était pas ce que je l'avais soupçonné d'être. Moi non plus, je ne me pardonnerais pas cette erreur et sa tragique conséquence.
« Je vais le faire emmener, Pépé... Compte sur moi... Toi, il faut aller te faire soigner. »
J'étais content d'avoir Alonso près de moi. Il pouvait comprendre, lui, tandis qu'Arbuthnot devait mettre mon chagrin au compte d'une sensibilité bien démodée. Un policier accourut pour me dire que Lucero me demandait. Laissant Juan à la garde d'Alonso, je rejoignis le lieutenant.
« Señor Moralès... aurions-nous la chance que ce soit Lajolette? »
Je me penchai sur le cadavre qu'on éclairait, le

cadavre de celui qui avait tué Juan, qui m'avait blessé et que mes collègues avaient abattu. Mon cœur battait à se rompre. Etait-ce Lajolette? Bien que je ne connusse pas les traits du truand, il me semblait que quelque chose en moi crierait si je me trouvais en présence de mon adversaire enfin vaincu. L'homme avait été touché à la tête et était tombé sans lâcher son arme, un Smith et Wesson. Lucero épiait ma réaction.

« Alors?

— Vous connaissez ce type-là mieux que moi, amigo, c'est ce Pedro Hernandez qui a essayé de m'écraser avec sa voiture, à Triana...

— Par exemple!... Vous êtes physionomiste, señor Moralès... Je ne l'ai pas reconnu, il est vrai qu'il a une partie de la figure enlevée...

— Je me souviens toujours de ceux qui ont voulu me tuer. »

*

Ils m'ont opéré de bon matin à cause de la chaleur et je viens de me réveiller dans cette petite chambre d'une clinique sévillane. Je ne souffre pas. La balle n'a pas touché l'os. J'ai eu de la chance, plus que Juan. A peine ai-je repris contact avec la réalité que l'ombre de Juan vient me tenir compagnie. Je serai long à lui échapper si je lui échappe jamais. Ma montre est sur ma table de chevet. Il est quinze heures. Je n'ai pas assez mal pour ne pas m'ennuyer, et puis je ne veux pas rester seul en face de Juan. Maintenant, Maria sait. Alonso a dû rester près d'elle. Désormais, elle n'a plus personne. Toute seule. Mais, comme je la connais, elle va se croire obligée de s'enchaîner à ce jeune mort et de se sacrifier à son frère disparu de la même façon qu'elle se sacrifiait à son frère vivant. Une infirmière m'apporte un jus d'orange et m'annonce fièrement que je me porte aussi bien que possible. Qu'est-ce qu'elle veut que cela me fasse? Ils m'ont fait absorber tellement de drogues que je me rendors et que j'ai la bonne fortune de ne pas rêver.

A la fin de l'après-midi, on change mon pansement. Il paraît que c'est la plus jolie plaie que ces dames et demoiselles aient jamais vue. Et puis voilà Arbuthnot qui entre avec des paquets pleins les bras. Ce grand diable d'Anglais s'imaginerait-il que je suis en train de trépasser? Des bonbons, des livres et, caché dans sa poche, d'où il ne le sort que lorsque la dernière infirmière a quitté la chambre, un flacon de Johnny Walker.

« J'ai davantage confiance en ce vieux Johnny que dans tous les médecins du monde pour retaper un malade... Comment allez-vous, Moralès ?

— Tout ce qu'il y a de bien.

— Vous savez que vous nous avez fait rudement peur? On a bien cru sur le moment que vous étiez passé dans l'autre monde... et en faisant, une fois encore, l'indiscipliné, le voltigeur, hein?

— Et Alonso? »

Il paraît gêné.

« Eh bien, il a été où vous savez... Je ne l'ai pas encore revu...

— Alors... pas de nouvelles de là-bas?

— Non. »

Je l'ai mal jugé celui-là aussi. Il a vraiment l'air d'avoir de la peine. Il faudra que j'aille prendre des cours de psychologie en rentrant à Washington...

« Moralès... Je devine ce que vous ressentez... Excusez-moi de vous raconter ça... »

Il doit faire un rude effort sur lui-même pour oser parler de la « private life » de son interlocuteur, mon brave Anglais!

« ... mais, moi aussi je me suis trompé sur le compte de ce garçon. C'était un bon petit gars... courageux... Vous croyez que je puis aller le dire à sa sœur?

— Mais oui, mon vieux... Elle se sentira moins isolée... Et Lajolette? »

Il haussa les épaules, dégoûté.

« Oh! celui-là... pas moyen de savoir où il se terre... Est-il même à Séville? Pour vous dire la vérité, Moralès, je commence à être fatigué de lui courir après et j'ai bien envie de regagner Londres...

— Vous abandonneriez?

— Que voulez-vous? Je n'ai pas la possibilité de rester en Espagne encore pendant des mois... Le Yard doit se demander si je ne me prends pas pour un touriste voyageant aux frais de Sa Majesté... Et vous? Qu'est-ce que vous comptez faire?

— Franchement, Charley, je n'en sais rien. D'abord guérir mon épaule et sans doute, si rien de nouveau ne se produit d'ici là, reprendre l'avion pour Washington. »

Avec l'entrée de Lucero et d'une infirmière, ma chambre se transforma en salon. La jeune fille qui avait la charge de ma santé essaya bien d'affirmer que les visites risquaient de me fatiguer mais nous l'intimidions et elle préféra s'en aller. Après s'être enquis de mon état et m'avoir transmis les vœux de prompt rétablissement du commissaire Fernandez, Lucero nous apprit que la plupart des marins de *La Caridad* avaient des consciences chargées. Rien que le capitaine qui voyageait sous un faux nom, était recherché par trois pays. Malheureusement, en dépit d'interrogatoires sévères, on n'avait pu obtenir de renseignements sur Lajolette qu'aucun de ces hommes ne semblait connaître. En se retirant, le lieutenant emmena Arbuthnot qui promit de revenir me voir dès le lendemain en espérant bien qu'il me trouverait en train de faire des poids et haltères, ce qui était quand même un peu exagéré.

Je n'avais pas allumé ma lampe de chevet car je pensais à une autre pénombre où Maria devait prier devant le corps de son frère. Dès que j'étais seul, mes pensées revenaient à Juan. Si je n'avais pas accepté qu'il me suivît à Huelva, ce serait Maria sans doute qui se trouverait à mon chevet et cette blessure nous aurait rapprochés peut-être définitivement. Au lieu de ça...

Alonso eut un choc en voyant ma chambre dans l'obscurité et je dus me dépêcher d'allumer pour lui prouver que je n'étais pas mort. Je lui laissai à peine le temps de m'examiner avec une tendresse de mère poule. Je voulais savoir ce qu'il en advenait de Maria.

« Tu dois te douter, Pépé, comment elle a pris l'affaire? Oh! pas de cris, mais, Seigneur! j'ai bien cru qu'elle allait y passer, elle aussi... Elle était raide, blanche... et ne rien pouvoir faire... En face de pareilles misères, on se sent moche, Pépé... moi, plus spécialement...

— Toi, pas plus que les autres, Alonso.

— Si... Mais, il y a Ruth.

— Oui... tu as Ruth... »

Il comprit tout ce que je sous-entendais. Il se pencha sur mon lit.

« Tu es mon seul copain, Pépé... Je n'oublie pas ce que tu as fait pour moi, à propos de Ruth... Ce jour-là, je me suis endetté envers toi et je paierai si le moment vient...

— Alonso... est-ce qu'elle a dit quelque chose... à mon sujet?

— Quand je lui ai rapporté que son frère était mort pour t'avoir sauvé la vie, elle a simplement remarqué : « Il a bien fait, c'était le seul moyen de « le convaincre... » et lorsqu'elle a su que tu étais blessé, j'ai bien vu qu'elle en éprouvait de l'inquiétude. Si tu veux mon avis, Pépé, je crois que tu n'as pas complètement perdu la partie si tu sais être patient, très patient...

— Ne mens pas, va, ce n'est pas la peine... »

Il ne répondit pas et ma protestation qui n'était pas sincère prit une terrible résonance d'inéluctable vérité.

« Quand l'enterre-t-on?

— Demain après-midi... avant le début des processions...

— Tu iras?

— Bien sûr et je pense que Charley m'accompagnera.

— Si je pouvais me lever, tu penses que je...?

— Ecoute, Pépé, il ne faut plus que tu songes à Maria pour le moment... Plus vite tu partiras, maintenant, et mieux cela vaudra. »

Il sortit son portefeuille et en tira un billet d'avion.

« J'ai retenu ta place pour le service de Lisbonne, après-demain soir. Tu monteras dans le Clipper au Portugal. Tu peux être à Washington samedi soir. »

J'examinai les billets.

« Je suis renvoyé, hein?

— Ne dis donc pas de sottises! Tu as fait plus que ta part!

— J'avais promis à Cliff d'avoir la peau de Lajolette.

— Eh! Cliff n'a qu'à venir la chercher lui-même!

— Toi, tu restes?

— Quelques jours encore pour écrire le rapport...

— Et une fois de plus, Lajolette se sera tiré d'affaire...

— Ce n'est pas le premier truand qui nous aura échappé! »

Alonso avait raison. J'avais assez commis de bêtises dans cette histoire. Si j'avais écouté mon ami et si j'étais parti la première fois où il m'en avait prié, Juan serait peut-être encore en vie...

« D'accord, Alonso, je partirai après-demain... J'espère que mon pansement tiendra pendant le voyage...

— Je t'ai recommandé à l'hôtesse et tu as la chance de voyager avec un médecin qui se rend à New York. Tu seras dorloté... »

De nouveau seul, je ne pouvais m'empêcher de dresser et de redresser le bilan de mon séjour à Séville. Quelle tristesse!... Echec partout! Bien sûr, on avait stoppé l'envoi de drogue (du moins pour un temps), bien sûr l'organisation de Lajolette en avait pris un sérieux coup mais n'importe qui d'autre que moi en aurait fait tout autant et aucune raison ne me convaincrait que je n'avais pas payé trop cher mes maigres succès. Maria... Juan... Juan... Maria... Je m'en allais à la dérive dans ce carrousel de fantômes où les Percel, ricanant, venaient prendre place comme pour me prouver que c'était quand même eux qui avaient gagné puisque je partais sans Maria. Je crus tout de bon être la proie du délire lorsque la porte de ma chambre s'ouvrit devant un nazareno blanc et bleu. Avant que je sois revenu de ma surprise, le pénitent avait relevé sa cagoule pour me montrer les traits du chirurgien qui m'avait opéré. Il venait s'excuser de n'être pas venu me voir mais l'interne et les infirmières lui avaient fait les rapports les plus rassurants sur ma santé et il avait été accablé de travail toute la journée. Maintenant — appartenant à la Confrérie du Baratillo — il filait rejoindre ses amis qu'il espérait rattraper à la Campana. Avant de me quitter il posa quelque chose dans ma main :

« J'imagine que dans votre métier, señor Moralès, des souvenirs de cette sorte ne doivent pas vous manquer mais enfin voilà la balle que j'ai retirée de votre épaule. Gardez-la, elle vous rappellera Séville... Dormez bien et à demain. L'interne va venir refaire votre pansement. Bonne nuit. »

Pour essayer de ne plus penser à Maria, je me suis forcé à examiner cette balle qui était destinée à me tuer. Faisant sauter ce morceau de plomb dans ma main, je pensais que si Hernandez avait tiré une fraction de seconde plus tôt, à l'heure actuelle, je serais sans souci, attendant paisiblement de comparaître devant mon Créateur. Tout entier la proie de mes songes, je fixais la balle sans la voir et puis — comme toujours lorsque l'attention se concentre peu à peu — un détail m'accrocha sans que j'en eusse bien conscience, puis un autre et un autre encore. Finalement, je me trouvai assis dans mon lit, penché dans la lumière de ma lampe de chevet pour examiner soigneusement le projectile. C'est dans cette attitude que l'interne de service me surprit. Il me plaisanta amicalement sur mes goûts morbides mais je n'étais pas d'humeur à lui répondre. Il refit mon pansement et je le priai de le faire aussi solide que possible car j'aurais peut-être à sortir avant de le revoir. Il protesta que ce n'était pas parce que j'avais une blessure parfaite que je devais commettre une telle imprudence. En tout cas, lui, au nom de la médecine, s'y opposait formellement et dégageait sa responsabilité si je persistais dans mes extravagantes prétentions. Je ne l'entendis même pas. Lorsqu'il m'eut quitté — beaucoup moins aimable qu'en entrant — je bus une solide rasade de whisky et commençai à me vêtir. Ce fut difficile. D'abord, la tête me tournait un peu, ensuite, s'habiller d'une seule main est un rude travail. Je dus sonner l'infirmière qui, à son tour, poussa les hauts cris mais finit par se laisser convaincre de m'aider quand elle fut bien certaine que rien ne me ferait changer d'avis. Ce fut encore un beau remue-ménage lorsqu'il s'agit de signer mon bulletin de sortie. Tous ces braves gens avaient vraiment l'air de croire que je me suicidais et, de plus, paraissaient profondément ulcérés de ce que je semblais mépriser leur hospitalité.

L'air trop doux de la nuit m'écœura un peu et je vacillais sur mes jambes, mais un effort de volonté me fit reprendre le dessus. Je voulus prendre un taxi et puis je pensai qu'une marche tranquille ne pourrait pas me faire de mal. Il fallait que je me secoue. Je mis plus d'une heure pour atteindre le *Cecil-Orient* car j'évitais les rues trop encombrées de peur d'être bousculé. Je me glissai rapidement derrière les derniers nazarenos de la Confrérie du Prendimiento pour traverser la Plaza et rentrer chez moi. Me déshabiller fut plus facile que de m'habiller. Lorsque je fus en pyjama, j'appelai le commissariat de Fernandez. On me passa Lucero, le commissaire n'étant pas là. Quand il sut que j'étais dans ma chambre d'hôtel, le lieutenant me crut — lui aussi — devenu fou. Lorsque, enfin, il voulut bien mettre un terme à ses reproches amicaux, il songea à me demander pourquoi je l'appelais.

« Je souhaiterais savoir si l'autopsie de Juan a été faite?

— Bien sûr, señor Moralès, et on l'a arrangé avant de le remettre à sa sœur.

— Alors?

— Une balle dans le dos qui a traversé le cœur et une balle dans la nuque.

— Vous les avez, ces balles?

— Je les ai.

— Vous voulez me les faire apporter? »

A son court silence, je devinai sa surprise.

« Tout de suite?

— Non... disons demain matin?

— Entendu.

— Merci... Ah! pendant que vous y êtes, essayez donc de récupérer celles qui ont mis fin à l'existence d'Hernandez? »

Je raccrochai avant qu'il ait eu le temps de me poser d'autres questions. En éteignant la lumière, j'étais beaucoup moins énervé qu'à l'hôpital. Ce calme réconfortant tenait à ce que j'étais convaincu que le lendemain, ou j'aurais rejoint Juan, ou bien je pourrais aller dire à Maria que l'assassin de son frère avait payé. Je suis resté assez Espagnol pour être persuadé que le sang du meurtrier peut seul apaiser le sang de la victime.

Jeudi saint.

Comme il entrait dans ma chambre, Alonso me demanda si je n'étais pas fou. Je ne répondis pas, sachant que tant qu'il n'aurait pas dit tout ce qu'il avait sur le cœur, il me serait impossible de me faire écouter. Tout y passa : mon attitude incompréhensible depuis son arrivée à Séville et depuis qu'Arbuthnot avait joint ses efforts aux nôtres, ma vanité tenant absolument à triompher seule en dépit des promesses faites, mon manque de franchise qui avait peut-être entraîné des dégâts irréparables (il n'osa tout de même pas citer le nom de Juan), mes imprudences, voulant que, blessé, au lieu de me laisser soigner, je recommence à gambader. A bout de souffle, il s'arrêta étonné de mon inertie.

« Pépé... tu pars bien toujours demain soir?

— Je ne sais pas. »

Il repartit de plus belle, parlant des responsabilités qu'il encourait auprès de Cliff Anderson sur le plan professionnel, auprès de Ruth sur le plan de l'amitié. Je n'avais pas le droit de n'écouter aucun conseil! Pour qui donc est-ce que je me prenais à la fin? Parce que je savais que toute cette colère ne reposait que sur son affection, je ne m'en émouvais guère. Je profitai d'un moment où il reprenait sa respiration pour lancer :

« Après tout, je partirai peut-être bien demain.

— Ah! quand même...

— Si je suis encore en vie, naturellement.

— Qu'est-ce que tu veux dire?

— Qu'avant que ne parte l'avion j'aurai rencontré Lajolette et qu'il n'est pas exclu que je ne sois plus de ce monde à l'heure où l'appareil s'envolera pour Lisbonne. »

Il dut s'asseoir sur une chaise. Mon calme tout autant que ce que je venais de lui annoncer lui coupait les jambes.

« Pépé... tu délires ou quoi?

— Regarde... »

Je lui montrai la balle retirée de mon épaule. Il la prit, l'examina :

« Et alors?

— Tu crois qu'elle a été tirée par un Smith et Wesson?

— Ma foi...

— Je peux t'affirmer que cette balle n'a pas été tirée par un Smith et Wesson... Or, Hernandez mort tenait un Smith et Wesson... Conclus?

— Tu veux dire que Lajolette était là?

— Tu tiens sa carte de visite. »

Il resta un moment sans piper mot. Puis :

« Qu'est-ce que tu vas faire?

— Je te l'ai dit : rencontrer Lajolette.

— Mais, non d'un chien, tu ne sais ni qui il est ni où il est!

— Aucune importance. C'est lui qui va chercher à me joindre.

— Pourquoi?

— A cause de cette histoire de balles qui nous mènera fatalement à lui, moi et la police espagnole.

— Mais enfin, comment peut-il être au courant de ta découverte?

— Parce que je n'ai pas l'intention d'en faire mystère, au contraire... Je vais aller chez les policiers, j'en ai déjà parlé au téléphone et comme depuis que je suis arrivé à Séville tout ce que je fais est soigneusement rapporté à notre ennemi...

— Pépé... tu penses que Lucero?...

— Qui peut savoir?

— Et Fernandez?

— Non... pas Fernandez...

— Bon... alors, donne tes ordres, grand chef!

— Mes ordres? Tu vas aller tenir compagnie à Maria comme convenu et me laisser mener mes petites affaires tout seul.

— Qu'est-ce qu'il y a, Pépé?... Tu ne veux plus faire équipe avec moi?

— Bien sûr que si, imbécile! Mais, il y a Ruth...

— En quoi est-ce que ça la regarde?

— Ruth a besoin de toi et « señor » José aussi... Moi, je suis seul... Je n'ai pas le droit de t'obliger à partager des risques que je vais courir volontairement... »

De nouveau, il s'emporta :

« Je fais un métier ou je ne le fais pas! Et je te prie de laisser Ruth en dehors de la question! J'en ai marre de te regarder jouer les héros!

— J'ai une chance sur dix de m'en tirer.

— Raison de plus pour que je reste à tes côtés!

— Non. »

Il se tut, se contentant de m'examiner puis, doucement :

« Pépé... jure-moi que tu ne cherches pas à te

faire descendre à cause de... de Juan et de Maria?

— Je te jure que je ferai d'abord mon boulot mais je dois avouer que si je perds la partie, je n'en aurai pas tellement de regret.

— Dans ce cas, je ne te quitte pas d'une semelle.

— Mais tu as promis d'aller aider Maria?

— Tant pis! »

Je compris qu'il ne démordrait pas. Il me fallait ruser. Ça me dégoûtait bien un peu de mentir à Alonso mais je pensai à Ruth et à mon filleul. C'est pour eux deux que j'allais jouer la comédie. Je fis le type exaspéré qui cède brusquement :

« Bon, tu as gagné... vous resterez avec moi, ce soir, Charley et toi... Préviens-le... Après tout, ce qu'il faut, c'est descendre Lajolette et, à trois, on aura quand même plus de chances... Je vais passer la journée au lit... Venez me chercher à vingt heures et on verra alors de quelle manière on s'y prendra... »

Je me demandais un peu s'il serait dupe. Je voyais bien qu'il me soupçonnait de le mener en bateau. Soupçonneux, il s'enquit :

« J'ai ta parole, Pépé ?

— Tu as ma parole. »

Il n'était pas convaincu.

« Pourquoi as-tu changé si vite d'idée?

— A cause de Maria, d'abord... Je ne veux pas qu'elle soit seule en un pareil moment... et puis, au fond, ce que je t'en disais, c'était pour apaiser ma conscience... Je ne voudrais pas avoir à apprendre à Ruth qu'elle est veuve... mais, puisque tu me forces la main, je peux bien te confier que ça me fait plaisir de te savoir près de moi... »

Je me dégoûtais vraiment mais je tenais si parfaitement mon rôle que sa méfiance s'envola.

« Alors, tu as vraiment cru, idiot, que je te laisserais aller tout seul, avec un bras en moins, te bagarrer avec Lajolette... en admettant que tu finisses par te trouver nez à nez avec lui? »

Il m'embrassa et j'eus envie de pleurer.

Alonso parti, je pris un cachet pour dormir, après avoir mis mon réveil sur dix-huit heures. Je préférais ne pas être debout quand on emmènerait Juan au cimetière, je n'aurais pas pu me retenir d'y aller.

A dix-huit heures, lorsque la sonnerie tinta, je n'eus aucune peine à me réveiller. Je mis assez longtemps pour me nettoyer et me raser. Je dus appeler un garçon pour nouer ma cravate et mettre mes chaussures. Le pourboire que je lui donnai lui ôta l'envie de me poser des questions. Je fis venir un taxi pour m'emmener à la clinique et dans la voiture je défis le paquet que Lucero m'avait fait déposer à la réception. Il renfermait deux enveloppes contenant chacune deux balles, celles qu'on avait retirées des cadavres de Juan et de Hernandez. Elles ne firent que confirmer ce que j'avais enfin compris. Tout allait maintenant se terminer très vite dans un sens ou dans l'autre. Je n'avais pas peur, même pas la plus légère appréhension. Cela m'était indifférent. Juan allait dormir sa première nuit dans la terre et Maria vivre ses premières heures de solitude. Tout le reste n'avait aucune importance.

A la clinique, on me reçut plus que froidement et j'eus l'impression qu'il y avait du dépit dans les constatations qu'on faisait à haute voix sur le parfait état de ma blessure. Je sortis de ces mains charitables en excellente condition et sans la moindre fièvre. J'étais prêt à prendre le chemin que j'avais choisi.

Bien entendu, je n'avais nullement l'intention d'être au rendez-vous que j'avais fixé à mes amis. Il allait piquer une belle colère, mon Alonso, quand il s'apercevrait que je l'avais roulé... A vrai dire, je n'avais pas de programme précis. Je me doutais, j'espérais que les hommes de Lajolette m'avaient déjà pris en chasse et que lui-même finirait par se montrer. Il ne pouvait plus me laisser vivre après cette histoire de balles dont j'étais convaincu qu'il était déjà prévenu. De temps à autre, j'essayai de voir si on me filait mais force m'était de conclure, à mon grand dépit, ou bien que l'on ne s'occupait pas de moi ou que mes suiveurs connaissaient admirablement leur métier.

A travers la ville et quels que fussent les quartiers où je passais, je croisais des familles achevant le circuit entrepris qui les menait d'église en église prier devant les reposoirs afin d'accumuler les indulgences et les grâces. Moi-même, j'entrai me recueillir à Santa Catalina et à l'église du Sauveur pour demander à Dieu de me venir en aide contre Lajolette, et à la Vierge d'éclairer Maria sur mes sentiments. Lorsque je ressortis, le soir tombait doucement sur la ville, le merveilleux soir de Séville. Je me félicitais de cette espèce de détachement qui était le mien. N'importe qui aurait pu m'atteindre d'un coup de couteau dans cette foule encombrant les rues au nord et au sud du parcours officiel des processions. Je n'y pensais même pas. Je savourais Séville comme si c'était la dernière fois qu'il m'était permis de m'y promener.

L'heure du rendez-vous avec Charley et Alonso était passée depuis longtemps. Ayant allumé un cigare, tout comme un touriste disposant de tout son temps, je gagnai l'avenue Primo de Rivera pour regarder entrer dans la cathédrale la Confrérie « del Santisimo Cristo de la Coronacion de Espina » derrière laquelle marchait, entouré de ses collaborateurs immédiats, Son Excellence le Gouverneur. Détendu, j'admirai les trois pasos de la procession sur lesquels se dressaient le Christ couronné d'épines, le Christ portant sa croix devant les Saintes Femmes et enfin la Virgen del Valle entourée — comme les images du Christ — de pénitents violets.

Je passai derrière la cathédrale juste comme la Confrérie de « la Quinta Angustia » en sortait et je gagnai, sans me presser, les jardins de Murillo où je m'assis sur un banc. Au loin, on entendait les musiques processionnelles. En opposition avec la cohue dont je venais de m'écarter, ce calme extraordinaire parmi les arbres que n'agitait pas le moindre souffle de vent, avait quelque chose d'en dehors du monde. J'étais seul. Si Lajolette voulait en finir avec moi, l'instant et le lieu ne pouvaient être mieux choisis.

J'ai senti leur présence avant même de les voir. Sur le moment, je n'avais pas tellement prêté attention à ces deux pénitents noirs qui s'approchaient sur ma droite. Ce n'est que lorsqu'ils furent à quelques pas de moi que je flairai le danger. Je me dressai, revolver au poing, car, je n'entendais pas me rendre sans bataille. Ils s'arrêtèrent et c'était impressionnant de voir ces deux hommes immobiles dont on ne pouvait distinguer les traits. En tournant légèrement la tête, j'en aperçus deux autres arrivant sur ma gauche. Une seule voie me restait ouverte, celle qui grimpait vers la petite place de Santa Cruz. Je m'y lançai.

Ils me suivirent sans hâte. Je me glissai dans la

rue Lope de Rueda. Ils étaient à quelques pas derrière moi. Pourquoi ne se hâtaient-ils pas davantage? Soudain, deux autres pénitents noirs se montrèrent, marchant à ma rencontre et, pour les éviter, je dus obliquer à gauche, dans la rue Reinoso. Alors que j'espérais atteindre la place de los Venerables où il y a toujours du monde, une fois encore je dus modifier ma route car d'autres pénitents vêtus de sombre me barraient le chemin. C'était clair. La meute tentait de me rabattre vers un endroit déterminé où, vraisemblablement, Lajolette m'attendait. A moins d'entamer tout de suite le combat, je devais accepter les directives qu'on m'imposait tout en leur donnant l'impression du gibier affolé. Ces sous-ordres ne m'intéressaient pas et si je devais mourir cette nuit, je voulais que ce fût au moins en ayant une chance de démolir Lajolette. De rues en ruelles, je finis par pénétrer dans la venelle des Amoureux, étroit boyau où, étendant les bras en croix, on peut presque toucher les maisons qui se font face. J'avais à peine parcouru un tiers de la ruelle que mes suiveurs y pénétraient à leur tour. Brusquement, à l'autre extrémité, d'autres pénitents se montrèrent. J'étais dans la nasse. Je m'arrêtai pile, puis je me remis à avancer doucement, précautionneusement vers ceux qui venaient à ma rencontre. Soudain, à droite, je devinai une porte entrebâillée. Je bondis et la refermai derrière moi. Malheureusement, il n'y avait pas de verrou. Alors, je reculai lentement, revolver braqué, prêt à faire feu sur le premier qui se montrerait sur le seuil. Mais je fus littéralement figé sur place en entendant une voix paisible et moqueuse qui, dans mon dos, ordonnait :

« Lâchez votre arme et levez votre bras valide, Moralès... »

Cette porte n'était pas ouverte par hasard et j'allais me trouver désarmé face à Lajolette...

« Obéissez, Moralès, et ne vous retournez pas... je tire vite...

— Je sais... »

Il n'y avait rien à faire. Je laissai tomber mon arme.

« Ecartez-la d'un coup de pied, Moralès... Je me méfie de vous. »

J'obéis. Que pouvais-je faire d'autre?

« C'est bien. Vous pouvez vous retourner maintenant. »

Je fis volte-face et, à cet instant, Lajolette fit la lumière et je vis — comme je m'y attendais — Charley Arbuthnot qui me regardait en souriant, son colt braqué sur moi.

« Fini pour vous, Moralès... Il était temps d'ailleurs. Cliff Anderson dresse rudement bien ses hommes. Je lui enverrai un mot pour le féliciter. Vous m'avez coûté très cher, don José, et cette cargaison que vous m'avez fait confisquer porte un coup sérieux à mes finances. Ce sont des choses que je ne pardonne pas.

— Je ne pense pas vous avoir demandé pardon, Lajolette? »

Il rit.

« Bravo! C'est embêtant que je sois dans l'obligation de vous éliminer, Moralès, vous êtes un type bien...

— Merci.

— Quand avez-vous deviné?

— Hier soir.

— A cause des balles?

— Bien sûr... un Smith et Wesson ne tire pas des balles de colt et vous étiez le seul à posséder un colt. C'est vous qui m'avez tiré dessus et Hernandez a tué Juan qui vous avait vu. Mais lorsque vous vous êtes rendu compte que votre coup était manqué, vous avez abattu Hernandez...

— Seuls les morts ne parlent pas... En tout cas, malgré ce qu'elle me coûte, l'aventure ne me déplaît pas car un des meilleurs agents du F.B.I. ne m'a pas reconnu... c'est rassurant pour l'avenir. La chirurgie esthétique est vraiment une merveille : une légère retouche au nez, les yeux un peu moins bridés, les oreilles plus décollées, et cela suffit, sans compter cette petite moustache très britannique. Franchement, Moralès, je suis navré d'être contraint de vous tuer mais vous comprenez que je ne puis faire autrement... Je tire très bien et si vous voulez bien ne pas bouger, je vais vous expédier le plus gentiment du monde. Je ne tiens pas du tout à vous faire souffrir.

— Dois-je vous remercier?

— Inutile... Vous êtes croyant, n'est-ce pas? Alors, faites vite une prière, courte autant que possible. »

On entendit sonner au loin le premier coup de l'heure. Nous étions au Vendredi saint. Beau jour pour mourir. Je fermai les yeux et, déjà détaché du monde, je pensai de toutes mes forces à Maria, demandant à Dieu de la protéger puisqu'il ne pouvait plus rien pour moi. Ce en quoi je me trompai.

« Ça y est? »

Je n'eus pas le temps de répondre. Une autre voix, dont le son m'emplit d'une joie énorme, ordonnait sèchement :

« Lâche ton feu, Bob! »

Vendredi saint.

C'est fini... L'aube de ce Vendredi saint est encore loin. J'ai entamé ma dernière journée sévillane. Ce soir, je prendrai l'avion pour Lisbonne et Washington. Cliff sera content. On a eu Lajolette. Pour Anderson, il n'y a que le résultat qui compte, les moyens il s'en fiche pas mal. Il dira que j'ai réussi un exploit mais, que j'en crève moi, de cet exploit, qu'est-ce que vous voulez que ça lui fasse? Des Moralès, il y en a des dizaines dans les rangs du F.B.I.

Je viens de quitter le commissaire Fernandez. Nous avons tout mis au point pour éviter une publicité indiscrète aux événements de la nuit. Il a été convenu que dans son rapport, le commissaire dirait que Lajolette avait été abattu par un inconnu. Quand nous nous sommes quittés, Fernandez et moi, nous savions bien l'un et l'autre que nous ne nous reverrions jamais. Nous nous sommes donné l'accolade et, en m'embrassant, le commissaire m'a chuchoté à l'oreille :

« Merci pour tout ce que vous avez fait, Moralès... merci aussi pour ma fille... Maintenant qu'elle est vengée, je peux aller plus tranquillement jusqu'au bout de ma route... »

Ainsi, il y en aura eu au moins un qui m'aura dit merci.

La fatigue me faisait tituber tandis que je remontais vers la place San Fernando. A l'angle de l'Amor de Dios et de Lasso de la Vega, je me suis arrêté pour laisser défiler la Confrérie « del Silencio » dont les hautbois et les bassons faisaient entendre une musique désespérée. J'ai pleuré et ça m'a soulagé. Pour la première fois depuis mon retour en Espagne, je me sentais étranger à cette foule au milieu de laquelle je marchais. Je ne pouvais remonter Sierpès qu'occupaient les Confréries de Triana montant vers la cathédrale, celle de la Esperanza et celle des Gitans : le Christ du Salut. Je voulus passer par la Cuna mais je me heurtai à la plus longue de toutes les processions, celle du « Jésus del Gran Poder ». Il me fallut glisser plus au nord, grimper derrière l'église du Sauveur et, par Pajaritos, essayer de couper le parcours officiel entre deux défilés pour arriver jusque chez moi. J'eus la chance de parvenir à l'endroit le plus difficile au moment où s'éloignaient les derniers pénitents de la Confrérie la plus populaire, celle de la Macarena, protectrice de Séville.

Rentré dans ma chambre, je me suis laissé tomber sur mon lit, sans prendre le temps de me déshabiller, et j'ai tout de suite sombré dans un sommeil de brute.

Je viens de me lever. Je me regarde dans la glace. J'ai une figure épouvantable. Mes joues pas rasées, mes yeux cernés, ma chevelure en broussaille, ma veste fripée, le col de chemise ouvert sur ma poitrine me font ressembler à ceux qu'on interroge jusqu'à l'aube, jusqu'à ce que leurs nerfs cèdent.

Je ne peux pas rester dans cette chambre en attendant l'heure de mon départ pour l'aérodrome. Un coup d'œil à ma montre m'apprend qu'il est quinze heures. C'est le jour de la mort du Christ. Il agonise sur la croix. Le hasard a voulu que mon aventure se termine en ce moment, le plus triste de l'année pour ceux qui professent la foi chrétienne. Moi aussi, j'ai gravi mon calvaire, moi aussi je suis en train de mourir, moi aussi j'ai été abandonné, mais pour moi il n'y aura sans doute pas de résurrection.

Je fais ma toilette. Je mets un costume plus chaud car au-dessus de l'Atlantique, au fur et à mesure que nous approcherons de New York, le printemps andalou s'estompera. Je boucle mes valises. Je commence à devenir habile avec ma seule main. Au bureau de la réception, je règle ma note. L'employé s'étonne :

« Monsieur ne reste pas pour la corrida de Pâques?

— Non. »

J'ai répondu sur un tel ton qu'il n'insiste pas.

« Vous ferez porter mes bagages à la Compagnie Iberia. »

En traversant la Palma presque déserte, je me demandais si je faisais bien d'aller dire au revoir à Maria. Mais pouvais-je quitter Séville sans savoir d'une manière définitive si, oui ou non, je l'avais, elle aussi, perdue à jamais?

Qu'elle était loin la Maria rieuse de la veille des Rameaux... Devant cette jeune femme tout en noir, au teint gris, aux yeux rouges qui m'ouvrait doucement la porte, j'avais honte. Elle chuchota plutôt qu'elle ne dit :

« Entrez, don José... »

Elle me précéda dans la pièce où j'avais vécu de si belles heures et nourri de si douces espérances. Il me semblait qu'une éternité me séparait de ce temps vieux d'à peine quelques jours. La mort s'était abattue sur le joyeux groupe qui, au soir des Rameaux, mangeait des churros et des gambas.

« Maria... je suis venu vous dire au revoir ou... adieu.

— Vous partez?

— Dans deux heures.

— Pour l'Amérique?

— Oui. »

Son ton était feutré, impersonnel, comme celui des religieuses dans les couloirs des couvents.

« Votre mission est terminée?

— Oui, Maria.

— Vous avez... réussi?

— Je ne sais pas.

— Que voulez-vous dire?

— Aux yeux de mes chefs, j'ai gagné puisque j'ai eu Lajolette et ruiné son trafic mais, pour moi, j'ai tout perdu si je vous perds, Maria. »

Elle pâlit encore un peu plus, mais ne répondit pas à ma question indirecte.

« Où se cachait-il, ce Lajolette?

— Près de nous.

— Près de nous?

— Sous le nom de Charley Arbuthnot.

— Madre de Dios!

— Eh oui! Maria... Il nous a roulés comme des enfants... Peut-être l'aurais-je démasqué plus tôt si je n'avais été hanté par la peur de vous découvrir derrière ces criminels...

— Moi?

— Il n'y avait que vous ou votre frère qui pouviez

trahir le secret de nos réunions, puisque je croyais fermement que Charley était un agent du Yard.

— Je comprends... Qu'est-il devenu?

— Je l'ai tué.

— Vous avez pu...

— C'était ma vie ou la sienne et puis, je voulais venger Juan.

— Ne parlons pas de Juan.

— Si, Maria... C'était quelqu'un de très bien votre petit frère... Ce sera mon remords de ne pas l'avoir compris... C'est Lajolette qui a subtilisé son couteau le soir où nous sommes venus manger ici. C'est après lui avoir remis ce couteau qu'il a envoyé don Alfonso assassiner Esteban, sans doute l'a-t-il accompagné, et c'est vraisemblablement lui qui a frappé, tandis que Percel parlait à la victime... Maria... voulez-vous me pardonner d'avoir douté de Juan, d'avoir douté de vous? »

Elle pleurait et j'aurais tant voulu la prendre dans mes bras!

« Juan vous admirait, José... Il avait raison puisque vous avez finalement triomphé... Il aurait été heureux de votre succès.

— C'est un peu à cause de lui, Maria, que j'ai pu remporter la victoire... Sa mort m'a tout fait comprendre.

— Et votre ami Alonso, repart-il avec vous?

— Non, il reste encore un peu à Séville.

— Ah?

— Jusqu'à ce qu'on fasse revenir son corps. »

Elle sursauta sur sa chaise.

« Quoi?... Lui aussi?

— Lui aussi, Maria... Vous avez perdu votre frère, j'ai perdu le mien... Nous avons mal tous les deux. Vous comprenez maintenant pourquoi, tout à l'heure, quand vous m'avez demandé si j'avais réussi...

— Racontez-moi. »

Je lui expliquai le guet-apens où je m'étais rendu lucidement et le peu d'étonnement éprouvé en reconnaissant Arbuthnot.

« Au moment où Lajolette allait tirer, Alonso est entré. Je me suis jeté à terre, alors que Lajolette tirait sur mon ami et, ayant pu reprendre mon revolver, j'ai tiré à mon tour. Je suis le seul qui se soit relevé.

— Sa pauvre femme.

— Oui. J'ai le cœur brisé, Maria, à l'idée que Ruth, en cet instant, est peut-être en train d'écrire à son mari sans se douter qu'elle écrit à un mort.

— Mon ami... »

Il n'y avait plus rien à dire puisque nous avions fait le compte de nos misères. Je me suis dressé.

« Il faut que je parte, Maria. »

Elle était debout devant moi. Je lui ai pris les mains.

« Maria... n'y aura-t-il pas une lumière sur notre route?

— Je ne sais plus...

— Maria, je vous aime... Je n'ai jamais cessé de vous aimer et c'est ma tendresse pour vous qui m'a empêché de croire tout à fait à votre complicité... C'était plus fort que moi... Maria, vous m'aviez promis de devenir ma femme, de m'accompagner à Washington?

— Avec Juan.

— Nous l'emmènerons.

— Il aimait tant Séville!

— Mais rappelez-vous comme il désirait venir en Amérique, Maria. Ma chérie, vous êtes jeune et vous ne pouvez pas bâtir votre vie sur un mort... Vous êtes toute seule... comme je le suis à présent.

— Il y a Ruth et son fils.

— Ruth me haïra quand elle apprendra que c'est Alonso qui a été tué et pas moi.

— Ce serait injuste!

— C'est humain... Maria, si nous unissions nos deux solitudes, nous pourrions peut-être connaître un peu de bonheur? Je vous en supplie, Maria du Doux Nom, ne me laissez pas partir sans espoir.

— Il faut que je me fasse à l'absence de Juan... Donnez-moi le temps de me reprendre, de réfléchir... Faites-moi confiance.

— Cela veut-il dire que je puis espérer qu'un jour...?

— Je ne veux rien vous promettre encore, José, sinon que si je me marie ce ne sera qu'avec vous. »

Ce fut elle qui, sur le seuil de sa porte, m'embrassa.

L'avion tourne dans le crépuscule lumineux au-dessus de la ville. Je voudrais qu'il ne s'arrête plus de tourner. Voilà la Giralda, l'Alcazar, la Alameda de Herculès, la cathédrale, les parcs... En vain, j'essaie de deviner la Palma où pleure Maria... ma Maria... Déjà, nous fonçons vers la frontière. L'Andalousie glisse sous les ailes de l'avion. Je sais que je ne reverrai jamais plus Séville. L'hôtesse qui est au courant de mon état s'approche et me demande si tout va bien. Je la rassure. Tout va toujours très bien pour un flic qui a fini son boulot. Et qui se soucierait de ce qu'il pense, le flic? Les flics n'intéressent personne.

Samedi saint.

Les hélices du quadrimoteur de la T.W.A. bercent ma somnolence. Nous ne sommes plus tellement loin de New York. Ce soir, je serai à Washington et je téléphonerai à Anderson. Sans doute voudra-t-il me voir tout de suite pour avoir des détails. Devrai-je dire la vérité à Cliff? Devrai-je lui dire que c'est moi qui ai tué Alonso, mon ami, Alonso, mon copain de toujours, Alonso que j'aimais et qui m'aimait?

Parce que les choses ne se sont pas passées exactement comme je l'ai raconté à Maria et à Fernandez.

Quand Alonso est entré, revolver au poing, et qu'il a crié :

« Lâche ton feu, Bob! »

Lajolette a sursauté.

« Quoi?

— Lâche ton feu!

— Mais... tu es fou?

— Lâche ton feu! »

Et Lajolette a laissé tomber son colt. J'ai respiré un grand coup.

« Merci, Alonso! »

Alors, l'autre crapule a explosé :

« Ah! tu peux le remercier, ce salaud! Il... »

Alonso a tiré trois fois de suite et à toute vitesse. Il a toujours été bon tireur, Alonso, et je savais que dès la première balle il avait tué Lajolette.

« On l'a quand même eu, Pépé... »

Je l'ai regardé et il m'a dit :

« Quelque chose qui ne va pas?

— Pourquoi as-tu tiré alors qu'il était désarmé? »

Sa figure se figea.

« Pourquoi, à ton avis, José?

— Parce que tu ne voulais pas qu'il parle...

— Vraiment?

— Comme tu as tué les Percel, Alonso, parce qu'ils allaient parler...

— J'ai toujours pensé que tu étais intelligent, Pépé.

— Et comment as-tu fait pour entrer sans que ceux dans la rue t'arrêtent? Sinon parce qu'ils te connaissent pour un de leurs... Et comment t'a-t-on donné le signalement d'Arbuthnot comme détective du Yard, Alonso? Tu n'as jamais téléphoné à Washington?

— Tu es très intelligent, Pépé... trop intelligent... c'est dommage...

— Dommage?

— Parce que nous étions de bons copains... parce qu'il y a Ruth et « señor » José... parce que, maintenant, je suis obligé de te tuer, mon pauvre Pépé... »

Il avait vraiment de la peine et je pense que c'est ce qui m'a sauvé en ralentissant légèrement ses réflexes. J'ai roulé au sol presque au moment où il tirait. Si Alonso est rapide, je le suis aussi. Je m'étais laissé choir près du colt de Lajolette. Alonso a flotté quelques dixièmes de seconde, ne réalisant pas tout de suite si j'étais tombé avant ou après qu'il ne tire, et j'ai eu le temps de tirer par deux fois. Il est resté debout pendant que je me relevais, puis, il a plié lentement sur les genoux. En cognant par terre, sa tête a fait un bruit que j'entendrai toujours... Je me suis penché vers lui. Il a encore eu la force de sourire.

« Au fond, Pépé... j'aime mieux... que ça finisse de... de cette façon... Tu... tu diras à... à Cliff... »

Je n'ai pas pu savoir ce qu'il voulait que je dise à Anderson. Je lui ai fermé les yeux. J'ai essuyé la crosse du colt et je l'ai mis dans la main de Lajolette. Ensuite, j'ai pris le portefeuille du faux Charley. Il y avait des lettres d'Alonso et tout fut expliqué.

L'argent qu'Alonso prétendait gagner au jeu, c'était Lajolette qui le versait à son compte bancaire au nom de ses parents des Asturies. Ils avaient dû se rencontrer, par hasard, lors du voyage que mon camarade avait fait en Espagne. En échange de ses solides mensualités, Alonso tenait Lajolette au courant de ce qui se tramait contre lui au F.B.I. C'est pourquoi il avait tant insisté pour être envoyé à Séville. Il avait prévenu notre adversaire de mon arrivée, de mon déguisement, de mon rendez-vous à Cordoue. Lorsque Cliff l'avait envoyé pour m'aider, il avait dû se réjouir, sûr de faire échouer mes attaques mais, comme il m'aimait bien, il s'était efforcé de me renvoyer à Washington. Tout ce qu'il avait manigancé pour me pousser à soupçonner Juan et Maria avait été fait dans le but de m'obliger à abandonner la partie. En avertissant Fernandez que je m'étais procuré un revolver, il espérait qu'on m'expulserait. Il n'avait pas prévu la profondeur de mon attachement pour Maria et tout son plan avait échoué.

Le quadrimoteur glisse paisiblement au-dessus des nuages. L'hôtesse vient de nous avertir que, dans deux heures, nous serions à La Guardia.

Maria viendra-t-elle me rejoindre? Je le crois. Je ne sais pas trop pourquoi, mais je le crois. L'image de Maria appelle celle de Ruth. Sait-elle maintenant? A elle aussi, je vais raconter la même histoire qu'à Fernandez et à Maria. Au fond, pourquoi ne la raconterais-je pas également à Cliff Anderson? Alonso a été tué par les balles de Lajolette.

Et, soudain, une grande paix descend en moi. Je n'ai plus peur de rencontrer Ruth, car je sais maintenant que je vais mentir à Cliff, que plus rien ne m'empêchera de mentir à Cliff. Alonso est tombé, victime de son métier. On inscrira son nom à la suite de tous ceux qui sont morts en service commandé. On collera une médaille sur le cercueil d'Alonso, Ruth touchera une pension et « señor » José apprendra à admirer son héros de papa dont il ne connaîtra jamais que la photographie. Cliff fera un beau discours et ce sera très bien ainsi.

IMPRIMÉ EN FRANCE PAR BRODARD ET TAUPIN
7, bd Romain-Rolland - Montrouge - Usine de La Flèche.
ISBN - 2 - 7024 - 0878 - 8